La Rue de l'Ange

Myriam Antaki

La Rue de l'Ange

Roman

Encre
d'Orient

ERICKBONNIER

Du même auteur

La BIEN-AIMEE, Orban, 1985 (prix de l'Amitié franco-arabe).
LES CARAVANES DU SOLEIL, Gallimard, 1991.
LES VERSETS DU PARDON, Actes Sud, 1999.
SOUVIENS-TOI DE PALMYRE, Grasset, 2003
L'EUPHRATE, Geuthner, 2007.

EAN 9782367600413

À Fathi
Mon fils

Né au cœur d'un hiver froid, tu as gardé l'amour de la vie intérieure. Secret, grave et curieux, tu m'écoutais et je te racontais des histoires.

Ce soir, je te les écris, loin de notre patio où tu jouais. Cet espace intime des maisons d'Orient est devenu une patrie perdue. Le Printemps Arabe m'a déracinée, des villes brûlent, mais la tristesse n'éloigne pas le rêveur de son ancrage. En exil comme avant, je te retrouve avec des mots, ces mêmes paroles anciennes.

Ma mémoire soulève le voile de ma ville, Damas. Y naître est porteur d'une double tentation, celle de l'instinct charnel des femmes accueillant les conquérants, corps offert, celle d'une rencontre avec le divin, Saint Paul y découvrant Dieu dans une lumière aveuglante. Ce passage entre l'Esprit et les sens demeure l'âme de Damas, l'univers mystérieux de ses chrétiens auxquels j'appartiens. Mon témoignage est symbole de combat mais d'amour aussi. Ces histoires mêlent la voix de passants, de porteurs d'idéal, à celle de la fille de joie, Magdala, femme mythique, qui meurt et renait d'un temps à l'autre, brasse le temps et les hommes dans un moule de pierre et de chair, Magdala, immortelle comme Damas.

Douce et paisible
Est la nuit.
Je n'ai plus peur
Ma lumière
A de solides racines

Charles Juliet

Vêtu d'orage et puis de soleil froid
Par des chemins que Dieu seul sait,
Je suis passé par-dessus les nuages.

Lanza del Vasto

PREMIÈRE PARTIE

LA RUE DROITE DU PREMIER MONDE

DAMAS EN L'AN 34

Magdala crut échapper à la vie en aimant un seul homme, mais finit par les prendre tous dans sa solitude. À l'heure de son coucher, l'aube s'illuminait déjà de rose et souvent elle était ivre, éloignée du réel. La lumière s'écrasant sur le patio l'éveillait enfin. Ses fenêtres ouvraient sur une cour intérieure, les façades aveugles des maisons de Damas préservant une intimité jalouse pour ne rien deviner des autres. Cette femme vivait à l'heure de la nuit, des étoiles. Une lanterne brillait à sa porte pour dire son attente, folie de désir ou déchéance. Certains passants crachaient en longeant son mur, la disant diable ou amante perverse, mais nombreux se pressaient dans son monde de rêve et de luxure. À ceux-là, elle disait son cœur tendre et ceci la rassurait et les séduisait. Ouvrant sa robe, sa beauté bouleversait tellement les hommes qu'ils s'agenouillaient près de son corps nu.

Magdala se demandait comment elle avait pu cacher un inconnu qui ressemblait à un fantôme. Poussé dans sa maison par quelques amis, vite disparus, l'intrus avait forcé sa porte dans la torpeur de la sieste, à l'heure où la chaleur dénude les peaux. Il semblait ne plus avoir de corps, totalement absorbé par un invisible complice. En état de choc, l'homme prononça quelques mots de gratitude, ne levant jamais son regard. Trapu, brun, très pâle, son visage se colorait d'une émotion retenue. La fille de joie avait vaguement entendu son histoire et le devina perdu dans des raies d'ombres, de regrets.

Ce nouveau venu, appelé Saul en hébreu, Paul en grec, paraissait à peine vingt-cinq ans. D'une famille juive de Cilicie, il avait reçu une éducation religieuse à Jérusalem et venait à Damas persécuter de nouveaux convertis croyant en un Jésus de Nazareth. Le surnaturel le rejoignit sur le chemin de la ville, le marquant d'une foi nouvelle, d'un remords insupportable. À peine arrivé chez Magdala, le fugitif s'isola dans un profond recueillement et la femme imagina qu'il priait pour demander pardon. Quand la nuit tomba, le visiteur se leva soudain pour fuir, sans vouloir laisser de traces de son passage, sans reconnaître qu'un lieu de perdition pouvait être un abri d'amour. Hélas, la mort pouvait l'attendre à la porte car, depuis sa conversion, ses anciens amis juifs voulaient le tuer. Pour le retenir, la fille de joie lui promit de revenir écouter son histoire, après avoir traversé la nuit.

La nuit ouvrait la vraie vie de Magdala. Se dénuder, jouer avec les cœurs, répéter les mêmes mots grisant ses amants, savourer leurs lèvres étaient les gestes simples de son corps et de son intelligence. Belle, sans nul besoin de se préparer pour séduire, elle se contentait de rire et les hommes l'adoraient. Des clients attendaient, les servantes, entretenant le brasero, offraient aussi un vin d'Ostie. Des flammes illuminaient le patio.

La fille de joie faisait l'amour sans jamais croire aux interdits. Cette nuit-là, ses hommes la quittèrent à la première lueur du jour et elle se souvint de son hôte et alla le rejoindre malgré sa lassitude. L'intrus priait toujours, dans une même posture, ses lèvres murmurant des mots inaudibles. En suspens au-dessus du monde, les premiers bruits de la rue ne l'atteignaient pas. Enfin, la femme l'interpella avec douceur et il finit par reprendre son histoire dès le début, voulant surtout s'en libérer. Le fugitif s'assit comme s'il était seul, parla, le regard fixé sur la lumière qui naissait.

Paul avait galopé depuis Jérusalem pour venir martyriser les chrétiens. Après l'aridité et la tristesse du désert, voyant surgir Damas au loin dans ses verdures, le cavalier s'éprit de sa beauté. Soudain, une clarté aveuglante le fit tomber de son cheval et une voix, venue du ciel, celle du Dieu de ces mêmes chrétiens, lui demanda pourquoi il voulait le persécuter. À ce même moment, jeté à terre, sa vue se perdit par une éblouissante lumière. Ses compagnons le portèrent vers la ville par l'Entrée Orientale appelée aussi la Porte de l'Est. Après quelques pas dans la Rue Droite, un enfant leur indiqua une ruelle très étroite où habitait un évêque, Ananie, qui pouvait le guérir. Petite fille, Magdala craignait cet homme aux yeux enfouis sous des sourcils en broussaille, persuadée qu'il enfermait les enfants dans une grotte, en dessous de sa maison, devenue depuis église. À présent, comprenant le cœur des autres, Ananie lui semblait juste et pieux, croyant en un Jésus qui aimait ses ennemis. L'homme gardait toujours la porte de sa maison entrouverte à quiconque voulait y venir. Quand l'aveugle fut entraîné chez lui, l'évêque comprit le sens de la révélation et lui enjoignit de s'agenouiller. Priant, il posa ses mains sur les paupières meurtries et des écailles en tombèrent. Paul dit qu'elles résonnaient comme du cristal se brisant sur le sol et par miracle la vue lui revint. Aussitôt, le nouveau converti fut entrainé par des amis qui le cachèrent de peur qu'il ne soit assassiné par ses anciens compagnons juifs.

La ruelle de la fille de joie s'appelait El Misk ou musc, le parfum que laissaient derrière elles les belles de nuit. Paul, respirant toutes ces senteurs de sensualité, fut poussé dans cette maison de plaisir pour se cacher. De l'autre côté de la Rue Droite, la Rue Passage s'ouvrait sur un petit labyrinthe menant aux murs de la ville, aux portes ouvertes. Fuite et liberté.

Paul demeura chez Magdala qui comprit sa nature passionnée et sombre. La femme connaissait les hommes, les devinait et chacune de leur étreinte les découvrait. Geôlière de ce passant différent, elle devina une rigueur d'esprit le rendant agressif et plein de colère. Hélas, la femme sensuelle ne pouvait le calmer avec ses mains car son pieux visiteur avait perdu toute allégeance à la chair. Un soir, il finit par la surprendre en demandant à écrire. Magdala ne sachant même pas lire, essaya de le pourvoir du nécessaire.

Paul passa sa dernière nuit chez la fille de joie, près d'une chandelle, à noircir une page qu'il lui tendit, à l'aube. Sa lumière lui venant du ciel, l'encre grise dessinait des volutes brillantes. La soirée chez Magdala trainait dans un crépitement de flammes, de notes perdues quand un ami prévint du départ. Le croissant de lune avait un jour, imperceptible et beau, reluisant d'obscur. Au moment fixé, ce complice vint entrainer l'homme vers la Rue Passage. Paul avait un visage de marbre. Avant de le laisser partir, Magdala le serra, colla ses lèvres sur les siennes mais sa bouche était sèche. Il semblait garder un secret, sachant ses sens déjà morts mais une tendresse luisait dans son regard. La fille de joie se demanda, alors, quelle image de la femme le hantait, quel souvenir il emportait d'elle.

Une brume tomba, un signe du ciel. Paul s'éloigna à l'ombre des rues, forme recroquevillée fuyant dans le silence et la nuit. Quand il eut enfin atteint l'enceinte de la ville, on le cacha dans un panier recouvert d'un linge pour le descendre du haut des murs. Le monde devint immense pour le persécuteur devenu apôtre, galopant vers l'inconnu escorté d'un ange et d'un Dieu Amour. La poussière de sa monture dessina des nuages dans la luisance du premier jour.

Le futur Saint Paul n'oublia jamais cet épisode de sa vie, dans la plus ancienne ville du monde, Damas, l'oasis ovale ouvrant ses sept portes sur les jardins aux doux parfums. Il l'abandonnait, ignorant encore que son cœur blessé, ne pourrait jamais plus autant aimer une autre.

Magdala aimait les hommes et écoutait leurs mots, leur désir, pour déchiffrer le monde. À la douce saison, elle appréciait le jasmin odorant de son patio, sa blancheur, symbole de pureté malgré la souillure. Paul, parti depuis longtemps, revenait dans ses souvenirs. Sa précieuse présence, sa solitude face à un dieu inconnu, le rendaient unique, seul passant venu chez elle sans la toucher. La page écrite par lui était cachée, entourée d'une soie précieuse. Ce textile, offert jadis par un riche caravanier aurait dû voiler sa chevelure tombant jusqu'à terre mais il préféra le mythe, le divin, pour créer une légende autour des phrases écrites, des mots transcrits pour la postérité. Le texte de Paul serait prophétique, dévoilant le temps où les chrétiens de Damas devaient disparaître dans la nuit et la mort.

Pour Magdala, Damas était le cœur du monde, une

terre de boue, de sang et aussi de floraison, ayant accueilli et subi de nombreux conquérants tous dégoulinant d'or et de mensonges. Elle faisait enfin partie d'un grand empire, celui de Rome, dans des excès d'images, de temples, d'agora. Depuis, le lieu de culte célébrant Hadad le dieu du Temps des premiers Sémites était devenu celui de Jupiter, mais qu'importait ! La fille de joie n'allait jamais se recueillir, car tous ces dieux de pierre ou de vent la laissaient indifférente. Les rituels des prêtres, les sacrifices de sang, l'odeur des dépouilles offertes aux idoles l'éloignaient du divin et salissaient sa prière. Cette nouvelle religion de Jésus, le Nazaréen, avec ses illuminés et ses martyrs lui semblait insaisissable. La courbe de sa vie se penchait ailleurs, ses rêves émergeaient des pénombres, des paroles retenues, du vrai des hommes. Seuls ses passants la bouleversaient, elle écoutait leur histoire et les rendait heureux. Faire du bien aux autres lui offrait un réconfort intérieur qui était peut-être Dieu, un dieu immense et muet.

Magdala aimait les hommes malgré le mépris qu'ils lui portaient, c'était peut-être ainsi qu'elle méritait le pardon.

PREMIÈRES ILLUMINATIONS

À la fin du jour, Magdala refaisait ses gestes nocturnes, semant de sa danse pétales et parfums. Reproduire le plaisir de la chair la rendait l'adorée des hommes. En femme des sens, elle se souciait peu que Damas vénérât d'autres idoles, celles d'un empire de Rome, maître et bourreau. La ville déjà double, païenne et chrétienne, subissait la grandeur et le désastre de ces Romains qui avaient partagé son fleuve, le Barada, en sept lits pour mieux embellir ses verdures, puis par une dualité perverse, persécuté ses chrétiens dans d'atroces supplices. La fille de joie ignorait que ses premiers martyrs, enterrés dans des lieux maudits où, étonnement, croissaient des arbres, seraient plus tard des Saints.

Pour ne point oublier la vraie vie du dehors de ses murs, Magdala sortait parfois pour s'acheter des onguents, rencontrant des passants qui osaient ne point la reconnaître. Rues étroites, devantures décorées, foule bavarde mais dans ce bazar multicolore, elle fut saisie par les yeux tristes d'une fiancée qui préparait son trousseau : raffinement de soies, de broderies, richesse de pierreries, abondance de tapis. Pourtant, son intuition lui disait que rien de flamboyant n'attendait la jeune Thècle qui lui avait dit son nom pour parler à quelqu'un, sa mère près d'elle semblant autoritaire et revêche. Magdala lui pressentit un autre destin, ne dit rien et rentra chez elle.

Chez elle, les saisons passaient sur les murs du patio, le crépi abimé se dénudait l'hiver, la nuit emportait le rêve et le vacarme du jour. Les choses secrètes de sa vraie vie l'envahissaient. La femme sensuelle savait que l'œil contemplait avant le plaisir mais que souvent les mots suivaient l'étreinte. Parfois, les hommes comblés et nus aimaient raconter des histoires. Les écouter faisait partie de sa liberté meurtrie. Après un temps qui passa, la vie de Thècle surgit pour entrer dans la mémoire de Damas, pour en faire une sainte. Un passant de l'amour, un païen, lui conta sa fatalité. Pour lui, une brume s'était refermée sur elle, son ombre hantant des lieux pour créer une légende :

Thècle était née dans une famille nantie, petite fille belle et choyée destinée à un brillant mariage. L'histoire aurait été sans détour si, au moment où elle se préparait à prendre époux, elle n'avait rencontré Saint Paul, revenu à Damas, qui lui parla de Dieu, de la souffrance du Christ, de la chasteté. Elle abandonna son fiancé pour aimer Jésus et fut persécutée par sa propre famille qui la livra au gouverneur païen. Le mystique la rejoignit quand s'éteignirent les flammes qui devaient la brûler ou que les animaux sauvages affamés se prosternèrent à ses pieds sans vouloir la dévorer.

L'histoire, pour continuer à surprendre, avait ses rebondissements. Cachée dans la montagne de Maaloula tout près de Damas, elle voulut fuir ses persécuteurs qui l'avaient retrouvée, quand elle vit la roche s'ouvrir d'un bruit sec pour lui dégager un passage. Vierge à la chevelure gonflée par le vent, elle courut dans cet étroit passage creusé par une force surnaturelle, brandissant un rameau d'olivier malgré sa peur de la torture et de la mort. Grâce à ce prodige de la nature, elle sema ses poursuivants.

Pour les chrétiens, ce chemin de salut ouvert dans un clair-obscur, devenait lieu de pèlerinage. Les parois lisses et grises, se touchant presque, semblaient découvrir l'entrée d'un paradis terrestre. Tout au bout, une église avait été bâtie sur le flanc du versant et Thècle vécut là, pour s'adonner à une intense prédication. L'histoire se racontait beaucoup, car elle venait de mourir à Maaloula, le village de son recueillement.

Magdala se souvint, alors, de la jeune fille caressant les soies et les brocards et se promit d'aller visiter la faille de la montagne. Quand, enfin, elle découvrit la pierre ouverte, un rai y tomba mais la femme de volupté ne crut pas au miracle, seule la lumière l'émerveilla, la clarté du haut du ciel.

Ni elle, ni quelqu'autre pèlerin du premier monde, allant sur les chemins de la montagne sainte, ne pouvait savoir que le vrai miracle était encore à venir. Maaloula allait conserver la langue sacrée que parlaient Jésus, Sainte Thècle, Saint Paul et tous les autres, l'Araméen, tout au long d'immenses millénaires. Seul lieu au monde où, sans interruption, le vent du soir soufflait des syllabes anciennes pour transmettre une parole divine, dans la faille où Sainte Thècle avait été sauvée.

Les siècles bougeaient et Magdala renaissait toujours féconde, à travers des nuits bleues ou grises. Elle pouvait prendre d'autres visages, d'autres corps mais émergeait toujours de la mémoire de Damas, unique, fardée de la poudre du temps. Ses promenades du jour, rares, la rendaient enfant, par sa curiosité des devantures. Son assurance que là elle ne pouvait vendre son corps n'abîmait en rien ses regards. Surprise par la rumeur de Damas, un matin de Pâques, elle sortit de sa maison close, se fondit dans la foule se bousculant dans la Rue Droite pour accueillir le plus grand prédicateur de son temps : Jean Chrysostome. La fille de joie ignorait tout de lui mais l'écoutait, fascinée par son langage !

L'homme, venu de loin, avait succombé à la tentation du chemin suivi par Saint Paul et venait en pèlerinage sur ses pas. Une légende de lumière l'entourait déjà, une aura pour un orphelin de père, né à Antioche, qui fascinait ses amis par son éloquence, dès son plus jeune âge. Sa mère, voulant se l'attacher et l'éloigner du sacerdoce, le perdit pour toujours quand il choisit les solitudes du désert pour se recueillir et écrire. Devenu Patriarche de Constantinople et Père de l'Église, ses brillantes homélies, sans jamais être ennuyeuses, incarnaient une apogée de la civilisation chrétienne. Sa renommée attirait même les mécréants.

Chrysostome voulait dire Bouche d'or et les tout-petits imaginaient un visage surréaliste doré aux lèvres de métal. En ce jour de la Résurrection du Christ, les habitants de la Rue Droite crurent que sa présence était un don du ciel et brûlèrent l'encens sur son passage. Les femmes chantaient les liturgies de la Vierge, les enfants déçus par son apparence de chair et de sang avaient rejoint leurs jeux. Pourtant, ce brillant orateur dit aussi à tous, son amour de Damas, des rues pleines de passages, des maisons aux façades anonymes, des lieux porteurs des signes de la foi chrétienne, de l'histoire de Saint Paul.

Magdala demeura dans le tourbillon de la foule accompagnant Jean Chrysostome jusqu'aux portes de la ville pour lui faire des adieux. Effervescence de riches et de miséreux, de pauvres qui mendiaient, de religieux qui crevaient d'importance mais elle craignait d'oublier les choses dites, trop savantes peut-être, fière d'avoir retenu le nom du prédicateur, une mémoire du ciel. Si une voyante avait traîné au bord du chemin, elle aurait vu le destin à venir, la chute de l'homme, du futur saint.

Damas, dans la langueur de son fleuve et de ses jardins, ses palais parfumés de musc, ses rues d'envers du décor, ne connaîtrait que bien plus tard son calvaire, grâce à un chrétien d'Antioche qui vint dormir chez Magdala.

Jean Chrysostome, devenu extrême, grisé par le succès, était tombé dans le piège de son esprit réformateur pour subir enfin la disgrâce. Banni malgré son vieil âge, le patriarche fut condamné à prendre à pied les chemins désolés de l'Anatolie, en plein été. Marche harassante, soif insupportable dans une région torride où il mourut lentement d'épuisement. La légende inventée plus tard ajouta une espérance à sa dernière souffrance, l'Ange près de lui murmurant sa bonne nouvelle : le saint serait parmi les derniers martyrs chrétiens car l'empire de Rome abandonnait déjà ses idoles, pour sortir de sa nuit païenne et adorer le Christ.

Ce devait être autour de l'an 380, les habitants de Damas sortaient parfois de la ville pour se retrouver au bord du fleuve, les soirs de lune. Un poète s'amusait du bonheur des rimes, un joueur de roseau l'accompagnait, deux personnages indéfinissables, épris par le vertige de l'eau. Plus loin d'autres parlaient de caravanes, de marchands, d'alcôve ou de griserie, des chrétiens exagéraient persécutions et vexations subies, les femmes rêvaient d'amants, des enfants voulaient devenir bateaux, voguer et partir sur l'onde. Vie animée malgré la nuit qui tombait, silhouettes et formes devenant insolites. Rien ne prévoyait la fin d'un monde, seul un étranger venu de loin s'avança pour s'assurer s'il était sur le chemin de Damas car porteur de message.

L'homme abandonna sa monture et avança comme s'il n'avait jamais quitté l'endroit. Sa silhouette haute, son allure grandiose dans d'amples habits, ses traits effacés par la nuit, impressionnèrent les gens du bord du fleuve qui l'imaginèrent en voyageur mystérieux mais fastueux. D'une aisance surprenante près d'une compagnie inconnue, il prit la parole comme s'il pouvait chaque soir inventer une nouvelle ou changer l'Histoire : « L'empereur Théodose le Grand avait enfin reçu la révélation, converti au christianisme. Tous ses hommes, ses armées l'avaient suivi le croyant visionnaire ou prophète. Théodose le Grand rêvait d'un nouvel empire, puisant une force dans une éternité chrétienne. Orthodoxe et passionné, il avait donné l'ordre de fermer les temples, d'attaquer les hérétiques, d'interdire les sacrifices de sang, le feu de vestales, les danses sacrées. L'Église se trouvait enfin une autorité et un royaume ».

Murmure des païens, jubilation des autres, la nuit s'alluma de trainées d'étoiles.

Le temps refaisait les vies. Dans la Rue Droite, les chrétiens découvraient la liberté après des siècles de douleurs et purent, enfin, honorer leurs martyrs. Lentement, leur culte oublia l'austérité des origines, son enfermement, pour une somptuosité extraite des ruines du paganisme. De cet éclat, Damas puisa une aura de lumière mais reçut la nouvelle de la mort de Théodose avec indifférence, sachant qu'elle retiendrait toujours l'attention. L'empire de Rome partagé en deux, entre Orient et Occident, l'humanité le fut aussi et le nouvel empereur Arcadius l'aima de suite, alors qu'il hésitait encore sur son propre destin. Dans la nuit damascène, Magdala vit arriver le nouveau maître du monde.

Le temps sembla neuf et Arcadius, de sa beauté équivoque, fut précédé de ses mystères, du désarroi de ses divinités. Adolescent, il succombait déjà à une sensualité dévastatrice. Sa chevelure en boucles blondes, ses yeux langoureux pouvaient être ceux d'une danseuse ou d'un giton de cour. Voulant fuir le fatal mais saoul de vivre, il adorait un ancien esclave, Eutrope, devenu son eunuque favori et un consul très influent. Pour l'arracher à sa passion, on le jeta dans les bras d'une femme ambitieuse qu'il épousa. Tout comme ses ministres, elle était chamarrée des plus beaux atours quand sévissaient les famines.

Arcadius, caricaturé dans des sentiments de bonheur interdit, décida de sortir de son monde magique et fermé. Débonnaire, il espéra se racheter par la religion du Christ qui se chantait différemment. Ainsi, il prit le chemin de Damas, espérant basculer son passé.

Le long de la Rue Droite, l'attente du cortège impérial imposait des centaines de personnages, des éboueurs qui décrottaient les pavés, des portefaix qui montaient des estrades d'où des danseuses devaient jeter du jasmin, puis, une foule endimanchée, des hommes voulant paraître, des enfants portant des couronnes, des femmes maquillées de kohol, aussi parfumées que dans l'alcôve, tout le monde se préparait à crier de joie. Magdala alanguie au bord de la route savourait la douceur du temps. N'ayant jamais vu d'empereur, son histoire tourmentée l'assurait de son charme, elle pouvait séduire un garde de l'escorte, un prince ou un ministre, sa robe s'ouvrait pour montrer le creux de ses seins, une tresse surmontait son front pour retenir sa longue chevelure. Magdala mimant toujours l'amour ne rêvait que d'amour.

Damas attendit l'impérial visiteur de longues heures, mais nul ne parut à l'horizon, pas une poussière, pas un galop. Le silence retomba sur la ville, le sommeil, la désillusion ! Seule une femme continua à attendre le cortège qui arriva sans bruit au cœur de la nuit, s'arrêtant hors les murs. Magdala vit Arcadius. Il allait à pied dans la Rue Droite pour découvrir le secret de la ville. Son visage beau et noble ne masquait nulle de ses perditions. Beau, efféminé, le corps blond et gracile, ses yeux inquiets regardaient les façades sombres. Il alla partout dans le silence du sommeil, même dans les quartiers insalubres qui ne l'attendaient pas, les ruelles ténébreuses et fétides, cherchant le salut sur les traces de Saint Paul, le trouvant enfin plus tard, chez un autre saint, pour sceller une autre légende de Damas.

Arcadius ne vit pas Magdala et alla enfin dormir, hors les murs, sous une tente d'or posée au bord du Barada alors qu'il errait dans la ville. Un camp aux allures de théâtre avec de nobles acteurs vêtus de velours pourpres, des gardes aux cuirasses scintillantes, des musiciens, des cuisiniers, des ouvriers. Magdala traîna près de ce palais ambulant. Se tenant sous la lumière de la lune, nue sous sa robe blanche, elle séduisit l'échanson puis, apeurée, courut se réfugier sous les arbres.

Arcadius, exilé en lui-même, suivait le chemin de Damas en quête de Dieu ou d'une clémence de Dieu. À peine arrivé, une rencontre romanesque, marqua son destin d'un idéal. Là, par un prêtre mendiant errant près de ses tentes, il fut instruit d'un géant de l'histoire chrétienne, Jean-Baptiste. Sidéré par le verbe féroce, convaincant du prédicateur, hésitant entre piété et terreur, il offrit au vagabond, poisseux et puant, à boire dans sa coupe d'or. Quand l'étranger s'éloigna, sa présence hantait toujours la tente ! Magdala le suivit pour rejoindre la Rue Droite et reçut des insultes lui reprochant sa vie. Enfin, l'empereur ne dormit pas, recomposant ses pensées, dictant à son scribe l'histoire du saint auquel il allait se vouer, son contraire. Quand il s'assoupit enfin, le visage hagard de Jean-Baptiste, sous sa chevelure hirsute, lui parut dans son sommeil. Ses vêtements d'ermite en guenilles lui rappelaient ses textiles d'or. Visions flouées par le songe, paysage lunaire flamboyant ou éteint, verdure et sécheresse, pour un fleuve appelé le Jourdain. Là au bord de l'eau, l'ascète baptisait des juifs quand vint à lui le Christ. Arcadius s'éveilla en sueur, il avait vu Dieu qui ressemblait à l'homme, une révélation !

Hélas, le cauchemar suivait le songe dans un désordre de cris, des lattes d'ombres, un labyrinthe du vice aux lumières blafardes et à terre, des taches de sang. Jean-Baptiste était décapité pour avoir refusé l'étreinte et la débauche de Salomé. Sa tête sanguinolente, yeux vides, bouche béante, posée sur un plateau d'argent lui était présentée. La femme vénale, montrant ses seins ornés de perles douces, parée de fards et de masques, souriait de bonheur. L'empereur se leva en sursaut, quitta sa couche, sortit de la tente, son cœur cognant de partout. Quand son anxiété tomba, il regarda la profondeur de l'eau, un baptême.

Damas s'agitait de rumeurs : Arcadius se dévouait à Jean-Baptiste espérant devenir chaste et ascète comme lui. Hélas, sans jamais pouvoir calmer sa chair désirante, effrayé ou rassuré par la fin du saint, il ne pouvait lui ressembler, se blottir dans la mort pour fuir la tentation, vaincre une guerre intérieure par le mystique. Pour lui, Jean-Baptiste incarnait le héros et le saint.

Magdala émergeant de voiles ou de vagues, jamais fanée, incarnait le charnel mais cachait un secret de Damas, le manuscrit de Saint Paul, une mémoire. Ayant suivi l'empereur, elle s'amusait à raconter un passé de lui, un futur, retranchait, embellissait, abimait et riait. Sa marche dans la Rue Droite semblait une ascension quand la ville toute entière attendait un signe ou une grâce, l'empereur partait.

L'empereur partait mais, tenté par les contraires, fit un adieu inattendu. Absent toujours durant son séjour à Damas, obsédé par des voix intérieures, il n'écoutait pas quand on lui parlait. Enfin, de son char qui traversait la Rue Droite, Arcadius bifurqua vers le grand temple de Jupiter imposant de ses éblouissements païens, de ses colonnes corinthiennes. Sur la place, il rappela une histoire de pierres anciennes changeant de vocation, ancien sanctuaire des Sémites, incarnant plus tard une gloire des dieux grecs et romains, ce lieu de prière appartiendrait à Jean-Baptiste, sa tête reposant sous l'autel dans son éternel sommeil. Le temple devenant église symbolisait une conversion, un triomphe de la foi chrétienne, une nouvelle légende de Damas.

Damas oublia son passé idolâtre pour bâtir des promesses et ériger des monastères. Ses histoires ressemblaient à des signes du ciel. La ville aimait les rois, les batailles et se souvenait de ses légendes. Celle de l'empereur Justinien émergea d'une vision. Hypnotisé ou ivre face à l'horizon rose, il découvrit une ombre, une femme, une voix.

Partant en guerre contre les Perses à la tête de ses armées, Justinien vit surgir Damas du haut d'une montagne. Image crépusculaire portant un attrait inaccessible, lieu réel qu'il ne verrait que de loin. Contournant l'oasis vers les terres païennes, la ville secrète gardant sa double vie sembla difficile à déchiffrer. Doute et sortilège le coupaient d'elle mais l'empereur s'isola, erra sur les pentes arides la regardant toujours d'une même hauteur et ne dormit pas.

À l'aube, fatigué de veille mais ébloui de l'aube, il vit soudain surgir une blonde gazelle. La bête le fixa de ses yeux brillants puis s'échappa. L'homme bouleversé courut derrière elle pour la chasser, fasciné par son regard dense. Elle le fuyait demeurant pourtant accessible et lui, la suivant sans vraiment vouloir l'abimer. Enfin, cette silhouette équivoque se retourna et lui apparut sous les traits d'une jeune vierge entourée d'une lumière bleue. La vision lui demanda pourtant de ne pas la tuer mais de lui bâtir une église sur ce promontoire.

D'une chasse naquit une liturgie, de la solitude d'un homme, un mythe. Le temps passa sur la montagne qui garda le nom de Sednaya, la chasse de la gazelle. Au fond de sa terre, les pierres d'un premier sanctuaire bâti alors quelques temps au long du sixième siècle. Plus tard sur des strates superposées, d'autres églises honoraient toujours l'Apparition de Marie en « la Chaghoura » l'une des quatre icônes de la Vierge peinte par Saint Luc, l'Evangéliste.

Quand, enfin, l'empereur continua son chemin, suivi de ses armées, tout s'effaça à l'horizon, sauf une lumière bleue qui fatiguait les yeux. L'éternité tombait sur une légende autour de l'église de Sednaya qui allait résister aux séismes et au temps. Lieu de vénération, de pèlerinage, les femmes stériles s'y rendaient pleines d'espérance pour faire l'amour près d'une église virginale et avoir un enfant.

Damas gardait ses senteurs d'églises et de fleurs, le culte du divin. Magdala incarnait la sensualité de ses nuits, dénudant son corps pour réchauffer les hommes. Ses voiles captaient la brise, ses mains donnaient l'espoir. La ville et la femme portaient trouble et émoi. La Rue Droite demeurait la rue du premier monde, la porte de l'Est s'ouvrant sur la lumière du matin.

Damas tout en demeurant, dans son songe, la plus belle oasis du monde, ignorait encore que de nouveaux conquérants, arrivant d'un désert aride, venaient saisir d'elle ses souvenirs, sa connaissance, son frisson.

DAMAS EN L'AN 635
LA FILLE DE JOIE

La fille de joie recevait tous les hommes mais n'attendait que Gergès qui combattait sur les murailles. Damas, encerclée de toute part, vivait dans l'effroi. Tout au long de la Rue Droite, les rats sortaient de leurs trous, la maladie sévissait. Alors que les hommes essayaient de défendre leur ville, les enfants pleuraient de faim, les femmes s'agenouillaient pour prier dans les églises.

À leurs icônes embuées d'encens, Magdala n'osait rien demander se sachant pécheresse, loin du repentir. Elle ne vivait que par sa peau et dansait comme les flammes, ses seins merveilleux, ses hanches amples marquaient sa taille mince, ses chevilles portaient de fines chaînes d'or. Le miroir lui rendait sa lumière. Cette femme des sens ignorait encore que son teint laiteux ouvrait l'Eden dans l'imaginaire de ces envahisseurs, venus du désert d'Arabie rêvant de Damas où tremblaient les verdures et riaient les astres. Bien avant eux, leur prophète Mahomet, ayant aperçu la ville de loin, avait refusé d'y entrer ne voulant fouler deux fois le paradis des mondes.

Ce paradis, balbutiant toujours ses saintes prières, vivait aussi d'envoutantes passions. Pourtant, en cette fin d'été, la maison de Magdala était vide à cause du siège. Dans sa cour intérieure, les arbres pesaient de leur ombre, un oiseau sifflait avant de disparaitre et malgré la douceur de la nuit, la fille de joie ne pouvait dormir, attendant toujours Gergès. Choisi comme interprète lors d'une rencontre entre un ambassadeur des assiégeants et Claudius, le chef des armées chrétiennes, il avait disparu mystérieusement après l'entrevue. Depuis, l'amoureuse se demandait où irait sa vie sans lui. Pourtant, elle demeurait dans l'espérance pour Damas, de nombreux messagers venus du nord annonçaient des renforts envoyés par Hercule, le roi d'Antioche.

Dans la nuit chaotique, Magdala alluma une flamme. Le silence pesait quand une ombre glissa sans bruit. Gergès arrivait, en voleur de vie, ses traits creusés d'une volonté dévastatrice. La fille de joie lui tendit les bras, dévoilant sa peau de nacre, sachant déjà son pouvoir détruit, comme une ensorceleuse ayant semé son filtre magique. L'amant s'éloigna, l'ignorant, mais au moment de franchir le seuil, il lui avoua son engagement et sa mission : retrouver le texte écrit par Saint Paul, déchiffrer ainsi une énigme de lieu et de temps pour combler un trou de l'Histoire et savoir si la fin des chrétiens de Damas était arrivée.

La fille de joie pleura et se sentit mourir. Pour s'extraire de son monde clos, elle remplit sa jarre, la posa sur la tête et alla vers la Porte de l'Est offrir de l'eau aux assiégés.

Les armées ennemies sillonnaient sans cesse les murailles, certaines essayant de forcer les portes de la ville. Elles brandissaient des étendards verts dessinés de lettres que nul ne déchiffrait. Une langue nouvelle, l'Arabe, une religion inconnue de tous, l'Islam, portaient des mots fatals, incompréhensibles encore. Le siège durait, les vivres manquaient, la guerre lâchait ses fantômes de sang, des cadavres flottaient sur le Barada. Les femmes mobilisaient une énergie surprenante, s'occupaient des blessés, des agonisants, essayant de nourrir les assiégés avec des plats de fortune. Avec tendresse, les mères gardaient leurs enfants tout en découvrant la peur et le courage des hommes.

Deux commandants chrétiens, pris lors des combats, avaient été décapités, ne voulant abjurer leur foi. Leurs dépouilles jetées aux chiens puaient sous le soleil. Entretemps, les ainés et les sages se réunissaient dans les églises, dans des brouillards suffocants d'encens, se disputant entre eux. Certains optaient pour une reddition immédiate, d'autres pour résister jusqu'au bout.

Damas tomba dans le piège de sa beauté et ses portes s'ouvrirent dans des cris de joie pour tous ces envahisseurs d'Arabie postés au bord de son fleuve, dans l'attente d'entrer en son paradis. Par la porte de l'Ouest, sous le commandement d'Abou Obeida, les armées arrivaient sans violence, ayant obtenu la reddition de la ville grâce aux chrétiens monophysites fatigués des abus de l'Empire. Damas, subtile, cédait son couchant. Au levant, là ou le soleil la transfigurait, elle résistait encore et c'était sabre au clair, prêt au combat, que Khaled Ibn al Walid et son armée forcèrent la Porte de l'Est, celle qui avait reçu Saint Paul aveuglé d'une même lumière éblouissante. Venant de directions opposées, les deux commandants de l'Islam se croisèrent près de l'Église de Saint-Jean-Baptiste, devenue le splendide lieu de la prière chrétienne. Quittant leur monture, ils s'agenouillèrent, baisèrent le sol et récitèrent les versets de la Vierge Marie, ceux de leur livre saint, le Coran.

Ces conquérants d'Arabie adoraient Allah le Dieu Unique et, venus d'un désert nu, jouissaient d'une curiosité inlassable. Ils s'éparpillèrent dans Damas pour découvrir mille vies, la splendeur du Barada, ses jardins. Sous les voûtes des arbres, ces guerriers admiraient les femmes chrétiennes et juives, le visage découvert qui cueillaient des fruits et parlaient aux hommes. Certains voulaient devenir leurs idoles quand d'autres recherchaient l'obscur, les lieux de sensualité, le creux des alcôves. Là, sans aucune exigence du cœur, ces nouveaux venus déversaient leur sève, éteignaient le feu de leur sexe pour se sentir jeunes. Ainsi ils avaient le sentiment d'exister, de dire non à la mort, celle portée à leurs ennemis sur le champ de bataille ou l'autre plus effrayante encore qui les avait suivis comme leur ombre, sans pouvoir les saisir.

La vie, le cri, la mort.

Magdala connaissait les désirs interdits des hommes et devinait leur solitude. Une lumière oblique ouvrait le ciel, son territoire se refermait, heureuse de se retrouver seule pour penser à Gergès, sure qu'avant lui, elle n'avait connu que l'envers de la vie. Dans sa douce rêverie revenaient le bonheur, le doute, les deux faces de l'amour mais sa pensée se dispersa quand des coups saccadés forcèrent sa porte.

Les conquérants pénétrèrent dans l'ombre de ses lieux. Harassés mais grisés, ils entouraient, avec respect, un homme petit, très brun, aux traits brusqués et ingrats qui les éclipsait tous de sa présence. La fille de joie ne levait pas son regard se demandant si ces intrus allaient envahir sa maison, violer les filles, la briser. Parlant entre eux leur langue, inconnue d'elle, leur dialogue lui parut pourtant sans violence. Bien vite, l'escorte disparut et la fille de joie se vit face à face avec le petit homme, leur maître sans doute, qui dans un mutisme inquiétant semblait vivre au-dessus des autres. De sa silhouette trapue émergeait une surprenante force du corps.

Magdala se blottit à terre, dévorée de peur. Le guerrier s'avança vers elle avec superbe, lui fit signe de se dévêtir tout en l'aidant à se dénuder. L'inconnu s'émerveilla de sa peau diaphane, blanche comme la craie et elle crut qu'il priait avant de la toucher. Sa voix dans un murmure répétait tout bas, « houri, houri, houri ».

Houri est la femme du paradis, promise au fidèle musulman.

Magdala ignorait le nom de son visiteur de l'aube mais apprit, plus tard, qu'il s'appelait Khaled Ibn al Walid, le plus grand commandant des armées de l'Islam. Alors que dans les maisons de deuil, les pleureuses veillaient les morts de leurs cris aigus, il avait forcé la porte de l'Est, celle de la lumière. Voulant bâtir un monde idéal, plus vaste et plus brillant que le désert de sa naissance, ce petit homme devait, par sa vaillance, tailler sa part dans la chair d'autres empires

La fille de joie survivait sans cesser de penser à Gergès et décida d'aller à sa recherche, quittant sa maison à l'heure du jour. Damas essayait de séduire ses envahisseurs se pâmant sur des juments arabes d'une noble beauté, leurs chameaux imposaient de leur lourde lenteur. Les souks grouillaient de juifs, de chrétiens et aussi de musulmans traitant tous de multiples affaires. Les flatteurs, les serviles, les débauchés, les dédaigneux se heurtaient mais la ville découvrait ses nouveaux maîtres, oubliant ses existences déjà incertaines, malgré son penchant de l'accueil. Certains jetaient aux pieds des conquérants des tapis de soie ou de laine.

Magdala ne pensait qu'à retrouver Gergès, mais sa recherche demeurait vaine. Elle rejoignit sa maison espérant son retour. L'homme surgirait peut-être pour la prendre dans ses bras, lui qui était entré par effraction dans sa chair. Après l'amour, il lui lirait le texte de Saint Paul retrouvé enfin. Epuisé, mais d'une grande sérénité, l'amant aura la force de divulguer le secret du manuscrit, vie ou mort des chrétiens de Damas.

La fille de joie écouta l'appel à la nouvelle prière, celle de l'aube, une psalmodie lancinante de nostalgie. Cinq fois par jour, elle entendait la même se demandant si le monde des Eglises disparaissait à chaque chant. Ne priant jamais, ne s'agenouillant que pour plaire aux hommes, la lumière de sa vie, sa tristesse ressemblait à la cendre. La conquête musulmane portait une victoire de la palme sur le jasmin, de l'ascétisme du désert sur la luxuriance du fleuve. Un prophète, comme tant d'autres, offrait des versets en héritage.

Magdala attendit son amant très longtemps mais il était mort loin d'elle dans une grande souffrance, poignardé tout près de la muraille d'où Saint Paul avait fui Damas. Quelqu'un l'avait tué pour saisir ce qu'il serrait contre lui. Magdala ne savait pas s'il avait lutté jusqu'au bout contre un envahisseur ou un autre chrétien. Gergès était le premier homme à avoir retrouvé le texte de Paul, il allait être le dernier homme de sa vie.

La fille de joie éteignit ses flambeaux pour pleurer. L'histoire s'écrivait dans ces instants de mystère où flottait une brume sur les jardins de Damas et se refermaient les portes, dans un bruit de pesanteur.

BAB TOUMA

À l'aube, une lune de nacre palissait, les portes de Damas s'ouvraient. Les hommes, le teint encore brouillé de nuit, longeaient le Barada refaisant les gestes d'une existence ancienne, boire à la source fraiche. Des jardins s'échappait une ellipse de parfums.

La conquête arabe en 635 gardait ses mystères, renaissant chaque jour pour les envahisseurs dans l'irrésistible attrait de l'eau et des fleurs. La reddition de la ville eut lieu après de nombreuses hésitations : Mansour ibn Sarjoun, un notable puissant et honnête, écouta la voix de ses frères, las de payer des tribus tantôt à Byzance, tantôt aux Perses lors de leurs incursions. Ne voulant pas ruiner des vies, il décida de la reddition de Damas et eut le courage d'ouvrir une porte de la ville à l'Islam. Contrôleur des finances, perdu dans sa pensée de signes et de chiffres, ce fervent chrétien ne savait pas encore, que son petit-fils poserait bientôt ses pas sur ce monde de mélange, le marquant sans s'y enfoncer, pour devenir le plus grand saint de Damas, Jean Damascène.

Le siège avait duré six longs mois. Les habitants de la Rue Droite imaginaient les conquérants émotifs et frileux. Tous espéraient, qu'aux premiers frimas de l'hiver, ces hommes d'Arabie iraient rejoindre leur sable doré, le désert profond de leur révélation et de leur poésie. Ils s'étaient trompés.

En ce mois de septembre, aucun nuage ne barrait

l'horizon, aucune tâche grise ou éteinte ne semblait prémonitoire d'une fin de monde, rien qu'un bleu intense. Dans cette vitalité de la lumière, la reddition de la ville eut donc lieu par Mansour Ibn Sarjoun mais par d'autres vint aussi la trahison. L'une épargna le sang, l'autre égara l'esprit. Un prêtre, dans son habit sacerdotal, puisant dans le faste de Byzance, ouvrit une des portes de la ville à l'ennemi par cupidité, ou par médiocrité, il s'appelait Josué fils de Marc.

Damas changea de maître, le soleil touchait le sol. Dans l'incertitude, les uns et les autres imaginaient des destins se croisant, s'éloignant, avec le bref sentiment d'éviter un vide de l'Histoire. Les légendes embellissaient les événements, la geste des hommes. Celle de Touma, négligée par les conteurs, rappelle une lutte perdue, une marche majestueuse vers la mort.

À l'heure où le siège durait depuis six mois, Touma sentait la fatigue du combat lui brouiller le regard. Des visions floues devenaient effrayantes. Des marées d'hommes, des chevaux encerclaient les murs, étau se resserrant comme les bras des pieuvres. Les jours se succédaient et Damas entourée de cette infinie cohorte de guerriers entendait des voix pieuses psalmodier des prières pour Allah l'Unique, des versets incompréhensibles, des chants inconnus.

Touma commandait les armées chrétiennes qui luttaient, alors, pour sauver Damas. D'entre les arbres, le jeune chef gardait une des portes de la ville, une voûte de pierre et de mousse, flanquée de tourelles qui rompaient l'alignement des remparts. Bravant le vide, ce brillant orateur haranguait ses troupes, les galvanisait avec ses mots de salut et de triomphe. Son charisme attirait, rendait forts des héros, les humbles, des porteurs d'idéal. Hélas, le siège durait, la faim creusait les corps, la guerre puait le sang, la pestilence des cadavres. Touma se dépensait jusqu'au bout de ses forces, persuadé de la victoire, sûr que sa prière montait vers le ciel.

Pour lui, la chance s'incarnait dans l'amour. Ayant épousé la fille d'Hercule, le roi d'Antioche, il appelait sa femme l'ange de lumière, n'imaginant pas que ce surnom prémonitoire la sortirait indemne des ténèbres. Sa beauté de fée le faisait rêver, son talent pour chanter et danser éveillait le désir.

Ce chef des armées envoya maints émissaires à son puissant beau-père, le suppliant d'envoyer des renforts pour sauver sa ville, la terre d'une conversion. Pour lui et ses hommes impatients, chaque heure semblait l'éternité à attendre. En vain, le temps s'écoula dans la lenteur d'une fin d'été, le vide du lointain cisaillait les cœurs.

Touma combattant toujours sur les murailles, reçut une flèche dans l'œil mais demeura debout, fier de son malheur. Nul ne put extraire de l'orbite la pointe de la lame et le blessé oublia l'ombre qui barrait son regard et continua à guerroyer, le visage en sang. Son courage surprit l'ennemi.

Le nouveau borgne, insensible à la douleur et à l'épuisement, observait les envahisseurs se demandant pourquoi nul ne l'atteignait. L'Histoire, étant toujours imprévisible, le surprit ailleurs quand, sans son consentement, la reddition de Damas eut lieu. Impuissant et amer, aimant sa terre, il vit entrer les cavaliers de l'Islam dans sa ville qu'il croyait le centre du monde. Anéanti, l'homme pensa à l'exil et fut son propre émissaire auprès d'Abou Obeida. Ce commandant d'Arabie qui, par la porte de l'Ouest était entré pacifiant dans Damas, lui accorda la grâce de partir, impressionné par sa loyauté et sa témérité. Ce geste magnanime devait sceller une reconnaissance pour un accueil sans doute mitigé qui épargna la haine et la violence. Dans une superbe reproduite souvent par les nouveaux venus, le musulman permit au chrétien ainsi qu'à sa famille et certains de ses amis d'emporter quelques-uns de leurs biens. Par contre, les exilés ne devaient posséder chacun qu'une arme unique pour prendre la route étant sous la protection des Arabes trois jours et trois nuits, un chiffre premier et sacré.

Une colonne immense partit à la première fraîcheur du soir, le Barada coulait bas, attendant les pluies de l'hiver, la lune transfigurait le ciel, un chantre psalmodia l'hymne acathiste, celui de la Vierge Marie, chanté debout dans les églises.

Ces hommes, ces femmes, ces enfants s'étant confiés au regard de Dieu ne craignaient rien. Se dirigeant vers le nord, ils essayaient de rejoindre le cours de l'Oronte pour atteindre Antioche, le joyau de l'Orient ancien. Là, le roi Hercule serait probablement d'un bon accueil. Ayant déjà failli à une première générosité, ce père aimant ouvrirait du moins ses bras à sa fille, à ses enfants, ému que son sang viril se perpétuât. Plein d'espoir, les exilés marchaient, une brume les accompagnait.

Le temps passa. Comme des pèlerins en quête d'une terre promise, la marche se devinait par des murmures de prières. Hélas, trois jours s'écoulent plus vite que la nostalgie d'une patrie perdue, d'un retour impossible, trois jours finissent toujours dans la nuit.

Touma ouvrait la marche, perdu dans ses pensées, sûr que la victoire appartenait au Christ. Le destin d'un combattant ne pouvait s'extraire de celui de sa ville. Son beau-père, le roi Hercule, finirait par céder et donner une armée pour reprendre Damas. Dans sa tête se succédaient l'illusion et le découragement, l'espoir et l'amertume. Soudain un bruit de galop dévala les pentes des collines, il n'eut pas le temps de réagir, il était déjà mort.

Abou Obeida et Khaled Ibn Al Walid croyaient en Allah l'Unique, le Grand Justicier et respectaient la parole donnée. Hélas, le second commandant de l'Islam, n'étant pas averti du départ de Touma, vit s'éloigner avec beaucoup de convoitise ces chrétiens nantis, leur caravane portant des ballots de merveilles.

Khaled appartenait à une lignée de grands guerriers, d'hommes courageux qui, de père en fils, apprenaient à razzier et galopaient sur le désert comme des fantômes de poussière, commandant aux vents. Enfant précoce et intelligent, il passait son temps à se battre avec ses frères espérant compenser sa petite taille par de grands exploits. Téméraire, doué d'agilité et de malice, l'adolescent s'amusait du danger. Quand la vie lui offrit un royaume, la victoire l'auréola tout en lui laissant un gout d'inassouvi car il n'y eut pas de pillage, les martyrs et les saints de Damas préservaient, dans un pacte secret, leur terre et leur tombe.

Khaled aimait la richesse mais détestait l'opprobre. L'homme impatient compta les jours, ses mots d'ordre, noués dans la gorge. Le délai promis s'écoula dans le temps qui passe. La trahison est toujours impure, un guide chrétien montra la voie empruntée par les fugitifs. La quatrième nuit fut de terreur.

Le commandant se rua avec ses guerriers sur la longue colonne qu'une brume couvrait de fraîcheur nocturne. Le carnage fut violent, rapide, le butin fabuleux. Les chrétiens gisaient dans une campagne dévastée. Morts, ils pouvaient rejoindre le même ciel que celui de leurs vainqueurs. À la fin du combat, la foudre tomba pour laver l'outrage et le sang. Une brûlure de nuage engendra un grand feu.

Khaled enleva les femmes et les plus belles allèrent dans son lit. Les hommes et les enfants, réduits en esclavage, furent liés les uns aux autres par leurs poignets et leurs chevilles. Triste vision près d'impassibles témoins qui vantaient leur fausse bravoure. Enfin, pour modeler une fin de récit d'un évènement sublime, Khaled Ibn Al Walid renvoya au roi Hercule sa fille, parée comme une madone, ruisselante de tous ses joyaux. L'éclat laiteux de sa peau faisait d'elle l'ange de lumière, celui de la tendresse de Touma, de son amour. Quand le grand conquérant la regarda, il crut apercevoir une houri du paradis et enfouit son désir dans une détresse.

Les vainqueurs et les vaincus reprirent le chemin du retour pour retrouver Damas, pénétrer dans le cœur d'une ville par la porte où Touma, avait combattu. Entrée triomphale ou amère mais dernier hommage à un disparu.

Les siècles passèrent. La porte garda toujours le nom de son héros, s'ouvrant au bruit de l'aube et se refermant le soir sur le silence. Bab Touma entra dans une légende étant devenue sacrée par des hommes ébahis d'un rêve de piété qui furent rattrapés par un cauchemar. Petit à petit, le nom prit l'ampleur du temps et s'attribua à tout un quartier de frisson et de prière, de rues froissées comme un labyrinthe, où vivent toujours les chrétiens de Damas.

Peut-on méditer sur la forme d'une ville ? L'ovale dessine la ligne d'une femme qui aime. Etendue, les bras près du corps, elle attend. Il n'y a rien d'anguleux, rien qui évoque le heurt ou la douleur, la courbe se referme, fluide pouvant devenir bulle. Damas a ce contour, celui de la mère, de l'amante, de la vierge. Les Arabes s'éprirent de sa forme, de son climat apaisant, une tendresse d'elle. Depuis, les siècles vacillèrent, des hommes émergèrent, des rabbins, des prêtres, des ulémas qui aimèrent y vivre. La brume du temps posa sur eux tantôt des lauriers de triomphe, tantôt des couronnes d'épines, mais tous choisirent de demeurer ensemble dans le nouvel empire d'Allah qui venait de naître.

L'EMPIRE D'ALLAH

À l'heure de la conquête musulmane, les califes de l'Islam appelés Princes des Croyants habitaient la Mecque et Médine, des cités antiques surgies des embruns du désert. De cette aride Arabie, s'évada un homme d'une race ambitieuse qui pouvait être guerrier, esthète ou poète pour fonder une dynastie nouvelle, celle des Omeyades. Muawiya s'éprit de Damas dès un premier regard l'appelant son île du ciel. La ville ne s'effaçait plus de sa mémoire, revenant en visions quand il lisait sa prière, labyrinthes de rues, nudité des façades, seuil mystérieux ouvrant sur le charnel, lieux de piété et de dévotion. Ses verdures, ses vergers rendaient sa terre natale encore plus rêche, les bleus des mirages ne créant que des décors évanescents. Etrangement, l'attrait de la ville ne résidait pas dans le fleuve ou les arbres, le grouillement des souks, la danse des femmes ou la voix des chantres mais dans un sentiment irrésistible d'éternité.

Alors que ses armées élargissaient les frontières de son empire, de Samarkand jusqu'à l'Espagne, Muawiya affirma la force de sa dynastie et abandonna sans retour ces villes saintes d'Arabie pour faire de Damas sa capitale, un lieu de l'esprit et du plaisir. Damas revisitait son passé païen et chrétien mais s'offrait une nouvelle exigence, devenir le joyau des Omeyades.

Muawiya, un calife issu d'une illustre tribu d'Arabie jouissait d'une aura incomparable. Ayant recueilli la révélation du prophète Mahomet, il incarnait le scribe du divin. Rêveur, fasciné aussi par les reflets du ciel sur l'eau, ce lettré réfléchissait près de leurs métamorphoses. Passionné d'évolution et de progrès, ce fils des déserts comprit qu'une civilisation nouvelle s'offrait, celle que détenaient les chrétiens de Damas ayant hérité les lumières d'Athènes, l'ordre Romain, la splendeur de Byzance. Depuis la Conquête musulmane, ces derniers ainsi que les juifs, appelés les tributaires, souffraient de droits politiques restreints, de vexations de vaincus et payaient un impôt par tête. Muawiya usa de clémence envers eux.

Ce calife séduisait par son éloquence. Sa générosité, ou sa tolérance lui valurent de l'affection. Dans sa cour, une génération d'hommes venue du désert posait des regards curieux sur Damas, son art de vivre élaboré. Instinct d'ancrage ou d'évasion, Muawiya apprécia ce lieu, ses chrétiens qu'il appela les Syriens, ayant mis sa confiance en eux. Nombreux furent enrôlés dans les armées de l'Islam, certains aidèrent à créer une flotte, d'autres occupèrent des postes dans l'administration. Petit à petit, ces chrétiens créateurs, lettrés ou simples artisans étaient devenus l'élément actif et indispensable dans l'édification de l'Empire d'Allah. Cette rencontre entre l'austérité des gens du désert et le raffinement de ceux des fleuves, allait causer un jeu de pendule puis une soudure du nomade et du sédentaire, du curieux et du repu.

Muawiya revoyait le désert, la sécheresse, le soleil rond, la sueur des corps. Sans nul sentiment de trahison, le calife aimait les arbres, l'ombre des feuilles et décida de bâtir un Palais de Verdure sur la rive du Barada. Il l'appela Al Khadra, La Verte. Jardins de paradis, murailles de fleurs, animaux fabuleux, ruisseaux musicaux, cérémonial de courtoisie, de générosité pour accueillir ses familiers, chrétiens et musulmans qui allaient se rencontrer, se parler, partager la même table.

L'homme de confiance du calife, un chrétien, Sarjoun était le fils de Mansour qui avait décidé de la reddition de Damas et remis les clés de la ville aux cavaliers de l'Islam. L'habileté du père à négocier avait fait de lui un héros. La reconnaissance fut portée aussi sur son fils devenu l'ami et le confident de Muawiya. Sarjoun avait trouvé sa voie, essayant de créer des attaches, des équilibres, renouveler sans cesse une histoire fragile, pour réunir les uns et les autres hors la violence. Par une endurance au travail, il put occuper les fonctions de chancelier, de contrôleur des finances, de ministre. Effacé, modeste, parlant peu, ses destructeurs le crurent une proie facile mais son honnêteté légendaire le rendit un des maîtres de Damas.

Au bord de la nuit, les deux amis, quittant leur habit de cour, fréquentaient des tavernes pour saisir les paroles qui ne leur étaient pas destinées. Muawiya et Sarjoun aimaient écouter les complaintes, les soupirs, les choses secrètes. Parfois, ils recherchaient des rues au nom caché pour goûter au feu des femmes, glissant en silence vers des retraites équivoques. Un soir, de saison fraîche, à l'heure de l'appel du muezzin, le calife s'évada du Palais de Verdure pour remonter la Rue Droite. Passant anonyme rien ne devait le différencier d'un marchand, d'un promeneur ou d'un oisif, peut-être une sobre élégance, une énergie de lutteur acquises dans le défi des sables. Une porte entrouverte sur une musique langoureuse l'attira.

L'homme ne pensa qu'au bonheur, surpris par Magdala, ses voiles qui dansaient, sa nonchalance lascive. Hypnotisé, il attendit la douceur, la caresse, l'abandon, l'effarement. La fille de joie murmurait des mots et ne refermait ses bras que quand l'amant brûlait de désir.

Enfin, au matin, le soleil inondait le fleuve et Muawiya se dirigea vers son palais, le cœur ailleurs. Il gardait de Magdala l'image d'un corps flottant dans une mousseline, flots qui l'envahissaient et lui cachaient le visage fardé, les lèvres du baiser. Alangui sur ses divans de soie, la nuit lui revenait tiède et voluptueuse. Mais bientôt, l'effervescence du jour, les exigences du pouvoir effacèrent lentement le leurre d'une étreinte éphémère. D'autres souvenirs ouvraient une voie, celle de l'enfance lointaine, des fantaisies de son imagination, des femmes de toutes les nations jetées à ses pieds lors des conquêtes.

Pourtant, l'homme avait l'intuition d'aller vers une terre inconnue qui comblerait l'absence et l'attente. Le calife croyait faire un rêve, traînant au bord du Barada, paysage en fleurs, ciel infini. Une passante remplissait son corsage de jasmin et en jetait aussi sur l'eau. L'inconnue, une chrétienne, lui sourit, les paupières baissées, un bonheur de la regarder. Elle entra dans sa vie brutalement par un coup de foudre. Son prénom, Maysoun chantait l'eau et le ciel. Muawiya découvrit l'amour et épousa l'adolescente. Visage vaguement sensuel, yeux timides, peau éclatante, l'homme s'enfonça dans la chaleur du corps avec tendresse. Par ce mariage heureux, le calife fut encore plus entouré de chrétiens qu'il apprécia et respecta. Son médecin privé Ibn Othal l'était aussi.

Un âge d'or s'ouvrait, pour être ensemble. Pourtant, pour les conquérants venus d'Arabie, vivre parmi les chrétiens, subir l'influence de Maysoun installée avec toute sa famille dans le palais des verdures, pouvait rendre leur identité vulnérable. Néanmoins, fiers de leurs liens de sang, la plupart d'entre eux s'affirmèrent, recopiant le schéma de leur vie tribale, imposant leur mentalité aux peuples de l'empire. Cette dynamique sociale fut appréciée et permit une fusion, au carrefour de deux croyances.

Damas fécondait tous les imaginaires et les gens de l'Islam subirent sa lente et irréversible fascination. La ville se précisait, émergeait de ses murs. Ses jardins l'entouraient d'une brume de parfums.

Années fugitives et bienfaisantes, réduites parfois à néant, la mémoire ne retenant que la blessure. Beaucoup de noms furent effacés par le temps toujours remuant quand deux enfants avançant main dans la main entrèrent dans l'Histoire pour marquer profondément l'Empire des Omeyades.

De naissance célèbre, l'un Yazid, musulman, était le fils du calife Muawiya, l'autre Jean, chrétien, était le fils de son ministre Sarjoun. Ces deux petits, sans nulle ressemblance physique mêlèrent leur innocence et leurs espiègleries, pour grandir ensemble.

Dans le Palais des Verdures, ils couraient vers les

jardins pour nourrir les cygnes, ou chercher dans la nuit les vers luisants. Le jour, les mêmes cours leur étaient imposés et le jeune chrétien eut ainsi une parfaite connaissance du Coran apprenant à rechercher les similitudes, à comprendre les différences. Yazid et Jean se découvraient dans un brassage de mœurs, de religions, convaincus que leur destin surprenant allait toujours les rassembler. Ils avaient eu le même pays natal, subi une même rigueur dans leur éducation qu'ils avaient transcendée, aimant l'espièglerie, fabricant des mots secrets, rien que pour eux. Plus tard, le destin les surprit encore quand un étranger, venu malgré lui sur le chemin de Damas, surgit dans leur vie, Cosmas devenu leur précepteur.

Cosmas, un ancien prisonnier de Sicile, enlevé par des pirates, fut vendu sur la place du marché de Damas. Sarjoun, le père de Jean, traversant les souks bigarrés, fut pris de pitié pour cet homme lui demandant pourquoi il pleurait tant. Le captif répondit que tout esclave chrétien, ne trouvant pas preneur, avait la tête tranchée. Lui ne craignait pas la mort mais seulement d'être tué sans avoir passé son savoir...Le ministre acheta Cosmas et, séduit par son intelligence et ses connaissances, l'entraîna du souk des esclaves aux soies du palais. Quand le Sicilien s'agenouilla enfin près du Calife, il sut surprendre et éblouir. Muawiya impressionné par sa science lui offrit la liberté. L'ancien captif lui raconta alors son île tendue vers l'Afrique, sa passion de la mer, la brume où disparaissaient les bateaux.

Cosmas, visage aminci, regard noir, cheveux rasés, devint le précepteur des deux enfants, Jean et Yazid. Ce brillant lettré leur enseigna la philosophie grecque, les livres des prophètes, la vie des saints et des anges et leur apprit aussi à réconcilier le Christ et Mahomet, l'Orient et l'Occident. Ses jeunes élèves comprirent l'intelligence des rencontres, la richesse des signes. Accompagnant leur père à la chasse aux faucons, ils s'amusaient à faire montre de leur savoir.

Bientôt, le charnel l'emporta et les deux amis découvrirent le sexe et les sens. Les lieux interdits s'éparpillaient dans la ville : chez Magdala au fond de la Rue Droite où, l'adolescent pris d'une peur viscérale, devenait homme puis hurlait de bonheur. Ils allaient aussi ailleurs, vers d'autres maisons closes aux façades cachées de lierre ou de jasmin. Près de la Porte « Des Paradis » les cabaretières vénales et vulgaires murmuraient des paroles obscènes et dansaient nues.

Jean et Yazid grandirent ensemble sans jamais se quitter, stupéfiante démonstration d'une amitié qui surmonta tout tiraillement ou doute. Tous deux aimaient la création, l'évasion, la magie de la nuit.

Alors que les enfants devenaient adultes, Sarjoun, le ministre, veillait sur eux à l'heure où Muawiya prenait de l'âge. Le calife, malgré une santé défaillante, gardait l'émerveillement, aimant l'aventure, la lecture, la tiédeur du soir. Obsédé de justice, l'homme, qui avait recueilli la révélation du prophète Mahomet, décida de faire le pèlerinage jusqu'à Jérusalem pour prier dans les mosquées et aussi dans les cathédrales. Enfin pour racheter une erreur de l'Histoire, le Prince des Croyants décida de rebâtir des églises détruites usant des vieilles pierres par fidélité au labeur des morts.

Le temps passa et le calife affronta la mort sans orgueil ni douleur. Son dernier sentiment demeurant affection et tolérance. Sarjoun et Jean, à son chevet, firent leur prière chrétienne pour l'espérance de l'autre vie. Son fils bien-aimé lui ferma les paupières espérant y puiser une ultime force ou clore pour toujours le rêve d'un disparu.

L'Omeyade entra dans la légende au chant des muezzins du soir, à l'heure où la lune dessinait le Croissant de l'Islam. Damas qu'il aima scintillait toujours, capitale et joyau de son vaste empire, la plus belle oasis de l'Orient. Muawiya incarnait le véritable souverain arabe avec ses qualités de cœur et d'esprit et fut reconnu pour avoir créé l'ordre au sein de l'anarchie bédouine. Fondateur d'une dynastie, obsédé de durée, il instaura le droit héréditaire, ignorant encore que, dès son élévation, sa famille portait en elle le principe de sa ruine : son fils Yazid allait faire assassiner le petit-fils du Prophète, Hossein fils d'Ali, son sang retombant sur eux et éclaboussant les écrits de leur Histoire, une malédiction.

LA MALÉDICTION

Au bord du Barada, Yazid observait les reflets de l'eau la croyant miraculeuse. Il flânait sur la rive, indifférent à l'agitation, se demandant pourquoi le futur lui semblait si incertain. Devenu calife, il allait, chaque soir se recueillir sur la tombe de son père, par fidélité plutôt que par piété. Un spectre surgissait harcelant, évanescent et revenait parfois dans son sommeil. L'ombre semblait interdire par des mots inaudibles puis s'estompait avec la lumière, le jour ne gardant nulle trace de la nuit. Pourtant, les visages du père et du fils aux traits semblables, revêtus de cette beauté mâle et brune auraient pu se parler dans le songe mais tout les éloignait. L'austérité de l'époque de Muawiya fut enterrée avec lui dans le même linceul. La sobriété, le dépouillement si essentiels sur la courbe de croissance de l'empire, semblaient dévidés de leur substance pour le fils qui voulait combler d'autres attentes.

Yazid Ier, sincère en amitié, gardait Jean près de lui. Ensemble, ils partageaient la musique, la chasse, la poésie, les plaisirs faciles, le vin. Pourtant, d'une étonnante complexité, le nouveau calife pouvait livrer une autre face de lui-même dotée de sagesse, de sérieux. Guerrier téméraire, il séduisait par son courage, excellant dans l'art du combat. Fidèle, sa reconnaissance le porta à garder comme conseiller, Sarjoun, l'ancien ministre chrétien de Muawiya, le père de son meilleur ami.

Dans les jardins du palais, Yazid et Jean racontaient

leurs souvenirs d'enfance, leur complicité les portant aussi à rêver d'avenir. Tous deux aimaient flâner la nuit quand les étoiles tombaient sur la terre. Une fois, une voix lointaine les surprit. Allant vers elle, les deux amis purent écouter une poésie à brûler le cœur émergeant de derrière un bosquet de jasmin. Un homme caché semblait seul face à la magie du ciel, ignorant ceux qui venaient vers lui. Yazid et Jean l'écoutèrent, une lenteur du temps, une intensité. Sans le savoir, ils venaient de rencontrer l'homme qui se joindrait à eux, pour devenir trois, face au monde. L'intrus, un chrétien encore, Al Akhtal, entrait déjà dans l'Histoire comme le plus grand poète de son temps. Dans les verdures des Omeyades, près des fontaines intérieures, sur des divans de soie aux coussins de duvet, Yazid et Jean trouvèrent leur veilleur du songe.

Le temps demeurait encore à l'espérance, nul n'imaginait une chute ou une malédiction. Al Akhtal restait des heures dans le silence. Bohême, exalté, il pouvait réciter la gloire des aïeux, chanter l'astre froid de la nuit ou accuser les vilénies. Assis en tailleur dans l'herbe haute, son corps étroit, ses jambes croisées, lui donnaient la magnificence d'un devin aux secrets tus. Le calife l'appréciait et devait le défendre, surtout que le poète se distinguait par un vœu offert à Dieu : une croix en or, comme coulée sur sa peau, ornait toujours sa poitrine. Ce chrétien alla avec jusqu'au cœur des mosquées et, au mois du pèlerinage, accompagna Yazid à la Mecque sans jamais s'en défaire. Marqué par ce signe du ciel, certains, par fanatisme ou par dérision, l'appelèrent le porteur de croix.

Yazid et Al Akhtal, après leur pieux voyage, revinrent

au Palais des Verdures. En Arabie, ils avaient vu des milliers d'hommes tourner autour de la Pierre noire, sur la voie circulaire du repentir mais Damas, dans sa luxuriance, sa sensualité, éloigna d'eux la dévotion. Yazid n'eut jamais plus de ferveur religieuse, aimant boire à outrance, refusant les interdits. Dans son palais, des joutes littéraires réunissaient les trouvères chrétiens et musulmans, la poésie portant la voix de la grâce, le vin grisant l'âme. Jean retrouvait ses deux amis mais le sentiment qu'il devait combattre une douleur à venir ne le quittait plus.

L'heure du destin frappait à la porte des Omeyades, Yazid n'avait pas encore quarante ans. Il venait de perfectionner un système d'irrigation s'intéressant à la floraison, aux essences, aux cycles de la nature. Beau, mais usé d'excès, son visage amaigri devenait dur, des cernes creusaient les yeux, ses mains effilées tremblaient de nervosité, le malheur sapait déjà sa vie. Dieu ou Allah dans la miséricorde divine, cachait à l'homme le désastre à venir.

Dans les jeux du pouvoir, Yazid affrontait des rivaux, des ambitieux, des usurpateurs. Partant en guerre, sûr d'être le plus fort, il aimait traverser les provinces, les villages, les déserts. La vie de camp lui rendait la liberté, coucher à la belle étoile sous un ciel chargé d'étoiles lui était évasion. Après les luttes, le vainqueur prenait des femmes, des puceaux et riait de la vie, gorgé de vin, de griserie. Un soir, fatigué de combats, le calife arriva dans un champ floué de brume. Ce n'était pas une terre qu'il reconnaissait, rien ne l'assurait, ni le paysage ni la rumeur des batailles, tout semblait étranger. Désemparé, il prit la décision qui changeait déjà son destin, Yazid ordonna à ses hommes de tuer Hossein fils d'Ali, le petit-fils du Prophète Mohamed. Quand la tête du martyr lui fut présentée, macabre apparition, il jubila de bonheur et continua à boire. Plus rien ne pouvait être récupérable, ses armées victorieuses avaient déjà incendié les tentes de la famille du Prophète, distribué les femmes leur ayant arraché le hijab de leur tête.

Egaré en lui-même, Yazid sortit de sa tente. La terre autour, noire et sinistre, semblait d'une sécheresse terrible, aucun rai de lune ne l'éclairait. Le silence et la solitude lui parurent une punition d'Allah. Dans l'opacité de la nuit, le ciel tombait sur lui comme de la boue, son visage éclaboussé ne ressemblait plus à celui d'un mage mais d'un hère. Il comprit enfin que son acte lui avait valu la haine mais c'était trop tard. Cet évènement, une tragédie de l'Histoire, portait la malédiction sur les Omeyades, le sang de la victime retombant sur eux, les chiites commémorant toujours cet acte de violence. De ces moments insultants de la vie du calife, nulle nouvelle n'arriva à Damas. Ses amis, restés dans sa belle capitale, ne savaient pas encore l'erreur qu'il avait commise et l'attendaient en vain.

Le calife avait pris la décision de continuer à se battre, de lutter pour noyer le remords qui le harcelait. Son règne n'avait pas trois ans quand il mourut par la guerre. Les habitants de Damas traversèrent la ville jusqu'à la Porte de l'Est pour accueillir sa dépouille qui ne vint jamais. Jean et Al Akhtal le pleurèrent, d'autres jetèrent des roses sur le fleuve, un fidèle hommage contre l'oubli.

Le Barada coulait, longeait les jardins, mouillait les murs des maisons, et les califes des déserts se succédaient sur sa rive. Il n'y avait point d'exil possible au bord d'un cours sans hâte, d'une eau ensoleillée. Le Palais des Verdures accueillait les nouveaux califes et Abdel Malik y pénétra, fier d'avoir mené sa dynastie à son apogée. Hélas, l'homme pieux et fanatique s'ancrait dans une rigidité surprenante, ayant ses propres certitudes. Son rigorisme marqua un début de la nationalisation, l'arabisation de l'administration. Sous l'auspice de son frère qui dirigeait les armées, des persécutions commencèrent. De nombreux captifs chrétiens furent torturés et assassinés.

Dans la nuit damascène, le fleuve remémorait ses enfants. Les scribes chrétiens qui écrivaient en grec ou en syriaque, posant la croix sur leurs cahiers au divan, furent démis de leurs fonctions s'ils n'abjuraient pas leur foi. L'arabe remplaça le grec, de nouvelles monnaies sans effigie furent frappées, les dinars portant une écriture arabe. Les inscriptions étrangères, les emblèmes religieux furent interdits. Dans la Rue Droite, les premiers signes d'intolérance se succédaient. Le monde rétrécissait.

Les premières persécutions, d'une puissance montante, rassemblèrent les chrétiens de Damas partageant la même foi et la même terreur. Jean, ayant remplacé son père à la mort de celui-ci, au conseil du calife, se sentait entouré de silences équivoques. Les méandres du palais l'angoissaient, des hommes égorgés traînaient au bord du chemin, la fatigue, la crainte lui firent abandonner son poste. La vie, née de ses rêves, s'étiolait mais il demeurait passionné. Défendant alors le culte des icônes et des images, le chrétien se creusa un piège périlleux. L'Islam refusant l'art figuratif, le nouveau calife y déchiffra des signes du paganisme. Une légende, cruelle, et heureusement fausse raconte qu'Abdel Malek lui fit trancher la main, bien vite remise en place par la Vierge Marie.

Jean, adulé, puis déçu, décida d'aller sur les pas du Christ, en Palestine. Abandonnant le palais dans ses habits de prince, il distribua aux nécessiteux toute sa fortune et se mit à prêcher l'espérance sur les bords du Barada. Son verbe tonitruant lui valut alors le surnom attribué au fleuve, le Porteur d'or. Vêtu d'une robe de bure et de repentance, il but une dernière coupe du fleuve de l'enfance, une eau qui purifiait des souillures et revit sur l'onde les visages aimés. Quittant par la porte qui avait reçu Saint Paul, le fugitif ne se retourna que quand la ville disparut dans la nuit, une nuit d'un bleu sombre, ultime vision d'une patrie perdue.

Long voyage au rythme d'un temps ancien, mais éblouissement du pèlerin quand surgit Jérusalem quand tout aiguisait sa souffrance. Le souvenir de ses frères persécutés le décida de se réfugier dans la prière et la contemplation. Enfin, s'isolant dans un couvent d'ascètes à Saint Sabas, il se fit ordonner prêtre. L'ascète, toujours fou de vivre, essayait de s'éloigner du profane pour exprimer sa sensibilité dans une poésie religieuse ou une musique sacrée.

Le futur Saint Jean Damascène, Père de l'Église, vécut cent ans travaillant jusqu'à épuisement. Le vieillard, méditant face à l'immensité, gardait ses souvenirs, sûr d'avoir regardé, avec la même intensité, son visage sur les deux faces du miroir. Il entra, enfin, dans l'Histoire comme le plus important représentant de la poésie religieuse. Sa musique liturgique traversa le Temps.

Une poésie de musique, écrite par le troisième des amis, traversa aussi le temps. Al Akhtal partit vers nulle part. Ses errances de Poète des vents, le menaient sur des chemins obscurs de faubourgs, des berges humides où traînaient des rôdeurs. Quand la faim lui creusait le ventre, il s'aventurait auprès d'un seigneur qui offrait du pain et quelques dinars. Survivre le long des moments sombres et garder toujours le souvenir du Palais des Verdures, des jardins, de la mousse du fleuve. Un soir, la tentation devint très forte et le rêveur décida de reprendre le chemin de Damas. Dans la Rue Droite, la vie semblait éteinte mais personne ne pouvait le reconnaître. La vie de cour posait une grâce, une élégance mais tout était révolu. La tiédeur du soir, le parfum du jasmin rappelaient le passé et éveillèrent son désir. Al Akhtal voulut se faire aimer et, retrouvant ses vieux chemins, alla se réfugier chez Magdala.

La maison close demeurait ce lieu de rencontres surprenantes, de tentations mais nul client ne troublait alors la solitude de murs, seule la fille de joie attendait. Sentant le musc, elle le prit par la main et l'entraîna vers sa couche. Ses yeux brillaient, sa chevelure la couvrait, la découvrait, montrait sa peau blanche, et elle le déshabilla dans les gestes brûlants du désir. Explosion à croire au vrai bonheur, moment intense, puis le cœur retrouvait son rythme, sa lenteur, l'ennui apaisant. Après l'amour, les amants, d'une secrète complicité, montèrent sur la terrasse pour regarder Damas. Nuit immobile, silence, malédiction.

LA PLUS BELLE MOSQUÉE DU MONDE

Avec les Omeyades, le temps des persécutions fut très court, une erreur de parcours. Très vite, les gouverneurs musulmans plaidèrent eux-mêmes auprès des califes le retour des employés chrétiens, mal remplacés par des scribes qui firent preuve d'improbité. Ainsi, le syriaque et le grec côtoyèrent à nouveau la langue des conquérants, la vie d'avant reprenait balayant les pages brouillées des mémoires.

De ce temps d'absurdes confusions, surgit une légende de la nuit, à l'heure où le Palais de Verdure baignait d'un profond sommeil. Un homme quittait avec tendresse le giron de sa femme adorée. Soulevant la tenture, il alla vers les jardins sans bruit. Jeune, svelte, la trentaine à peine, sa vitalité surprenait pour quelqu'un d'arraché au jeu de l'amour. Les étoiles blanchissaient le ciel.

Ainsi, le calife Al Walid, appelé le faiseur de beauté, sortit en fugitif de son palais. Evitant la Rue Droite, ses errances pour méditer le portaient vers les chemins solitaires. Soudain, la Basilique de Saint Jean-Baptiste, sombre et massive, se détacha dans le noir. Le flâneur savait que ce lieu de dévotion incarnait l'histoire de Damas : Hadad, l'idole des Sémites, puis Jupiter, le dieu des Romains, furent vénérés dans ses murs puis oubliés quand surgit la prière chrétienne. Les autels de sacrifices des cultes païens, devenus couches de cendres, de sang séché, pourrissaient dans les entrailles de la terre.

Al Walid, d'une ferveur religieuse ostentatoire, absorbé dans ses réflexions sur le christianisme, fixa longuement l'imposante silhouette de pierre flouée dans l'ombre. Ce symbole de la spiritualité d'une ville devait aussi incarner l'Islam, la grandeur de l'Eglise étant perdue pour lui car remplacée par sa religion nouvelle. Intelligent et subtil, le calife réfléchissait, hésitait, sachant nuancer : les chrétiens adoraient le même Dieu unique, Jésus et Marie vénérés dans le Coran s'inscrivaient dans de superbes versets récités par les pieux musulmans.

Un pâle rayon fondit lentement sur les façades, premier éveil du monde. Al Walid, obsédé par la déchéance, rêva alors de durée. Bâtir une mosquée sur ce lieu symboliserait le triomphe de la Nouvelle Foi, l'éternité d'une légende d'homme dans le souvenir de Dieu.

Le calife entendit l'appel à la prière de l'aube, le vert sombre des feuilles devint transparent. La lumière éclaira doucement les jardins, les maisons, les fontaines. Damas scintilla et le rêveur l'imagina dessinée en cristaux multicolores sur des mosaïques éblouissantes, celles de la future mosquée des Omeyades, la première merveille de l'Islam.

Al Walid, le monarque le plus fier de sa dynastie, pénétrait dans l'Histoire découvrant son âme de bâtisseur. En vrai autocrate, il marqua son règne d'une humeur de despote fantaisiste, son orgueil le rendant souvent tranchant. Hélas, malgré sa droiture et sa générosité, son ardeur religieuse le poussait aux excès. Ordonnant aux chrétiens de céder leur basilique, leurs réticences lui semblèrent intolérables. Fort de sa foi, ce Prince des Croyants les menaça de détruire toutes leurs églises, réduites au nombre de quinze, depuis la Conquête musulmane. Consacrant sa vie à son idée, il confisqua l'imposante bâtisse, sans autre forme de procès. Son œuvre future semblait combler ses rêves lui offrant la puissance d'un élu.

Aux premiers coups de pioche abattant les murs de la basilique de Saint Jean-Baptiste, la ville s'éveilla de son sommeil. La destruction considérée un défi à Dieu, les chrétiens y virent la fin d'un monde, d'un passé déjà meurtri. Détruire une église faisait taire la pierre, mais n'éloignait pas les fidèles de la prière.

Les désespérés de cette folle entreprise pensèrent au manuscrit de Saint Paul, la frontière entre le désespoir et le miracle étant mince. Nombreux, marchant à genoux par dévotion, le cherchèrent dans des lieux insolites déterrant des dépouilles, fouillant dans la pestilence des marécages. Certains creusaient les pavés des maisons, les mains en sang, d'autres jeûnant au pain sec, quittaient la ville à la recherche d'un signe, un vol d'oiseaux, la direction du vent. Tous se croyaient éclairés de l'intérieur, porteurs de piété et d'espérance. Le plus passionné de ces chercheurs de vérité illusoire s'appelait Youssef, le scribe. Excessif, respirant la sensualité malgré un air très juvénile, il croyait sauver son âme en trouvant le parchemin divin, s'imaginant incarner un héros romantique. Allant chez la fille de joie de la Rue Droite, il fit, avec ses amis, un véritable séisme, fouillant tout recoin, semant un chaos effroyable. Ne trouvant rien et d'une identité fragile, le jeune lettré perdit vite ses repères. Sans réfléchir, blême de rage, déçu de lui-même, il courut vers la muraille, tourna le dos au quartier de son enfance et se jeta dans le vide. Les églises demeuraient silencieuses, les recueillements muets, les chrétiens attendaient, l'Histoire allait encore une fois les surprendre.

Deux jumeaux chrétiens, Boulos et Yohanna, de leur statut d'ouvriers, creusaient les fondations de la nouvelle mosquée. Le sol devenait plus humide, le fleuve étendait ses tentacules souterrains, posant partout une fange brunâtre. Soudain, un son creux les étonna et ils usèrent de leurs mains pour dégager la terre, trouvant enfin une cave profonde. Dans une obscurité de mort, un coffre fermé par trois verrous s'enfonçait au fond du trou. Un simple regard de complicité les lia d'un pacte silencieux auprès des autres travailleurs. Les jumeaux recouvrirent la béance et ayant rejoint la Rue Droite, le territoire de leur affiliation et de leur foi, ils murmurèrent à leurs proches leur étrange découverte. L'ombre descendait sur la ville, sur les ruines d'une basilique renaissant en mosquée.

L'inconnu aiguise l'imaginaire et les chrétiens discutèrent le dénouement du secret avec véhémence. Certains pensèrent au panier où s'était blotti Saint Paul pour fuir Damas par les murailles, d'autres assuraient que le manuscrit caché par la fille de joie était enfin retrouvé.

Les jumeaux attendirent la nuit, une nuit blanche. Silence équivoque puisque l'Ange du Seigneur quittait le ciel pour venir veiller sur la découverte divine. Certains entendaient sa voix sidérale, d'autres le bruissement de son vol mais nul ne put l'apercevoir, ses ailes géantes confondues dans le noir.

Les deux ouvriers revinrent sur le chantier, s'enfoncèrent dans le trou, entourés d'amis de confiance. Hélas le coffre fixé à même le sol baignait dans la fange, difficile à extraire. Une odeur de pourriture émergeait de la boue.

La première lueur surprit les chercheurs acharnés à leur labeur. Le ciel et la terre s'illuminaient et les passants accoururent de partout, étonnés par ce travail aux heures importunes. Ebruitement du secret, effervescence d'une foule rêvant de surnaturel, le Calife vite informé accourut de suite, espérant découvrir un inestimable trésor.

Enfin, un coffre de vermeil, devenu verdâtre de vieillesse, sortit de la chapelle souterraine. Les trois verrous furent forcés dans l'impatience générale, les gens se bousculant pour mieux voir, voulant être porteurs de nouvelles. Par une étonnante coïncidence, un panier s'y cachait, intact de fraicheur. Boulos l'ouvrit avec inquiétude, ses mains tremblant de peur, ne sachant pas encore que l'objet convoité contenait la mort. Nulle énigme n'entourait la découverte expliquée par un écrit : « Ceci est la tête de Jean Baptiste, fils de Zacharie ».

Les chrétiens de Damas prièrent, espérant une grâce du saint revenant mais le silence des profondeurs se posa sur la terre. Le trou se referma sur le vide.

Al Walid subissait l'enchantement du Barada, longeant l'eau en solitaire. Il réfléchissait aux évènements survenus qui révélaient un message surnaturel, une promesse d'apaisement. Se sentant une vocation nouvelle, le calife décida de garder ce panier plein d'une tête de mort, là où il fut trouvé. Dans sa mosquée, un somptueux mausolée le protégerait pour l'éternité. Ainsi, les chrétiens réconciliés avec lui iraient, sur le même lieu que les musulmans, faire une prière. Une rencontre et une espérance. Pour créer une merveille, le Prince des Croyants envoya ses coursiers aux quatre coins du monde afin d'embaucher les artistes et les artisans les plus doués, les créateurs les plus inventifs. Du roi chrétien de Byzance il exigea les meilleurs. Damas devint une ruche, douze mille ouvriers arrivèrent de Perse, d'Inde, d'Afrique, d'Anatolie pour bâtir la gloire d'Allah. L'imaginaire s'évadait avec les caravanes de marbres de la reine de Saba, de pierres précieuses du Gange, des ébènes du Nil. L'Islam n'avait pas encore son architecture propre mais les chrétiens de Damas, les architectes syriens offrirent leur art indigène, leur créativité, leur passion du beau, pour édifier la fabuleuse mosquée des Omeyades.

Sur un fond de lapis-lazuli, une inscription en lettres d'or porta le nom d'Al Walid, la date de la pose de la première pierre, novembre 706. Si le temps désacralise les lieux, l'émerveillement demeure la tentation du pèlerin, du poète, de l'artiste, du curieux. À l'époque de ce calife, soixante dix muezzins chantaient la prière et la mosquée inventa sa légende, celle de durer jusqu'à la fin des temps.

Al Walid mourut en 715. Son successeur Omar, pieux, austère, choqué par les extravagances de la mosquée, pensa vendre ses trésors et la rendre aux chrétiens jusqu'au jour où il reçut un ambassadeur de Byzance, un géant blond, désinvolte et loquace. L'étranger, vêtu en somptuosité, le geste ample et prétentieux, volubile, étonna par sa faconde jusqu'à son interprète. Impressionné, ébloui par la mosquée, l'homme avoua en grec s'être trompé jusqu'alors, ayant cru le pouvoir des Arabes court et insignifiant. Allant vers le sud, vers Damas, il ignorait encore le choc esthétique et spirituel de ce lieu de culte d'une religion honnie par lui. Cette splendeur ouvrait aux Arabes une page d'éternité.

Le calife Omar, séduit par ses paroles, décida de préserver la mosquée et donna aux chrétiens une très grande somme d'argent afin de bâtir une église de Saint Jean-Baptiste à Bab Touma, ce lieu où aujourd'hui encore ils sont réunis.

La dynastie des Omeyades succomba enfin à la malédiction qui accompagna son ascension, mais sa mosquée garda sa belle légende de subsister jusqu'à la fin des temps. En l'an 2001, le pape Jean-Paul II, arrivé à Damas sur les pas de Saint Paul, la visita. Cette date marqua une heure unique de l'Histoire où un pontife foulait les tapis d'un lieu de culte musulman, une promesse de tolérance et de paix. Vêtu de blanc, les pieds nus, les mains jointes, il y entra avec humilité pour s'agenouiller près du mausolée de Saint Jean-Baptiste et faire une prière. Les voix des muezzins chantaient le Dieu Unique et Miséricordieux des uns et des autres. Les colombes se posaient dans l'immense cour, volant bas et déployant leurs ailes comme les bras du pontife qui s'ouvrirent au moment de partir, pour dire que le cœur pouvait contenir chrétiens et musulmans et qu'ils étaient tous frères.

L'ÉTÉ 750
LA FILLE DE JOIE

Les peintres de l'Histoire usèrent du jeu des couleurs pour évoquer la fin des Omeyades, leurs bannières blanches salies de boue et de sang. D'autres étendards noirs, ceux des Abbassides, flottaient alors sur toutes les villes, la teinte de la mort triomphant de celle de la vie.

La nouvelle dynastie, celle des Abbassides, revendiqua le califat par Abbas, l'oncle du prophète Mohamed. Ses armées se déployaient tout autour de Damas durant un siège long et difficile. L'ombre descendait sur la terre quand certaines portes furent forcées et d'autres ouvertes par trahison. La ville, dans un embrasement crépusculaire, gardait encore sa douceur de vivre, son sortilège. Livrée au meurtre et au pillage, elle détesta mourir.

Magdala avait rencontré Abdul Rahman, le plus beau des Omeyades et depuis le destin des autres ne lui importait plus. Nul ne pouvait défaire ce lien intense, cette passion mêlant bonheur et douleur.

Ses amants venaient et partaient, l'instant d'un désir, quand elle n'avait besoin que de tendresse. Son métier, celui des sens, l'aidait à gagner des dinars qui roulaient à terre dans un clic de métal. Les grossièretés des clients pénétrant ses flancs, meurtrissant ses seins puis posant leur sexe inerte sur son ventre, la blessaient. Dans chaque étreinte étrangère, lui revenait toujours un même corps, un même souffle, un cri perdu.

La fille de joie éteignait sa chandelle, séduisant les hommes dans sa nudité blanche, le rayon de lune sur sa peau. Le jeune prince omeyade l'avait vue ainsi quand venu chez elle apprendre l'amour. Ce fut un instant d'incendie. Abdul Rahman avançait comme sur une descente délicate, levant ses yeux sombres, dilatés pour la fixer parfois. Sa timidité lui donnait un air inabouti, émouvant, sa voix murmurante emmenait loin. Magdala fut éblouie par son corps svelte et musclé et lui prit tendrement les mains pour qu'il la caressât. L'homme vint en elle comme pleure l'enfant sur le sein de sa mère et la fille de joie se souvint de la pureté.

Abdul Rahman apprit la jouissance mais refusa l'éblouissement de l'amour. Enfant gâté par les flux de la vie, il pouvait salir tout, même le rêve de la femme. Disparu, Magdala ne pensait qu'à lui alors que Damas semblait destinée à mourir.

Les Abbassides sillonnaient la ville. Le pillage dépouille l'humain : palais volés, brasiers flambants, vergers vidés, jardins piétinés. Damas expiait sa sensualité et sa science, le jasmin exhalant un parfum épais pour embaumer ses morts innocents. Les habitants se cachaient, Magdala ferma la porte de sa maison et attendit.

D'autres attendaient dans la terreur et l'humiliation. Le soleil se couchait tard l'été et la prière du soir, de minaret en minaret, résonnait sans dissonance. Etonnement, une voix mystérieuse psalmodia un cantique du pardon, un chant d'espérance puis la nuit tomba, claire et étoilée.

Le lendemain, aux sons de tambours, les Abbassides convièrent tous les Omeyades à un grand banquet de réconciliation disant vouloir leur rendre leur pays perdu et mettre fin à la guerre. La vie reprit dans la lenteur et l'appréhension. Les choses revenaient opaques, sans existence, la fille de joie rouvrit sa maison. Partout, l'on ne parlait que de cette prochaine rencontre.

Le soir du banquet, des nuages roses tachaient la profondeur du ciel, un lent crépuscule. Les princes omeyades conviés au festin revenaient dans leur palais, celui des Verdures, leur première patrie. Ils étaient quatre-vingt, enfin réunis, oubliant leur discorde et leurs querelles. Vêtus de brocart et de soie, tenant avec fierté leur cimeterre recourbé aux manches d'ambre ou de rubis, ces anciens maîtres de Damas se suivaient en cortège comme les orants des bas-reliefs antiques. Certains sourirent à Abdallah ibn Ali, le nouveau calife abbasside mais tous lui donnèrent le baiser du pardon, de la paix. Un vizir les débarrassait de leur arme la posant sur une table cachée, recouverte d'un textile noir, couleur des vainqueurs. Ces derniers hommes avançaient vers la mort dans une marche festive. À peine réunis, des gardes cachés les massacrèrent. L'Abbasside donna l'ordre de recouvrir leurs corps d'un tapis pour prendre dessus son diner, le qualifiant du meilleur de sa vie. En ce mois d'août torride, la nuit brilla d'une rouge luisance.

Tous ces Omeyades morts devaient se retrouver dans le paradis d'Allah près des sources limpides, admirées tant de fois sur les mosaïques de leur mosquée. De l'autre monde, ces princes pouvaient se souvenir de Damas, jamais invisible, car demeurant pour toujours au creux de leur songe.

Nuit blanche ou rouge, la ville entière pleurait ses anciens maîtres. Magdala ne pensait qu'à l'homme qu'elle aimait, assassiné avec tant d'autres, son corps transpercé de dagues. Vision d'horreurs, de souffrance, et la fille de joie serrait ses bras sur ses seins dans une étreinte vide, imaginant son corsage tâché de sang, celui de l'amant. Gestes perdus, mots qui manquent, deuil de stupeur et de silence, le temps noircissait.

Sans sommeil, la nuit ouvrait la solitude face à la mort, à la nuit éternelle. Magdala effondrée entendit des pas furtifs, imaginant ceux d'un djinn sortant d'un monde souterrain. Entrebâillant sa porte avant qu'on y frappa, elle vit Abdul Rahman et imagina un spectre venu lui dire adieu. Dans la pénombre, la fille de joie crut au bonheur, entendant la voix de l'amant, sans d'abord oser le toucher. Tremblante, elle le cacha une heure, rien qu'une heure, une petite heure. La femme le lava de sa sueur, lui offrit à boire, le nourrit et lui baisa les pieds. Le sacré émergeait du prince, soudain vieilli en un soir, seul survivant du carnage. L'extermination de ses frères se lisait dans son regard tantôt vitreux, pour les rejoindre, tantôt insoutenable, défiant la mort. Pourtant, l'homme de marbre, impitoyable, voulait surtout venger ses frères et avoua qu'une voyante aux osselets magiques lui avait prédit une glorieuse destinée. Ce dernier des Omeyades devait fuir jusqu'à l'océan des Ibères pour bâtir un vaste empire d'Orient et d'Occident, une union parfaite et brillante entre deux mondes qui durerait plusieurs siècles. Après un furtif regard, Abdul Rahman sourit à la femme qui l'aimait, prit à peine ses lèvres et disparut. Tout se dissipa comme l'ombre quand le patio informe retrouva ses contours de lumière.

Magdala alla se coucher dans le silence de l'aube. Elle avait effleuré le bonheur mais ainsi il perdurait. Nulle voix ne l'accompagna pour aller dormir. Les filles de joie ne chantent pas de berceuses sauf si l'histoire d'amour semble plus belle que celle des hommes. Damas fut si fascinante dans sa chute qu'elles veillèrent sur elle durant son long sommeil.

DEUXIÈME PARTIE

UN LONG SOMMEIL

LA PLUIE

L'hiver trainait ses ombres, l'horizon pâlissait dans l'attente d'une neige aléatoire. Damas, commandée par les Abbassides, gardait dans son cœur l'amour des Omeyades. Les dépouilles des anciens maîtres avaient enfin rejoint les caves sacrées de la Montagne. Là dans un culte des légendes, Abraham était né, Caïn tuait Abel, les sept dormants s'étaient cachés pour disparaitre durant trois siècles. Au fond des grottes gisait une mémoire du bien et du mal, loin du ciel ouvert.

Après le meurtre de tous les princes omeyades, les Abbassides s'installèrent dans leur palais al Khadra. Même verdure humide, même brise inconsciente, la pierre étouffant les cris des morts. Un nouveau Calife, Al Mansour, entra dans ses jardins abreuvés de sang, le visage déformé d'orgueil, ayant déjà assassiné son prédécesseur, ses rivaux et ceux qui avaient fait sa fortune. Son ingratitude légendaire, son manque de scrupules l'isolait de tout regard humain, cette solitude le portant à signaler sa présence par des actes de violence et de cruauté. Grand persécuteur des juifs, des chrétiens et parfois de musulmans dissidents, il incarnait ses excès dans une image double : intelligent mais primaire, vulgaire mais usant de bonnes manières, introverti mais dupe à la flatterie et aux courtisans. Dans ses contrastes étonnants, le calife aimait les sciences, les arts et la philosophie mais son insolence lui arrachait souvent son masque de jovialité. L'homme, brun et beau, doué d'un regard très sombre, d'un menton volontaire, avait une physionomie marquante. Sa silhouette demeurée svelte malgré de nombreux excès lui garda une allure énergique et désinvolte. Il imposait sur sa monture.

Damas attendait son retour du pèlerinage de la Mecque avec crainte et appréhension. Pour surprendre, Al Mansour entra dans la ville par la porte du sud celle qu'on appelle la Petite et qui côtoie les cimetières. Il préférait ainsi le monde de la nuit pour surgir, entouré de gardes et d'esclaves. Hélas, la peste ravageait la ville, hommes hagards, hallucinés, laissés en pâture à la mort des rues. Les muezzins psalmodiaient des lamentations funestes, le glas sonnait.

À l'arrivée du calife, le ciel prit une couleur de cendre et tomba la pluie. Le déluge lava les souillures, la foudre fit un grand feu. Al Mansour put enfin rejoindre Al Khadra, sûr déjà qu'il ne pouvait aimer Damas, humide à vivre, le Barada sortant de son lit.

Dans cette désolation de l'hiver, le palais des Omeyades perdait sa splendeur. Près d'un brasero tiède pour un homme d'Arabie, le Prince des Croyants se plaignit du froid. Se retrouvant enfin seul, il fixa les braises, leur incandescence et se mit à rêver de son passé : des raies sombres s'éclaircirent et l'enfant en lui se remit à vivre derrière un voile translucide, jeune cavalier galopant avec le vent sur un désert doré, les bras déployés en ailes d'oiseau, croyant pouvoir toucher la lumière et l'azur.

L'amour de l'évasion, de l'immensité, l'ondulation des mirages, le chœur d'oiseaux migrateurs tissaient les liens fragiles avec son adolescence. Le souvenir qui lui revint alors le hantait souvent quand, à treize ans, perdu nulle part, il vit surgir un château abandonné près d'un vaste fleuve. La nuit gardait un ciel blanc d'étoiles et ce lieu entre ombre et clarté devint alors l'ancrage sécurisant de son imaginaire. Cet attachement subsista au long des années, ce paysage évanoui lui semblant parfois présent. Al Mansour voulait le retrouver, le sortir de l'oubli, lui rendre sa grandeur perdue pour en faire sa nouvelle capitale, une pure merveille. Dans un bruit de tonnerre, l'idée lui donna le vertige et l'homme décida alors d'abandonner Damas. La pluie inondait les jardins et les rues.

Le calife passa sa dernière nuit dans les bras d'une fille de passage. Son secret cachait la blessure d'une première passion. Plus jamais une femme n'allait encombrer sa vie car toutes seraient offertes à l'heure de l'étreinte. Pour lui l'amour exprimait la faiblesse de l'homme, le sexe sa force. Enfin, dans une somnolence de fin de veille, brouillant les visages et les corps, une voix intérieure lui murmura un destin d'ailleurs, celui d'un grand bâtisseur. Ses yeux déchiffrèrent alors son nom inscrit sur une page de l'Histoire.

Pour quitter Damas, Al Mansour sortit par la porte de l'Est, traversant la Rue Droite avant l'aube. La pluie ayant cessé, la lune palissait entre les derniers nuages. La maison close entrait dans l'heure de son sommeil quand une forme voilée en sortit pour voir passer la caravane du départ. Pouvant être homme ou femme si ce n'était une démarche trahissant une sensualité féminine animale, la passante faillit glisser sur les chemins encore mouillés. Magdala n'était plus jeune. En femme naufragée, vieillie, sa vie se résumait en un seul bonheur creusé d'un chagrin, ayant adoré le dernier des Omeyades, Abdul Rahman, le seul qui avait pu fuir. Au passage du calife, elle leva son voile laissant ses cheveux au vent et comme victime d'un jeu de sorcellerie, éclata d'un rire malsain. Sa voix terrifiante, magnifique, hurlait à Al Mansour le secret de sa nuit : un messager d'Espagne, caché chez elle, lui avait annoncé que son ancien amant rétablissait déjà l'empire des Omeyades sur les terres des Ibères. L'unique survivant du carnage amputait ainsi ses ennemis, les Abbassides, coupant dans leur terre et leur chair le sang de ses frères morts, les vengeant. Magdala jubilait de bonheur, retrouvant sa jeunesse, le désir dans sa peau, ne sachant pas encore que l'aube grise cachait la dernière lueur de sa vie. Al Mansour, croyant ses propos faux et de mauvaises augures, fit signe à ses gardes de lui trancher la gorge, au bord du chemin. Il se remit à pleuvoir.

Sous la pluie, le messager sortit de la maison close, nullement pressé de remettre son message car fatigué de son long voyage. Damas lui était une ville étrangère, ses ruelles ressemblant à des cases de damiers. Le cortège du calife avait disparu dans la brume opaque et froide. D'un galop rapide, le coursier traversa la Rue Droite et finit par rejoindre Al Mansour, au moment d'une courte halte. Mêmes paroles que la fille de joie, rétrécissant un monde au dépend d'un autre, mêmes yeux durs du calife et même geste. Le messager, rudoyé par les gardes, subit le sort de Magdala. Abandonné sans sépulture au bord du chemin, son visage mort portait un rictus de sourire, le triomphe des Omeyades.

Le Calife quitta Damas sans se retourner, accompagné de scribes, de lettrés, de nombreux savants chrétiens arrachés à leur ville. S'en éloignant sans regrets, sa pensée errait ailleurs à la recherche du territoire de son rêve. L'ayant retrouvé plus tard au bord d'un fleuve somptueux et mythique, le Tigre, ce grand bâtisseur fonda sa nouvelle capitale Bagdad, lieu de vie politique et intellectuelle du nouvel empire. Dans une magie orientale, cette cité émergea d'un lieu ancien ayant perdu sa dureté pour entrer dans les Contes des Mille et une Nuits sous le scintillement de ses dômes d'or, incarnant la splendeur des Abbassides.

Al Mansour fut un fondateur de villes, donnant son nom à trois Mansoura, en Inde, en Perse, en Afrique. Pour réaliser la démesure de ses ambitions, les lingots d'or lui manquèrent. Hélas le bel esthète ayant une âme pour humilier chercha des fonds chez les chrétiens et les juifs qui ployèrent alors sous le poids des taxes et des charges, subissant aussi de nombreuses vexations dans leur quotidien.

Durant ces moments de tyrannie, les chrétiens de la montagne du Liban se soulevèrent. Les rebelles furent massacrés ou déportés sans nulle pitié, mais nombreux survivants vinrent se réfugier à Damas. En hordes affamées affluant de toutes parts, ces rescapés recherchaient dans le souvenir d'une ville, un ancrage, le symbole de la conversion de Saint Paul, un lieu de la révélation divine. La Rue Droite ouvrit ses portes aux nouveaux venus. Dans l'espace fermé des patios, on offrait un fromage de chèvre ou du blé grillé, un gîte modeste mais l'on se parlait. Ces chrétiens réunis gardaient l'identité d'un savoir ancien, porteurs d'une culture immense avec le talent de transmettre et de donner. Ces astrologues, médecins, philosophes, traducteurs allaient tous contribuer au développement de l'âge d'or de l'empire des Abbassides, un âge hantant toujours l'imaginaire des Arabes et qui comme tout scintillement avait fini dans la nuit.

Damas n'était plus la capitale nonchalante du bord d'un fleuve, mais les voyageurs, les artistes, les poètes, les rêveurs l'aimaient et l'écoutaient. Ville de rencontres existant toujours dans ses mêmes idées contradictoires, entre sagesse et frivolité, sensualité et froideur, sa beauté préservait l'intime de son histoire. Elle entrait enfin dans un long sommeil entrecoupé d'éveil pour rire parfois de son épreuve injuste.

LES HOMMES DES ÉTOILES

Sur les bords du Tigre, la splendeur de Bagdad effaça le souvenir de Damas et de son fleuve. L'histoire allant vers la fable, un nouveau calife, Haroun Al Rachid, entra dans l'Histoire accompagné d'un faste et d'un rayonnement jusqu'ici inégalés. Dans la nouvelle capitale des Abbassides, des savants se ruaient sur les livres, formant un noyau d'intellectuels pour traduire la pensée grecque et romaine, byzantine et perse, une véritable course vers la connaissance.

Pendant ce temps, tout en voulant s'extraire de l'oubli, les chrétiens de Damas se virent sur l'autre versant du monde, celui de la pénombre. Certains aimaient leur montagne, Al Kassioun, sa façade rassurante les préservant toujours du vent du nord, son sommet ouvrant le ciel. Alors, quelques astrologues décidèrent d'écrire la science de ses étoiles. Yahya, l'un d'eux, habitait une ruelle pleine d'histoires, mais la sienne allait bientôt le sortir de l'ombre.

Sa ruelle, Al Zaitoun, s'ouvrait sur la Rue Droite. Son nom, voulant dire l'Olivier, lui valait la beauté d'un arbre venant du jardin de Gethsémani où Jésus avait prié avant sa passion. Une fois l'an, certaines de ses branches, coupées pour la procession du dimanche des Rameaux, brandies par les foules, symbolisaient le triomphe du christianisme. Yahya habitait tout près de cet arbre et lisait à son ombre. Grand et maigre, ses joues creuses allongeaient un menton déjà pointu. Cet astrologue ressemblait à un personnage décharné d'une fresque d'église, expiant dans les enfers sa boulimie terrestre. Introverti, il ne parlait jamais aux enfants qui, par dérision, jouaient aux osselets autour de lui. Solitaire toujours, cet illuminé décida d'abandonner ses livres d'astronomie de Ptolémée et quitta sa modeste maison, son patio exigu à l'unique cédratier. Près de l'Olivier, en quête d'attache, le voyageur fit une prière à la Vierge Marie puis coupa quelques branches de l'arbre, emportées avec lui en souvenir.

Pour oublier les autres et méditer sur les étoiles, Yahya escalada la montagne, attiré par sa force poétique. Se sentant très proche de Dieu, la luisance de la nuit lui offrait son émerveillement quand la peur le saisissait aux cris des chacals. À ses pieds, Damas se fondant doucement dans ses verdures lui semblait effacée, grise, car seule sa passion des luminaires le comblait. Son isolement l'aidait à transcrire tout ce qu'il déchiffrait. Petit à petit, les gens l'oublièrent le croyant mort. Les enfants découvrirent d'autres jeux. Les saisons passèrent.

Quelque temps plus tard, Yahya revint à Damas, un vieillard porteur d'énigme, serrant contre lui son livre écrit sur les astres. Dévot avec l'âge, il sortait de sa maison pour aller prier dans l'église du quartier, allumer de nombreux cierges en se signant, faisant des génuflexions jusqu'à terre. Son visage se perdait derrière une barbe hirsute, ses sourcils en broussailles masquaient son regard souvent hostile, sa chevelure immense et blanche rappelait celle d'un prophète d'un temps ancien. Souvent, il s'installait sous l'olivier les mains cachant sa face et les passants disaient qu'ils revoyaient ainsi les étoiles, leur parlant dans le silence de son recueillement.

L'Histoire a son mouvement. Une caravane quittait Damas et l'astrologue se joignit à elle prétendant vouloir atteindre Bagdad et rencontrer le calife. Entièrement démuni pour payer le voyage, il était pourtant certain qu'un musulman, un juif ou un autre chrétien le nourrirait le long de la route. À l'âge du déclin, le temps pressait.

Yahya s'éloigna à nouveau de sa ville dans cette caravane de marchands qui, après l'étape de Bagdad, continuait sur la route de la soie jusqu'à l'Asie lointaine : enfilade d'hommes et de bêtes, silhouettes de chameaux alourdis de marchandises, palanquins pour les riches, marche laborieuse pour les pauvres se nourrissant d'eau et de pain. Yahya était surpris par son endurance. Quand la chaleur grillait, la marche se faisait de nuit et retombaient sur lui les étoiles à qui il murmurait des mots que nul ne comprenait.

Un soir, à l'heure d'une halte, il fut interpellé. Issa, dit Issa le damascène, le grand médecin chrétien de Damas, l'avait reconnu. Ce dernier, de grande renommée, appelé par le calife Haroun al Rachid à Bagdad pour soigner sa mère qui se mourait, faisait un voyage de nabab. Quand on l'appela, Yahya regardait l'horizon avec le même émerveillement qui illuminait ses nuits, moment crépusculaire, sentiment inquiétant d'une caravane ensablée ou d'un soleil incendiant dans sa chute un harem d'odalisques. Enfin, il dut sortir des rangs pour se présenter sans empressement auprès du toubib qui, malgré beaucoup d'orgueil, le pria près de lui.

Face à face sans emphase ni courtoisie, la question

tomba comme un couperet. L'homme des étoiles devait avouer si un astre d'or veillait sur un souverain d'Occident : Charlemagne à la barbe fleurie. Le médecin expliqua que cet empereur voulait protéger les chrétiens d'Orient. Ses guerres contre les armées de l'Islam, à ses portes, nourrissaient un imaginaire de chevalerie, les troubadours racontant ses exploits dans des poèmes épiques, des chansons de geste. Doué d'un grand génie politique, il avait saisi l'urgence d'un dialogue avec les musulmans se demandant déjà quel monde allait être l'ombre de l'autre, envoyant une ambassade à Haroun Al Rachid pour établir un dialogue, ouvrir l'Europe à l'Asie. Ses émissaires avaient été éblouis par la courtoisie des califes, leur or, la générosité des présents. Hélas, l'histoire s'évadait et se perdait dans un flou de mystère. Issa de Damas voulait savoir si, l'empereur et le calife s'étaient bien entendus à respecter et sauvegarder les droits des chrétiens dans l'Empire d'Allah. Dans des récits demeurés énigmatiques, une ambassade partie de Bagdad, aurait remis les clés du Saint-Sépulcre de Jérusalem à Charlemagne.

Yahya, interprétant les lumières de la nuit, pouvait combler ce vide de l'Histoire mais l'homme des étoiles refusa de répondre, convaincu que seule l'espérance éclairait le cœur des hommes. Les deux damascènes, le médecin et le devin se regardèrent en silence. Le pauvre quitta le riche sans même avoir bu une coupe d'eau fraiche.

La caravane reprit sa route vers la plus brillante ville du levant, la capitale de l'empire abbasside. Ce monde grandiose allumait ses arcs de triomphe et de feu de l'Atlantique jusqu'à la Chine. Il ne fallait pas se méprendre sur la beauté de Bagdad, ville du salut aux trois enceintes. À l'aube, elle donnait la sensation tranquille d'un lieu endormi et les ors des dômes gardaient encore la discrétion d'un clair-obscur. Au lever du soleil, elle devenait blonde.

Quand enfin surgit la ville, Yahya vit le dernier astre de la nuit prendre la couleur du sang et eut une révélation. Rassuré par la présence de Issa de Damas, il le suivit jusqu'au palais du calife. Là, laissé aux portes, le devin prédit des violences imminentes, s'abattant sur une famille de lignage et de prestige. Par contre, le médecin fut introduit, avec égards, auprès de la malade et usa de son savoir pour guérir la mère d'Haroun Al Rachid. Recouvert d'honneurs, professant son savoir, il allait devenir le médecin de la cour. L'astrologue, répétant sans cesse la malédiction et la chute d'une puissante dynastie, fut jeté au cachot, ses prédictions ayant inquiété le calife craignant pour sa descendance. Dans sa geôle sombre et souterraine, Yahya vivait dans un manque continu, celui du ciel. Le temps au fond d'un trou pèse une éternité, il pouvait être vertige ailleurs.

Le calife, adorateur et esclave des femmes, préférait vivre dans son harem aux milliers de lampes, une éternelle luisance. Là, quatre cents courtisanes se bousculaient, nombreuses enlevées des familles chrétiennes. Elles excellaient chacune dans quelque art : poétesses, conteuses, danseuses ou musiciennes mais l'homme préférait les vierges, un orgueil du corps et de la puissance. Ses lieux de luxure d'un faste inouï dotaient son palais d'une légende érotique. Pourtant, Haroun al

Rachid s'acharnait à entretenir une image de lui plus complexe, plus cérébrale, car aimant passionnément les arts et les lettres et doué d'un talent de poète. Dans la « Maison de la Sagesse », les livres traduits en arabe par les chrétiens de rite syriaque exprimaient une convergence de tous les savoirs. Ce prince égoïste et excentrique croyait douer Bagdad d'un rayonnement inégalé, d'un génie de lui. Hélas, ce grand nerveux, sensuel et jaloux, fut surpris par la famille de ses vizirs, les Barmécides, une brillante dynastie sortie du temple de Zoroastre.

Les Barmécides, loyaux et fidèles, le servaient et bâtissaient l'empire, leur fabuleuse richesse s'étalant dans le raffinement et la brillance. Surpassant en munificence le calife, l'eau du Tigre était le miroir de leurs fêtes. De l'autre rive, le Prince des Croyants voyait des palais plus beaux que le sien, un art de vivre somptueux et déjà fracassé, une humiliation pour lui. La famille de ses vizirs prenaient des libertés excessives, favorisaient aussi les chrétiens et leur portaient estime et protection ce qui l'irritait parfois. Jafer, le plus beau d'entre eux, son ami d'enfance cristallisait l'attention et l'émotion, une nuit semblant ternir ceux qui l'approchaient pour que lui seul existât. Haroun Al Rachid, véritable despote oriental, prodige jusqu'à l'extravagance, détestait la reconnaissance. Ses instincts cruels le rassuraient de sa puissance mais ce tourmenté étouffait dans ses insomnies ses silences et son dépit morbide. Comme l'avait pressenti le devin, le calife dans sa nuit souffrait d'un mal incurable, la jalousie. Premier péché de l'homme, celui du jardin de l'Eden, de la chute.

Une brume s'élevait du Tigre, un voile masqua l'autre

rive, le paysage disparut derrière une bordure indistincte. Le Prince des Croyants vit le vide et sourit, décidant d'en finir avec ceux dont la gloire éclipsait la sienne.

Les Barmécides, assassinés ou exilés, rejoignirent la respiration de la terre quand leurs palais devenaient ruines, laissant derrière eux le souvenir d'un éclat incomparable mais aussi celui d'un malheur, d'une malédiction. Seul Djafer allait figurer dans les « Contes des mille et une nuits », image bouleversante du vizir de la séduction, du génie, de la lune montante, de la mort. Lui aussi croyait que tout était écrit dans les étoiles là où le poète aveugle retrouvait la vue.

L'astre de sang du ciel s'étant éteint, le Prince des Croyants se souvint de Yahya, l'homme jeté au fond d'un trou et comprit son talent. Séduit déjà par la qualité humaine et intellectuelle de ses traducteurs, la science de son médecin, Issa de Damas, sa mère guérie par ses mains apaisantes, le calife crut en ces chrétiens venus d'ailleurs et voulut les garder près de lui. Haroun Al Rachid donna l'ordre de sortir Yahya vers la lumière, lui demandant de demeurer à Bagdad, d'abjurer sa foi et devenir musulman. La solitude d'un trou ou la peur d'y disparaître pour toujours firent céder le chrétien qui se convertit à l'Islam. L'astrologue soumis, comprit alors que sa liberté gardait le gout amer du remords et se mit à douter de sa vie. Décidant de fuir, de retrouver sa ville et son olivier, il prit le chemin de Damas.

Sur des pistes balayées de vent, un gueux traversait le désert, s'arrêtant parfois pour saisir les vibrations des étoiles.

L'immensité ouverte perdait toute consistance, sa terre promise, sa ville natale semblaient des mirages évanescents. Parfois, halluciné de soleil, il imaginait un bruit d'eau, l'illusion du fleuve de son enfance et les souvenirs du fond de sa rue, celle de l'Olivier, dessinaient des images. Il clignait des yeux pour voir des enfants, des arbres, entendait des cantiques d'église, le *Te Deum*, le chant des morts. Marche infinie, désolante errance, prière dans le silence et la solitude. Le paysage magnifique se creusait, devenait tombeau. Sous une lune ronde et blonde, Yahya mourut d'épuisement sans jamais avoir eu quelqu'un pour partager ses rêves ou ses échecs. Ses yeux vidés, rivés vers les étoiles, fixaient une première vision de l'après vie.

LA MONTAGNE ÉTERNELLE

La nuit rendait tout visage perdu quand Magdala abandonna sa maison close. Elle fredonnait des airs à peine audibles, le vent couvrant sa voix, celle qui caressait les rêves des hommes, la même la séparant d'eux. À cette heure sombre, des ombres grises rôdaient dans la Rue Droite.

D'un pas furtif, Magdala se dirigea vers la porte de l'Est encore fermée. L'horizon s'éclaircissant lentement, une ligne évanescente blanchissait le ciel. Elle voulait devancer tous les autres pour s'asseoir sur la pierre d'angle et voir arriver, la première, le nouveau calife venant de Bagdad. Se hissant à la meilleure place, la femme des désirs imaginait des regards, des paroles, l'illusion lui nouant la gorge. Vendant toujours son corps pour presque rien, la fille de joie rêvait de l'opposé de sa vie : toucher le manteau d'Al Mamoun qui, à l'un de ses mariages, avait versé sur la tête de sa nouvelle femme, mille perles de la plus belle eau, frôler son ombre, sentir le parfum qu'exhalait son corps. Tout ceci la valorisait à ses propres yeux.

Ce Prince des Croyant, tant attendu, séduisait par sa brillante légende, celle d'une générosité inégalée : avant d'entrer dans son palais de Bagdad, ses gardes jetèrent des millions de dinars aux badauds. Le gagnant d'une loterie reçut une terre, une ferme, une esclave. Ce calife, au cheminement lumineux, vivait dans un faste inouï entouré de sept mille eunuques : décors grandioses, jardins enchantés, émotion des musiques.

Al Mamoun, prodigue de sa réputation, devrait jeter sur son chemin de Damas une manne. La ville abandonnée par sa dynastie, les Abbassides, gardait encore sa beauté intacte. La Rue Droite, celle de l'Ange, ayant mis fin au paganisme, converti Paul et accueilli l'Islam, cachait ses histoires dans le vécu des hommes, dans ses murs plissés, recouverts de jasmin.

À l'aurore, le muezzin appela à la prière quand les gens se bousculaient déjà près de la Porte de l'Est, espérant un bonheur à venir. Les lourds battants s'ouvrirent alors dans un bruit de puissance. Sur la pierre angulaire, Magdala attendait, immatérielle de blancheur, sa sensualité damnant les passants. Avec ses seize ans, elle grisait des hommes croyant toujours ravir à ses lèvres l'innocence et l'émerveillement d'un premier baiser.

Dans la lenteur d'une pompe orientale, Al Mamoun arriva enfin. Beau, absent, imperturbable, son champs visuel semblait vacant. Venant de pacifier le nord de la Syrie, il avait enfin décidé de visiter Damas, d'admirer les palais des Omeyades, les lieux des cents vies assassinées. Les Abbassides avaient toujours craint la restauration de cette dynastie moins fastueuse que la leur mais plus tolérante, moins arrogante mais plus curieuse, ses califes venus du désert s'émerveillant de toute découverte quand eux étaient déjà nantis et repus.

L'arrivée du calife dans la Rue Droite fut aux sons des tambours. Des eunuques jetaient, dans la foulée, des poignées d'or et d'argent, des vessies de musc, des œufs d'ambre gris. Les gens se baissaient pour une cueillette avide, se disputant parfois. L'accueil enthousiaste rassemblait les femmes juives et chrétiennes semant des pétales, les musulmanes voilées poussant des youyous de joie. Les hommes, plus perplexes, attendaient une offrande. Magdala courait pour suivre Al Mamoun, lui chantant un air d'amour, celui des filles au cœur vendu, celui des hommes blessés d'incertitude. Elle dansait, se rapprochant le plus près possible du cortège, ses mains, ses hanches, ses gestes de déesse ou de bacchante portant l'homme dans la divinité de son corps. La fille de joie offrait sa pureté perdue, le souvenir de son innocence quand elle reçut, jetée vers elle, une perle fine grande comme celle des mariées des vizirs et des rois. Heureuse et fragile, elle la serra contre son cœur.

La lumière croissait dessinant les images du jour. La foule avide observait les butins cueillis dans l'euphorie. Magdala rayonnait de bonheur ignorant encore que son joyau portait sa damnation. La reine du jour, assaillie de toute part, se jeta alors vers l'avant mais fut sitôt prise sous le galop des chevaux. Le sang coula sur ses seins blancs, aucune plainte n'accompagna le soupir du sommeil de l'ombre. Nul ne retrouva la perle blanche de la mort.

Al Mamoun décida de résider quelque temps à Damas. Ville des trois quiétudes, un quartier juif aux secrets gardés, une Rue Droite d'églises et de cathédrales, la plus belle mosquée du monde, et partout de magnifiques demeures cachant leurs patios de cédrats et de jasmins. Chacun de ces lieux, au caractère distinct, paraissait inextricablement lié aux autres, cohérence d'une ville de multitudes et de grâce. Enfin, le calife s'installa dans le palais Al Khadra, celui des anciens maîtres. Vêtu de brocard, ses turbans rehaussés de pierres allongeaient son visage en majesté, ses yeux ombrés de vert, noircis de cils immenses cachaient un regard discret. Distant, réservé, non sentimental, sa vraie tourmente exacerbait sa sensualité toujours inassouvie, héritée de sa mère, une splendide esclave. Pour essayer d'échapper à cette part de lui-même, ce fin-lettré développa ses penchants pour la poésie, son amour des sciences. Peu dévot, sa curiosité intellectuelle le portait parfois vers une tolérance religieuse, pouvant secourir juifs, chrétiens et musulmans dissidents. Parfois, ce solitaire introverti s'évadait de son palais, sans qu'on puisse le reconnaître, pour longer les rives du Barada. Il entendait alors la prière du muezzin sans s'arrêter puis la voix des passantes chantant le désir et l'amour.

Dans sa nuit damascène, Al Mamoun fit un rêve et vit un homme d'une blancheur éclatante assis dans une assemblée de philosophes. Tout l'attira vers lui, la beauté des traits, le front haut, les yeux bleus sombres, l'aura flottant autour de son visage. Le calife, empli de crainte, compris qu'Aristote l'interpelait. Après un dialogue concis et brillant entre le dormeur et le fantôme du songe, le sage grec demanda de faire traduire toutes ses œuvres en arabe. Le Prince des Croyants, sachant user d'outil émotionnel pour diffuser ses idées nouvelles, prétendit son engagement dicté par une voix ou une ombre. Son époque allait ainsi porter la vêture des grandes traductions : les sciences des Anciens, la médecine, la logique, la philosophie, furent traduites dans la langue du Coran. Nombreux chrétiens de Damas furent mis à l'ouvrage. L'astronomie, incarnant pour lui l'éblouissement, l'avenir du monde, devint son sujet de prédilection.

Une éclipse de lune fut l'appel prémonitoire pour observer les étoiles. Le calife vécut avec angoisse la pénombre de la nuit et attendit debout le retour de la lumière. Alors, le versant aride de la montagne devint lentement d'une blondeur de blé et Al Mamoun y déchiffra un signe du divin. Damas n'était pas sa patrie mais désignait une fécondité de la terre, une masse d'émeraude dans les stries du désert. Ce lieu qu'il devait quitter aiguisait sa nostalgie, avec le pressentiment que le meilleur de sa vie était derrière lui. Pour en échapper, il décida de bâtir, au haut du Kassioun, un observatoire du ciel, des astres, de tous les horizons scintillants, un glorieux souvenir de son passage à Damas.

Des ouvriers entreprirent des travaux à grande vitesse, le calife voulant inaugurer le monument avant de quitter. De grands feux créaient des lumières pour un travail de la nuit. La plupart des architectes, des chrétiens de la Rue Droite, accueillirent les étrangers arrivés d'Irak, de Chiraz ou de Constantinople. Tous échangeaient leur savoir pour créer une pure merveille, leurs regards rivés sur l'azur, sur l'immensité du sommet. Les gens de Damas, voulant rivaliser avec l'observatoire de Bagdad, commandé aussi par Al Mansour, dessinèrent un monument aussi élancé qu'un minaret avec une coupole à ciel ouvert, recouverte de feuilles d'or. Les réflexions solaires et lunaires tombaient sur les courbes arrondies, un symbole lumineux du triomphe de la science.

La gloire a deux faces, comme les plus brillants des miroirs. Pour atteindre les étoiles, il fallait beaucoup d'argent et le calife, las de séduire et de donner, eut recours aux habitants de Damas pour financer la fin de son projet. Alors que l'observatoire gravissait l'azur, Al Mamoun procéda à un nouveau cadastre du pays. L'opération entraîna une aggravation des charges fiscales, l'impôt foncier devenant énorme. Les taxes retombaient en grande partie sur les juifs et les chrétiens qui se retrouvèrent totalement démunis.

Ces derniers, à chaque coup du sort, imaginaient la fin de leur temps, leur savoir flouant leur mémoire. Quand surgissaient les difficultés, ils se réfugiaient dans leurs églises, chantant les mêmes cantiques et récitant le rosaire jusqu'à épuisement. La plupart d'entre eux repensèrent alors au manuscrit de Saint Paul perdu dans le silence et l'énigme de l'Histoire.

Les Damascènes, le regard rivé sur la montagne illuminée de grands feux, imaginaient des zones incandescentes, irréelles. Offrant leur sueur et leur labeur, ils y travaillaient avec fierté. Parmi ces ouvriers, un tout petit homme, Boutros fils de Yohanna, s'affairait sans relâche. Ce maçon de la Rue Droite, ressemblant à un nain ou plutôt à un enfant privé de croissance, séduisait par son minois innocent. Pris dans l'euphorie de l'astrologie ambiante, le petit homme décida de retrouver le manuscrit de saint Paul, imaginant des signes marqués par le rai d'une étoile sur la cachette. Sa découverte, un rêve de saint, poserait une aura autour de sa tête. Le monstre miniature du quartier deviendrait alors un savant, un déchiffreur d'énigme.

Le chantier dura longtemps et Boutros, en haut de

la montagne, bâtissait le jour, s'épuisait la nuit à la recherche de tout ou de rien. Enfin, croyant avoir atteint son but, il retrouva, au creux du versant, l'antre où Yahya s'abritait les nuits de grands froids. Le sol, dévoré de ronces, obscurcissait un espace réduit, blanchi à la chaux vive. Comme sur des tablettes antiques, des dessins, des itinéraires de constellations, des symboles inconnus brouillaient les murs. L'ouvrier s'émerveilla de cette écriture magique s'acharnant à la lire sans pouvoir en déchiffrer les signes ou les lettres.

Le temps passa, le soleil dorait les côtés de la montagne puis vint le temps des moissons. Le nain se concentrait des heures pour saisir l'abstrait des symboles incertains, sans jamais se décourager, sûr que le nabot d'une rue deviendrait l'illustre gnome connaissant le monde surnaturel. Enfin, hanté toujours par sa découverte indéchiffrable, Boutros décida de revenir à Damas, se faufilant de nuit, pour consulter les livres des écoles, les manuscrits des Anciens, les textes liturgiques des églises. Tout pouvait être utile pour découvrir l'énigme de la grotte blanche. Ayant erré en fugitif dans une vaine recherche, il voulut enfin rejoindre sa cachette clandestine, escaladant le versant pour retrouver le lieu de son émerveillement. Les ronces ayant poussé durant son absence, égratignaient ses pieds mais lui ne regardait que les murs, leurs signes magiques, familiers, compliqués. Sa bougie scintillait dans des ombres lumineuses le rendant heureux. Puis, rassuré, épuisé, le nain s'endormit sans souffler la flamme. Les ronces flambèrent pour sa dernière nuit. De loin, on vit un feu de plus sur la montagne.

Le lendemain, Al Mamoun inaugura l'Observatoire

et les hourrahs célébrèrent la Montagne Eternelle. L'on fit voler mille pigeons et faucons, des dirhems d'or furent jetés aux passants. Magdala morte, d'autres filles de joie dansèrent pour le Prince.

Al Mamoun devait rejoindre son palais de Bagdad. Pour son départ de Damas, la foule forçait l'animation : des cithares, des tambourins, des danseuses, des eunuques, des gardes, des cimeterres, des cris… Le calife aussi impassible que le jour de son arrivée ouvrait le cortège. Adorateur de la science, il partait vidant la ville de son âme ancienne. Emportant avec lui les traducteurs d'Aristophane et d'Aristote, des médecins aux savoir hérité de leurs pères, des astrologues racontant l'avenir, son rêve de luisance dépendait d'eux. Tous ces damascènes, chrétiens la plupart, le suivaient pour découvrir la capitale des Abbassides où convergeaient l'Asie, l'Europe et l'Afrique. Sans se retourner, ils sortirent des murailles par la Porte du Paradis, y abandonnant déjà une part de leur bonheur. Ces érudits espérant un Eden au bout du voyage furent vite déçus, le vrai exil demeurant dans leur cœur.

La caravane du Prince des Croyants se perdit dans le lointain. Al Mamoun, heureux de s'éloigner, savait que les Omeyades hantaient encore Damas même si, en fin politique, il avait pu étouffer toute possibilité de restauration. Pour cette dynastie ancienne et tragique, la capitale déchue gardait son vieil amour, texture d'un souvenir, voix d'un premier songe.

LES JUMEAUX

Magdala ne voulait pas rejoindre sa maison close. Le crépuscule, interminable l'été, changeait ses rouges. Moment poétique ou lyrique, folie de couleurs ouvrant les sens, elle croyait, dans une même fatalité, à l'appel du ciel et du corps. Très jeune, la fille de joie aimait déjà cette heure du soir mais ne se souvenait ni de son père, ni de sa mère, se demandant qui la prenait par la main pour regarder le ciel. Le destin l'avait protégée, la cruauté d'une enfance informe étant refoulée dans le désir des hommes. Elle ne cherchait pas dans son passé, ne se méfiait de rien, ayant toujours refusé d'aller ailleurs. Damas demeurait son unique aventure, son voyage, sa mémoire. Enfin, au moment de vouloir rentrer chez elle, une porte entrouverte sur un patio, dans la rue de l'Olivier, l'attira : des géraniums ornant les fenêtres intérieures tombaient en grappes rouges, des senteurs de chèvrefeuille émanaient des murs, des jets d'eau semaient leurs gouttes, espace ouvert, vacant un moment, déjà floué par l'obscurité.

Magdala se promit d'y revenir. La nuit tombait. Le songe ramena les images d'un lieu à peine perçu, une nostalgie de silence, de sérénité. C'était déjà l'après-midi d'un mois d'août suffocant mais Magdala sortit aimant s'égarer dans les ruelles vides à l'heure de la sieste. Elle voulait retrouver sa place de vigile de la veille et découvrit avec bonheur que la porte demeurait entrouverte et entra par curiosité. La lumière écrasait le patio. Sans nulle crainte de la chaleur, cinq fillettes s'amusaient à y cueillir des cédrats. L'ainée, treize ans à peine, installée sur l'arbre pour le secouer, dominait les quatre autres tenant un drap par ses coins pour récolter les fruits. La plus espiègle d'entre elles qui avait trois ans, lâchait souvent prise pour éclater de rire. Toutes portaient la même robe qui perdait sa beauté en croissant, le charme des toutes petites emportant le regard.

À l'intérieur, au fond d'un grand salon un homme impassible, assis en tailleur, lisait l'Evangile. À l'autre bout de la maison, un grand affairement troublait la nonchalance des heures chaudes. De l'agitation, des soupirs, des cris, une femme appela soudain au secours, la mère accouchait dans de grandes souffrances. Magdala accourut. En un instant, il y eut un miracle et l'enfant parut, recueilli par la sage-femme. Les servantes terrifiées par la douleur de leur maitresse pleurèrent de joie. Les choses créent le hasard. Magdala, par intrusion ou effraction, avait porté la chance. Dans une maison où les habitants semblaient émerger des coulisses dans des rôles étudiés, répétés, comme pour réussir une apparition, une joie spontanée éclata. L'héritier, enfin né, reçut le prénom de son aïeul, Costaki. Son père Luc, en prière tout le long de l'accouchement, était un médecin de grand renom. La naissance d'un fils après cinq filles lui causa tant de bonheur qu'il abandonna son épouse toute endolorie pour aller fleurir la tombe des ancêtres. Sous un soleil sans ombre, la chaleur estivale dilatant la lumière et les corps, il sortit d'un pas furtif au moment où l'accouchée le cherchait du regard, l'enfant dans ses bras. Débordant de tendresse, elle murmurait à son fils tout bas : Costi, Costi. Ce diminutif allait devenir son vrai prénom, sans pouvoir le retenir dans l'enfance.

Magdala devait rejoindre sa maison close. À cette heure, le jour semblait ne vouloir jamais finir mais cette famille étrangère, découvrant son histoire pouvait lui devenir hostile. Furtive et discrète, elle pouvait disparaitre entre les arbres, quitter le patio, oublier un instant utile de sa vie mais la mère l'appela, la remercia, lui montra le nourrisson avec tendresse. Dehors, une réverbération de chaleur rose inondait partout mais les filles continuaient leur cueillette, plus tard elles verraient l'enfant. Magdala avança dans la rue de l'Olivier, ne vit personne à cette heure torride, quand le père surgit revenant chez lui. Par une injonction mystérieuse, le médecin dit des mots de reconnaissance lui demandant de revenir parfois. La fille de joie croyait se trouver une famille. Ainsi, dans la fuite du temps, peut-être une fois l'an, Magdala revenait rester avec les enfants. Le patio toujours touffu, les roses au printemps, le cédratier ployant de fruits l'été, gardait ses floraisons, signes d'éphémère et de réussite.

Elle vit Costaki, fils de Luc, grandir dans ce lieu de l'amour entre des parents aimants et lettrés et des sœurs l'admirant avec curiosité. Le père comblé avait consulté l'astrologue qui prédit une vie hors du commun, l'étoile du garçon ayant une fibre de flammes. En fin de journée, Luc, le père, laissait ses malades et, comme tant d'autres, aimait retrouver ses amis et écouter le conteur de Damas. Si la ville en ces temps de sommeil perdait un scintillement, ses conteurs, dans des pouvoirs de devins, imaginaient les envers des décors et alimentaient les attentes. Semblant visiter des lieux inconnus, ils créaient des cohérences ou des contrastes. Hélas, nul d'entre eux ne sut ou ne dit qu'au moment où naissait

Costaki dans une famille chrétienne, venait au monde un autre mâle, Al Motawakkel dans le palais d'or de Bagdad. Cet enfant était bien moins attendu que le damascène, car trop d'hommes convoitaient le pouvoir des Abbassides. Pourtant, le conteur du soir pouvait décrire la Cour des califes, abandonnée aux orgies et aux folies, détruisant les Princes des Croyants livrés à la boisson et aux femmes. Parfois, il se référait à la soldatesque turque, une plaie s'élargissant dans la chair de l'empire et qui faisait trembler le souverain. Quand, dans l'imaginaire de Bagdad, le soleil ne devait jamais se coucher sur les Abbassides, le veilleur des contes annonçait une lente décadence, un long crépuscule de l'Histoire.

Magdala prenait de l'âge, les rides durcissaient son regard, ses boucles blanches teintées au henné perdaient toute brillance, ses mains traversées de veines bleuâtres ne refaisaient plus les gestes de l'amour. Elle s'amusait à ressasser les noms des villes d'où venaient ses amants. Connaitre le corps ouvrait un voyage mais les paroles des hommes, après l'amour, lui semblant alors superflues, dessinaient à présent des contours, des lieux mystérieux. Tout ceci éveillait de fuyants souvenirs, un autre voyage. Heureuse de sa vie malgré l'usure, nul malentendu ne lui avait changé de rêve.

Avec les années qui passaient, la fille de joie demeurait fidèle à une invitation devenue rituel allant retrouver Costaki et ses sœurs. Le père mort, sa veuve éplorée dans un deuil perpétuel, devenait mélancolique, les filles perdaient leur vie dans des dévotions inutiles mais le jeune garçon s'épanouissait. Magdala l'aimait comme le fils qu'elle n'avait pas eu. Sa naissance, un hasard romanesque, lui inventait une aura illusoire. Costi, reçut une éducation sévère. Solitaire, il restait à l'ombre du cédratier écoutant les histoires des grands. Adulte, il décida de quitter Damas et fit venir Magdala pour lui offrir un bracelet d'or, un souvenir de lui. Exigeant et discipliné, le jeune lettré voulait rejoindre Byzance pour y rencontrer des érudits et des sages. La fille de joie, malgré son âge, se parfumait toujours pour aller chez lui en souvenir du jour où elle lui avait appris la brûlure du ventre mais, à cette nouvelle, un sentiment d'abandon l'envahit. Qu'allait devenir son jeune génie dans une ville de brillance et de débauche ? Voir les beautés du monde, la mer immense, les poissons et les algues et peut-être une sirène qui lui cacherait son corps de bête mais chanterait l'air de la mort. Magdala ne fit nul reproche comprenant la tentation de l'idéal mais fut surprise quand Costi lui confia son secret. Dans le silence de la nuit, ce rêveur refermait les yeux sur le visage d'une belle absente, mystérieusement disparue, Marie. Parfois le chant de sa voix lui revenait dans une musique orientale pleine de senteurs, de ce blanc jasmin glissé doucement dans son corsage. Il vivait dans l'abstinence, dans son attente. Quand le sommeil l'abandonnait, l'homme des souvenirs écrivait à la lueur d'une bougie jusqu'à ce que la lumière revienne comme un nuage.

Le temps passa encore, le jour, la nuit, les saisons quand le calife Al Motawakkel annonça sa visite à Damas. Par des voyageurs venus de Bagdad, Magdala avait recueilli l'histoire de son enfance, terrifiée par son destin, ses violences et ses débordements. Porteur d'espoir, né dans le harem des rois, le nourrisson fut accueilli par les youyous des femmes. Entouré de précepteurs compétents, il grandit mais son tempérament nonchalant et sensuel le porta surtout vers la luxure. Pourri d'excès dès sa naissance, fantasque et cruel, l'enfant développa le penchant malsain de martyriser des animaux. À peine instruit de la religion, il s'ancra dans un fanatisme à outrance croyant que la seule matrice du monde était sa propre croyance. Enfin, à l'âge de vingt-neuf ans, Al Motawakkel devint calife, après de grands bains de sang. La fille de joie eut peur à écouter cette histoire. Le conteur de Damas, pour préparer une arrivée très mitigée et précéder l'évènement, raconta la suite de l'enfance. Dans son métier, la fabulation rendait le récit attirant ou inquiétant mais informait ou prévenait. Excellant à raconter la vie dans le palais d'or de Bagdad il décrit le calife entouré de ses quatre mille esclaves faites pour séduire l'homme jusqu'à le rendre dieu ou diable. Histoire banale pour un Prince des Croyants si Al Motawakkel ne souffrait d'une dualité ordonnant les persécutions des chiites, des juifs, des chrétiens, même si tourmenté dans ses songes par la violence et le sang. Pourtant, ses armées avaient agrandi l'empire jusqu'en Géorgie et en Arménie, un grand succès pour les armes de l'Islam. Porteur de l'aura de ces conquêtes, d'un orgueil démesuré, il devenait hélas prisonnier de sa garde turque, une présence fatale, une césure de l'Histoire. Atteint de folie de persécution, se sentant épié par les étoiles, cet instable voulait fuir son palais et prit ainsi le chemin de Damas.

Magdala et tant d'autres voulaient attendre l'arrivée du Prince des Croyants à la Porte de l'Est espérant que le calife, après avoir traversé la nudité du désert, serait envouté par le vert de l'oasis pour ressusciter le temps de sa splendeur. Sous une fraicheur lunaire, Al Motawakkel arriva avec ses ministres, son harem, sa garde et nombreux de ses amis. Grandiose cortège avançant aux sons des tambours, des émirs, des riches, des artisans, des ouvriers, des démunis, une marche sans cadence, au gré des caprices du Calife avec des hommes imaginant aller vers un des phares du monde quand la ville rêvée, enfin atteinte, avait déjà perdu sa première luisance. La nuit ouvrait le songe et, Magdala, se coucha fatiguée et lasse. Elle ne savait pas si elle rêvait ou si un monde poétique ou illusoire la rendait jeune et belle. Promenade dans des édens, jardins informes, ciel changeant et soudain surgit Costi revenant de la mer, plus grand, plus beau que la foule des hommes. Heureuse de le revoir, elle voulut se frayer un chemin jusqu'à lui pour l'enlacer mais son sommeil devint si profond qu'elle était déjà morte. Jeu du hasard, ou rendez-vous du songe et de l'Histoire, Costi arriva à Damas le lendemain même. Il demanda Magdala et alla seul lui murmurer des mots dans son monde de silence. Des flots d'images lui revinrent, les phrases tues ou dites, les confidences, l'écoute de la femme, sa présence qui portait bonheur.

Costi revint enfin chez lui. Modeste, charmant, instruit, généreux, il méritait l'admiration A son âge, nul ne pouvait l'imaginer en médecin, mathématicien, astronome ou philosophe, comme dans des réincarnations simultanées. Porté sur la recherche, maitrisant le grec et traduisant en arabe des textes anciens, il composait des livres ayant rapport à la médecine, à la logique, aux astres et aux chiffres. Sous l'arbre de la rue de l'Olivier, l'homme aux multiples destins s'installa comme jadis pour écouter les uns et les autres, répondant à leur attente, sa voix grave exprimant l'humain et le sentiment. Ses sœurs l'entouraient d'amour et d'admiration. Le séjour d'Al Moutawakel à Damas dura longtemps mais le destin permit aux deux hommes de se rencontrer. Aucun n'osa avouer leur ressemblance physique : même silhouette frêle, l'une sobre et l'autre surfaite, même regard brun, l'un de lumière et l'autre de ténèbres, même lèvres charnues pour un ascète et un goulu. Ces jumeaux avaient en commun une vocation de l'autre, le damascène aimant aider et guérir, le calife préférant humilier et détruire. Tout les différenciait mais le face à face eut pourtant lieu dans le palais des Omeyades là où le Barada frôlait les murs de ses verdures. La réputation de Costi avait atteint le calife qui le quémanda pour un mal étrange le torturant. Le fantastique est porteur d'énigme. Il suffisait à Costi de poser ses mains sur le ventre du malade pour le guérir comme par miracle. De ses paumes moites émanaient des ondes bienfaisantes calmant la douleur. Le calife, apaisé, le remerciait à peine. Nulle complicité ne rapprocha le médecin de son hermétique patient. L'érudit silencieux et distant, regardait de loin les jardins du palais croyant voir un lieu surnaturel.

Al Motawakkel, par contre, n'aimait pas la rêverie. À peine rétabli de ses douleurs atroces, trouvant le climat de Damas humide et le Barada bien étroit comparé au cours du Tigre, il décida de partir. Avant de quitter, devant laisser une empreinte de sa cruauté demeurée intacte, il s'amusa à inventer des supplices atroces et mit son vizir dans une cage de clous chauffés à blanc. Voulant faire subir des vexations aux chrétiens, il leur interdit de monter à cheval, d'user d'étriers et exigea d'eux de s'habiller de jaune. Ces derniers devaient aussi peindre sur leurs maisons des porcs et des singes. La terreur tomba sur la ville. Dans la Rue Droite, les gens tentaient de résister à la haine. Costi, comme les autres, dessina sur ses murs un porc épais aux formes imprécises. Toujours célibataire, entouré de ses sœurs non mariées, le même schéma ancien subsistait au fond de l'impasse, les filles cueillant les cédrats, entretenant aussi leur frère, en éternel héros du jour. L'une d'elles, pleine d'admiration, imaginait le Christ revenant sur terre pour sauver les chrétiens. Costaki, parlant l'araméen, cette langue de Jésus, perdue et remplacée par l'arabe deviendrait alors, dans un bond de l'Histoire, l'interprète de Dieu. Malgré l'émerveillement sans bornes pour le mâle de la famille, aucune des sœurs ne savait qu'il cachait une grande souffrance. Chaque nuit, sans interruption, Costi revoyait dans l'invisible le visage de Marie lui souriant sans cesse. Posant sa pensée ailleurs pour se libérer de cet amour, y penser lui était d'un doux retour. Pourtant, dans son cheminement vers l'érudition, sa vie s'élargissait de toute part. Convié toujours au palais pour soigner le calife, quelqu'un de sa famille ou une femme de son harem, Al Motawakkel lui permit de ne pas porter l'habit de couleur jaune, étant estimé et respecté de tous.

Une nuit, il fut appelé d'urgence pour une concubine en train de mourir. La lune montait, pleine et rousse, lui rappelant son ouvrage « Les miroirs brulés », la projection sans réflexion, la lumière insaisissable. Le médecin quitta sa maison avec appréhension et arriva à destination. Costi savait que l'homme avait été chassé du paradis terrestre mais, apercevant la femme malade, il crut y être revenu. Marie avait les yeux mi-clos. Elle seule pouvait cicatriser son cœur. Epuisée d'hémorragie, son visage avait une pâleur de neige. L'homme compris qu'il avait enfin accompli le voyage de sa vie, souffrant tant avec elle qu'il eût le gout du sang dans la bouche. En héroïne de la mort, abandonnant le monde sans plainte, elle ne posait nul regard sur lui.

Costi imagina son enlèvement d'alors par des trafiquants qui acheminaient les femmes vers les palais des califes. Pris d'une grande tendresse, il l'appela à voix basse mais la malade, ayant changé de vie, de nom, semblait avoir tout oublié. Le médecin l'ausculta avec lenteur, craignant de la détruire dans sa fragilité. Le sentiment furtif que Marie était l'enfant qu'il n'avait pas eu d'elle le bouleversa. Quand elle se rendormit, l'amoureux la veilla en priant. Un soir, leurs regards enfin se croisèrent. Costi espéra sortir Marie du harem, prétendant que l'air de la montagne, du Kassioun, lui serait bénéfique. Ses sœurs pouvaient la garder là, le temps que la joie lui revienne. Al Motawakkel accepta cette proposition, sans hésiter, promettant un départ immédiat pour le lendemain. Fou de joie, le médecin arriva dès l'aube mais ne reçut qu'une dépouille dans un linceul blanc. Levant le voile, il comprit que la concubine avait été étranglée dans son sommeil. Dehors, des jardiniers arrosaient des fleurs, les bassins gardaient leur luisance. L'homme vit son visage déformé dans l'eau et comprit qu'il ne fallait pas croire au ciel sur la terre. Il revint chez lui pour pleurer.

Le calife décida de quitter Damas ordonnant de prendre avec lui les personnalités les plus éminentes du monde des sciences et des arts. Costi fut convié, invité à l'accompagner jusqu'à Bagdad, à cause de son érudition. Le médecin tourmenté avoua qu'il écrivait un ouvrage sur « La

Boule Astrale » allant souvent jusqu'à l'observatoire du haut de la montagne pour regarder la voie lactée, les étoiles, ceci le retenant dans sa ville. Hélas, ne pouvant désobéir au calife ou refuser ses faveurs, le penseur abandonna ses cinq sœurs, la rue de l'Olivier, la maison des souvenirs. Il partit gardant dans son cœur le plus ancien et le plus vrai de lui-même, l'amour de Damas. Le prince des Croyants quitta son palais, accompagné de son médecin et de toute sa suite. Une caravane crépusculaire qui, par une ironie des choses, sortit par la Porte de la Paix pour avancer dans la fraicheur de la nuit. Costi était né au mois d'août et quittait sa ville, le jour de l'anniversaire de sa naissance, celui du calife aussi. Il n'y eut jamais de complicité entre les deux jumeaux mais une relation distante, inachevée. Bagdad éblouissait de ses dômes d'or, de sa lune sur l'eau. Elle rêvait d'éternité, croyant qu'Allah allait effacer de l'Histoire sa disparition. Là, dans le palais des Abbassides, l'érudit damascène continua son travail de recherches. Il put consulter la bibliothèque aux milliers d'ouvrages, la plupart déjà traduits en arabe, et écrivit un traité sur « Le paradis dans les religions ». Perdu dans ses écrits, il ne savait pas encore qu'il n'allait jamais plus revoir le calife.

Al Motawakkel, toujours insatisfait des lieux qui s'offraient à lui, quitta Bagdad décidant de faire de Samara, sa nouvelle capitale. À peine arrivé dans cette ville des origines de sa famille, il reprit ses violences, ses terribles persécutions des chiites, des juifs, des chrétiens. Sa cruauté n'avait plus de limite quand le cours du temps le surprit. Des devins et des sorciers prédirent alors des prodiges terrifiants, le monde prenant des couleurs d'artifice, de paysages surréalistes aux fleuves rouges de sang, de sources sans eaux, de volcan. Toute cette nature en dehors d'elle-même annonçait la mort imminente du calife. Une nuit calme de lumière noire, Al Motawakkel fut assassiné par son propre fils qui menait une révolte sanglante. Une nuée de flèches s'abattit sur son pavillon où avait lieu une orgie de vins et de femmes. Les conjurés acharnés contre lui, le commandeur des Croyants connut une fin atroce, payant pour sa cruauté et sa part d'ombre. Le calife mort, Costi se sentit libéré et quitta Bagdad, invité par le roi d'Arménie. L'homme avait appris le prix de la souffrance mais savait qu'écrire sauvait du vide et de la solitude. Demeurant fidèle à lui-même, à l'humanisme, au sens du bien, il voyait le temps passer avec l'indifférence des élus, des créateurs. Si loin du Barada, près du lac Sevan, dans un azur de ciel et de terre, il sentit enfin que la vie s'éloignait de lui. Alors, il entendit une rumeur lointaine et se souvint du bruit de sa rue, de Damas, du passé qui revenait lentement, comme le pas de la mort. Voilées de noir, les cinq sœurs de Costi quittèrent la maison de l'impasse, le muezzin chantant l'aube. L'une d'elles poussa la porte de l'église de la rue de l'Olivier et toutes entrèrent se prosterner devant l'icône de la Vierge. Leurs pleurs troublaient la paix du lieu. Elles allaient entreprendre un très grand voyage, jusqu'en Arménie, pour se recueillir sur la tombe de leur frère, le seul homme de leur vie. Pèlerinage de deuil, errance de douleur, espérance creuse, ayant perdu leur jeunesse et leur beauté. Seul le vide du futur les attendait. Sur le lieu du sépulcre, elles baisèrent la terre puis plantèrent, de leurs propres mains, un olivier.

LA DIVINITÉ

Magdala quitta sa maison close. Le soleil s'écrasait sur les pavés de pierres. Elle remonta la Rue Droite se dirigeant vers la nouvelle Église de Marie. Nul ne pouvait distinguer son appartenance, juive, chrétienne ou musulmane, entièrement cachée sous ses voiles noirs, une couleur du fanatisme. L'étau se resserrant, la fille de joie avait abandonné cette liberté de semer ses parfums, de découvrir un peu de sa peau et avançait d'une agilité surprenante, malgré sa silhouette déformée par une forme cachée. Aucun passant ne pouvait la reconnaitre car cette heure de midi n'était ni de son jour, ni de sa nuit. L'ancienne Église de Marie et son couvent de femmes, comme beaucoup d'autres, livrés aux flammes par l'ordre du calife Al Hakem, avaient été réduits en cendres. Plus tard, une maisonnée sacrée par un novice de fortune, reçut le seul objet de culte sauvé de l'incendie, un calice d'or. Là, dans un espace modeste, des religieuses psalmodiaient la gloire de Dieu, un prêtre consacrait le pain et le vin.

Magdala arriva dans ce lieu d'ascétisme, de vie en dehors de la vie, poussa la porte d'entrée et se retrouva dans un patio informe et vide. Assise au bord du bassin central, elle ouvrit ses voiles et regarda son enfant aux yeux denses, ombrés de cils immenses. Le nourrisson lui sourit, se frotta le nez et les lèvres de sa petite main, bailla pour se rendormir. Magdala le serra très fort, déchirée de devoir l'abandonner. En femme du désir, son corps appartenait aux hommes même si sa fragilité, sa sensibilité, ignorées de tous, étaient son âme cachée. Elle y pensait quand Sœur Marie de Jésus apparut soudain. Austère avec une immense croix sur son habit gris, elle arracha le nourrisson de ses mains gercées, son visage hermétique se troublant à peine. Magdala crut y deviner une première tendresse pour avoir le courage de lui laisser l'enfant. Dans une grande déchirure, la mère en elle allait essayer d'exorciser cet amour se souvenant toujours du prénom de son fils, choisi dans la nuit damascène, Badr, l'Astre.

La maison de Magdala gardait sa mémoire de Damas, chantée par des poètes et retenue aux creux des songes. La fille de joie exerçait toujours sa fascination sur les hommes. Chez elle, tous les conquérants, sur une courbe d'ascension ou de déclin, se succédaient, les mains teintées de sang, l'ambition en espérance : les Abbassides perdant le pouvoir durant leur lente agonie, les nomades des tribus arabes, les grands dynastes étrangers d'origine turque et tous ceux mêlés à la curée. Arrivés les uns après les autres, pour usurper Damas des mains débiles des derniers califes, ils semblaient à la recherche de l'énigme d'une ville, de sa parole cachée. L'oasis, jadis païenne, adorait toujours sa propre beauté, même repentie auprès du Dieu unique. Son imaginaire de l'Orient la dotait d'une affiliation rassurante qui lui parut soudain vaine, quand entourée par des troupes venues de l'Ouest, du Maghreb, les Fatimides. Face à ces nouvelles armées qui sillonnaient les déserts et les verdures d'une même course éperdue, les Damascènes crurent perdre l'odeur de leur terre et furent vite battus. Ils entrèrent, malgré eux, dans un nouvel empire. Les derniers venus descendaient de l'unique fille du Prophète, Fatima, l'épouse du calife Ali, assassiné ainsi que son fils Hossein. Emergeant d'un rite de sang, ils revendiquaient légitimité et droit au califat.

Magdala, comme tant d'autres, avait connu de simples missionnaires venus convertir et proclamer leur foi en cette dynastie chiite. Ces ascètes, des illuminés, souvent en habit de bure, réprimés par les Omeyades et les Abbassides, étonnaient par leur courage face à la persécution et la mort. Ils erraient, sans exigence, porteur de paroles divines mais les habitants de la Rue Droite savaient, avec appréhension, que l'étoile des Fatimides montait, leur tentation étant de conquérir tout le monde musulman. Des lettrés chrétiens dessinaient des cartes, les frontières d'un empire commençant à Fez et qui suivait les courbes de la mer pour atteindre Palerme de Sicile. Choisissant le Caire, la Victorieuse, pour capitale, les Fatimides surnommèrent la plus imposante porte de la ville : « La Conquête. » Ils étaient devenus les maîtres de Damas.

Magdala se préparait à dormir éteignant les brûle-parfums. Soudain, elle se mit à attendre, sure que quelqu'un allait surgir quand un personnage mystérieux frappa enfin à sa porte. Forme recroquevillée pouvant être un infirme informe ou un mendiant courbé, un homme avançait avec assurance. Puis, il ouvrit son large manteau pour renaître différemment. Jeune et beau, l'inconnu demanda de l'eau, rien que de l'eau. Après avoir regardé un instant la maison close, l'intrus s'était attardé près de Magdala sans un geste vers elle, se disant chaste et pur. La fille de joie attendit, amusée qu'on vint chez elle rien que pour boire, mais l'étranger s'assit, comme dans un lieu intime, et avoua arriver d'Egypte. La femme devait l'écouter car sa parole portait une religion et un amour.

L'homme raconta la splendeur des Fatimides, leur architecture royale agrandissant les volumes jusqu'au sublime, les jardins féeriques entourant leurs palais, leurs mosquées, phares de leur foi chiite, se parant d'inscriptions et d'arabesques. Dynastie du mouvement, de la découverte, les Fatimides encourageaient les sciences et les arts et inversaient les frontières du déclin des Abbassides. Leur calife, Al Hakim bi Amrillah, celui qui gouverne au nom d'Allah, jouissait d'un caractère sacré, s'entourant d'un halo illusoire. Des étrangers venus à sa cour instauraient une religion nouvelle, le Druzisme, dans laquelle ils rejoignaient la divinité. L'empire croissait dans des luisances et des mystères. Magdala écoutait. Le pouvoir d'évocation de ce chiite si décoratif, assis par terre en tailleur, la fascinait. L'homme but encore puis sortit de son ton impersonnel pour sourire et raconter le pouvoir des femmes chez les Fatimides. Par leur respect pour leur ancêtre Fatima, la fille du Prophète, leurs princesses royales jouaient un rôle important dans la vie publique, ce qui les distinguait des autres musulmans. La fille de joie fut émue par cette mentalité, cette liberté mais poussée par le métier ou l'instinct, elle imagina l'homme dans son lit, un fugitif instant. Prise dans son éternel jeu de séduction, la femme se mit à chanter et dans l'ondulation de sa voix, l'homme vit briller le soleil sur le Nil. Enfin, il sortit comme pour un grand voyage et Magdala l'imagina partir pour l'Egypte. L'obscurité se dissipait, l'aube sonnait l'heure des départs, la fille de joie alla dormir, l'intrus devait peut-être resurgir dans sa vie mais son prénom demeurait une énigme, un silence.

Damas gardait son charme discret et subissait les

excès des gouverneurs fatimides, avides et cruels. L'un d'eux, Anouchtakin, d'une fabuleuse richesse, vivait dans un luxe de déchéance. Distant, infatué, mais passionné de musique, des poètes et des musiciens l'entouraient. Malgré ses violences, un chant de cigale ou un cri d'oiseau le ravissait. Cupide le jour, mélomane la nuit, l'homme souffrait d'un tempérament désabusé abimant toute chose. Pour lui, même la beauté rejoignait le vide. Toujours en quête de nouvelles voix, il retrouvait dans chacune l'écho déformé d'une autre, une même fibre les rassemblant toutes. Un soir de pluie, Anounchtakin semblait parler à lui-même. La passivité de sa vie le tourmentait, sa fascination pour le corps des femmes devenant froideur. L'ennui ouvrait le creux du vide. Alors, un de ses fidèles serviteurs l'informa que dans la Rue Passage, une fille de joie chantait d'une voix de pluie, drue et féconde. C'était Magdala.

Magdala, d'une féminité troublante, offrait toujours un sentiment de plénitude. Menue, charnelle, elle bouleversait les hommes par sa douceur, sa fragilité apparente, une attente de la vie cachant l'usure. De l'amant de passage, la fille de joie devinait le rêve, la soumission, la plaie à bander. Le temps lui avait offert des moments blancs et noirs mais elle voulait oublier le bonheur ou mourir pour lui. Ses clients, croyant que le sentiment avait le même prix que le corps, la rendaient cruelle.

Pour paraitre devant Anouchtakin, dans son palais de gouverneur, Magdala fut revêtue d'une robe tissée d'or. S'avançant, les yeux baissés, dans une timidité de vierge, subterfuge ou peur, elle murmurait un poème de nostalgies.

Sa voix immatérielle s'élevait très lentement, disant la passion, l'insaisissable du désir. Son chant rappelait celui des sirènes.

La nuit étant longue, la fille de joie dansa aussi, dessinant des sphères volatiles avec son corps, ses bras, ses voiles. L'oud grisait d'airs improvisés, inconnus. À l'aube, le regard du gouverneur lui parla d'amour, par mégarde. Quand l'homme grisé de vins alla vers elle, Magdala dormit enfin dans ses bras adulée pour une nuit, incarnant la séduction facile. Peut-être allait-elle durer plus longtemps mais l'abandon demeurait l'histoire de sa vie, l'éphémère tissait sa légende. Le lendemain, l'ombre du jour envahit la couche mais la femme oubliait l'homme assoupi contre son corps. Ses souvenirs, ses blessures, surgis de mondes lointains lui revenaient et surgit alors le visage de son enfant.

Magdala voyait Badr, peu, si peu mais le savait beau et grand à présent. Il lui récitait des passages de l'Evangile par cœur et aimait l'épater de son savoir. Ce fils abandonné voulait surtout toucher sa chaleur, se blottir contre son sein, comme s'il n'était pas encore né, qu'il n'était pas sorti de son giron. La mère pensait encore à lui et le même flot de tristesse et de tendresse l'envahissait. Elle ne savait pas encore qu'un visiteur énigmatique venait lui raconter des histoires tout au long de nuits de contes.

LES TROIS NUITS DU CONTE

Badr avait grandi dans le Monastère de Marie, un monde clos et austère. Messe de l'aube, longues prières, vie insulaire où deux images lui revenaient toujours en tête, le ciel et l'enfer. Pour sortir de l'exclusion, l'enfant découvrit la musique mais ne connaissait que les cantiques psalmodiés au fond de la petite église. Souvent, il les fredonnait à voix très basse en nourrissant les poules de l'arrière-cour ou bricolant quelques menuiseries. Ce labeur lui assurait son pain quotidien. Beau et calme, obéissant et respectueux, Badr pouvait aussi compter et lire. Son apparence sobre et avenante rassurait mais ses yeux flamboyants surprenaient.

Un soir, la vie vint enfin à lui sur un visage d'homme, celui d'un moine de passage. Yacoub, arrivant d'Egypte, avait frappé à la porte du couvent demandant le gîte pour la nuit. En fait, ce pèlerin prétendait visiter Damas à la recherche du manuscrit de Saint Paul, croyant que la fin des chrétiens était arrivée. Il portait sur son habit une croix pesant très lourd, quelque quatre livres car, le calife fatimide, Al Hakem, humiliait ainsi les chrétiens pour les distinguer.

Sœur Marie de Jésus, flétrie de rigueur et de piété, accueillit modestement l'homme de passage lui offrant un diner frugal de pain et d'olives. Après le repas, Yacoub remarqua Badr, le fils de Magdala, assis seul sur un banc et fut pris de pitié pour lui, ayant saisi en lui une fêlure ou une défaite.

Sous le carré de nuit du patio, le moine prit la main de l'enfant dans la sienne et se mit à lui raconter des histoires de palais enchantés, de jardins féeriques, où vivaient des héros et des rois qui lisaient les étoiles et écrivaient l'irréel. Cette splendeur des Fatimides, qui étaient les maitres de Damas aussi, émerveilla Badr, surpris par la dimension du monde hors ses murs. Devant sa fascination, le pèlerin lui caressa sa longue chevelure, disant que la parole était une forme d'amour. Il lui promit de lui narrer en trois nuits un empire et son éternité : évènements tragiques ou surnaturels, calife succombant à la folie pour narguer son destin.

Voix de Yacoub pour la première nuit de Damas, le moine racontant l'histoire du calife fatimide Al Hakem, le souverain d'Egypte et de Syrie, qui venait de disparaitre mystérieusement. Badr, dans ses murs clos, ignorant le monde extérieur, fut surpris de savoir que cet homme tout puissant avait les mêmes yeux que lui, un regard dense qui séduisait et dérangeait. Il écouta l'histoire mêlée de légende, instruit soudain d'une réalité nouvelle. Pour l'émouvoir ou lui permettre de s'identifier le voyageur commença par l'enfance et dit :

Al Hakem avait eu une nourrice, belle comme la lumière, triste comme les ténèbres et fut élevé entre ces deux extrêmes. De ce schéma mental, ce prince illuminé et raffiné, devenait aisément un bourreau borné et cruel, dans une métamorphose insolite. Pour demeurer fidèle à ses secrets, il venait de disparaitre à trente-cinq ans sans laisser de trace. Emerveillement de Badr.

Yacoub observait l'enfant, sûr qu'une présence mystérieuse veillait déjà sur eux. Il reprit sa narration disant que ce calife était monté sur le trône à dix ans, le même âge qu'avait Badr, à présent. Beau, tolérant, aimant les chrétiens, il en choisit certains pour devenir ses vizirs. Soudain, emparé de folie religieuse, il laissa croître ses cheveux et ses ongles. Les juifs l'entourant le firent ressembler à Nabuchodonosor dément. Son caractère versatile à l'excès le poussa alors vers une contradiction permanente, convaincu que ses extravagances le rendaient un être exceptionnel. S'entourant de lumières ou demeurant dans la plus complète obscurité, le calife errait partout dans des déguisements variés. Capricieux, renonçant au luxe de ses prédécesseurs pour se vêtir de bure, il réapparaissait soudain dans des habits de brocards brodés d'or et de pierreries. En chef incontesté, subissant la malédiction d'un lait de nourrice, il tenait entre ses mains la vie et la mort, la loi d'un grand chaos. L'enfant écoutait croyant rencontrer le premier homme de l'Histoire, le récit en contrastes le tenant hors d'haleine.

Le conteur s'assura que l'enfant saisissait le sens de « Al Hakem bi-Amr Allah », celui qui gouverne par l'ordre de Dieu et continua son récit usant d'une voix théâtrale, s'aidant de grands gestes des mains demandant à l'enfant de deviner la suite. Sans attendre de réponse il raconta que Al Hakem avait décidé de combattre l'immoralité grâce à une police très sévère. L'art et ses splendeurs, les jeux de hasard et d'échecs, les bains publics furent tous maudits, les femmes séquestrées chez elles. Dans les délices de sa folie, il livrait des quartiers entiers au feu, sans même rejoindre la jubilation d'un Néron pyromane. Alors que les rues brûlaient, son caprice s'abattit sur les chrétiens, condamnés à porter des billots au cou ou des croix pesant jusqu'à quatre livres, Yacoub, montrant la sienne posée près de lui.

À Damas, comme partout dans l'empire, le calife faisait détruire de nombreuses églises remplacées toutes par des mosquées. Averti qu'à Jérusalem, une procession avait lieu durant la Semaine Sainte, précédée du gouverneur à cheval, les fidèles portant croix et bannières, il entra dans une colère folle décidant de tout interdire, donnant l'ordre de défaire pierre par pierre l'Église du Saint Sépulcre. Son sommeil tourmenté dessinait des ruines, des miroirs aux reflets infidèles, des chutes d'idoles, l'échec mué enfin en triomphe. Au réveil, il pouvait forcer les chrétiens à devenir musulmans sauf à leur permettre de revenir à leur ancienne religion le lendemain. Parfois, dans une sorte d'éclaircie mentale, l'idée de rebâtir leurs églises aux frais du trésor lui venait, réalisant que l'Islam avait toujours besoin d'eux, les Fatimides ayant recours à leurs administrateurs, leurs médecins, leurs écrivains, leurs chercheurs.

Badr écoutait, découvrant un monde extérieur d'audace et de cruauté, sa vie normale faite d'obéissance, de contrainte lui parut creuse et mensongère. L'enfant se mit à adorer tout ce qu'il n'avait pas eu, mais la nuit une pesanteur l'empêchait de dormir. Il veillait et demeurait en attente, ne sachant pas si le conteur du soir aimait ou admirait ce calife, l'expression du regard demeurant mitigée. Les frontières entre le bien et le mal si bien définies dans sa tête se perdaient et le besoin d'être près de sa mère lui devenait obsédant, sa mère qui pourrait prendre ses joues entre ses mains et poser son visage contre son sein, mais tant de temps qu'il ne l'avait revue.

Le lendemain, à l'aube, le moine avait déjà disparu et Badr l'attendit avec anxiété et impatience. Quand il resurgit le soir à l'heure du conte, une inquiétude flottait sur son visage éteint. Pourtant Yacoub revenait reprendre son récit qu'il voulait rendre accessible et parla des bords du Nil, des verdures étroites des deux rives, du sable infini. Sur les berges fertiles du fleuve, du côté du Levant, il raconta le palais d'Al Hakem scintillant de lumières, embrasées dans l'eau des bassins, de l'heure crépusculaire quand le ciel tombait en feu sur le désert. Puis il ajouta qu'Al Hakem ne regardait plus l'immensité, car, un évènement inattendu et fascinant lui avait permis de rejoindre la divinité : Darazi, un sectaire arrivé de Turquie était entré à son service. Brillant et manipulateur, créatif et ambitieux, doué d'une force de persuasion, d'une superbe inégalée, il put convaincre son maître de sa divinité. Ce missionnaire aidé de ses nombreux lieutenants dont Hamza le plus subtil, put rassembler toute une église autour de l'Idole de chair. L'oint des sages, dérailla, abolissant les canons sacrés de l'Islam, le muezzin n'appelant plus à la prière. Ses adeptes, recouverts d'or et de présents lui rendaient des honneurs divins. Son palais scintillait sur les eaux du Nil.

Yacoub se tut à peine puis demanda à l'enfant s'il connaissait sa mère, si elle revenait dans ses pensées. L'enfant sembla triste mais le conteur comprit que ceci ouvrait une complicité entre eux deux et décida de continuer son récit parlant des femmes chez les Fatimides, des femmes qui avaient beaucoup de pouvoir, un pouvoir différent de celui des religieuses qui s'occupaient de Badr et lui apprenaient la prière.

Il lui raconta la sœur de Al Hakem, embellie par lui, à devenir une héroïne d'un conte des Mille et une Nuits et l'enfant fit le voyage dans le monde du rêve. Le moine raconta :

Sur l'autre rive du Nil, dans un face à face masqué, d'immenses palmiers cachaient le palais de la princesse. Dans un kiosque de plantes d'hiver, la sœur du Calife avait coutume de veiller la nuit, écoutant le poète Al Ladi. Autour d'elle des musiciennes jouaient la flûte de roseau, le luth et le tympanon. Son nom était Sitt Al Moulk, la Dame de richesse. D'une allure fragile, marquée par une taille menue et fine, la fluidité de sa silhouette la gardait jeune quand étant d'âge mûr. Sa beauté la dotait d'une expression d'intransigeance malgré l'ovale régulier de la face, les yeux moirés de lumière noire. Aimant lire, sa culture étonnait les érudits et les lettrés. Femme de goût, collectionnant bijoux précieux et textiles brodés d'or et de pierres, elle s'amusait aussi dans sa ménagerie à parler aux oiseaux exotiques un langage la faisant rire. Ambitieuse de pouvoir, toujours vêtue de blanc, cette femme douée pouvait être tragédienne, dénouant toute trame de sa voix lyrique et puissante.

Au moment où les musiciennes se retiraient, la princesse avait déjà défait les mots de leur poésie, obsédée par ses pensées politiques : ayant fomenté un soulèvement d'une violence extrême pour surprendre son frère et le libérer de cette cour d'intrus qui le rendait Dieu, Darazi, Hamza et tant d'autres, son ardeur ne se contenait plus. Depuis l'aube, par ses manigances, la révolte grondait des souks et des mosquées du Caire, jusqu'aux villages éparpillées sur les rives, une vraie terreur. Sitt al Moulk attendait la lune sur le fleuve, regardant briller, sur l'autre rive, le palais de folie.

À la suite de ces débordements, le calife, pris de panique, ordonna à ses missionnaires de quitter le Caire pour se réfugier en Syrie. Darazi, le plus ardent d'entre eux, s'éloigna vers le mont Hermon pour fonder la première communauté druze. Yacoub demanda alors à Badr s'il avait rencontré les autres lieutenants, venus à Damas, pour propager la divinité d'Al Hakem mais l'enfant ignorait le monde extérieur. Ces intrus étaient reçus et adulés comme des rois chez le gouverneur Anoutchakin, menaient souvent une vie scandaleuse entre tavernes et maisons closes, sachant qu'un retour en Egypte signifierait leur perte. La belle princesse était prête à les faire assassiner, croyant avoir sauvé son frère en les éloignant. Chaque soir, rejoignant son pavillon de plantes d'hiver, elle rêvait aux sons des musiques, ne sachant pas qu'elle s'était trompée.

Le moine remarqua l'émotion de l'enfant. Tout semblait se brouiller dans sa tête. Enfin, pour qu'il retrouve la sérénité, Yacoub lui parla des bateliers du Nil, du pollen des étoiles sur le désert et lui dit d'aller se coucher. Hélas, la nuit fut d'une violence extrême, un vent fou porta une tourmente de cauchemars, signe prémonitoire d'un monde balayé. Badr ne dormit pas imaginant l'ultime page du conte.

Badr, toujours triste de ne pas retrouver Yacoub le matin, passait la journée à l'attendre. Ayant déjà saisi une nouvelle dimension du monde, l'enfant n'imaginait pas que cette histoire lointaine et étrange pouvait le concerner. Ces rois, ces princes, ces prophètes, cette femme il ne pouvait même pas retenir leur nom et les imaginait dessinés sur la voûte d'une église, inaccessibles. Il lui fallait lever la tête pour les regarder mais leur visage se confondaient, leur histoire passionnante n'était qu'un conte pour les petits avec des justes et des méchants qui se confondaient. Badr ne se décidait pas qui aimer.

Enfin, vint la nuit du dénouement et Yacoub parla à nouveau de Al Hakem, ce calife paradant toujours dans les rues à la recherche d'une victime à son égarement. Désemparé, il inquiétait de sa santé mentale tout en gardant sa majesté et sa beauté. Sa voix, une mélopée, trainait une haleine de folie. Ses missionnaires lui manquaient, Darazi surtout, le fondateur de cette religion nouvelle où lui rejoignait le divin. Hamza laissait un vide immense, étant l'homme le plus brillant, le plus subtil qu'il eût jamais connu. Entre le ciel du jour et de la nuit, dans une errance mentale de soleil, de planètes et de comètes, al Hakem se demandait comment ramener vers lui ces grands esprits ? Comment oublier ceux qui l'avaient rendu une divinité ?

De la rive du Couchant, Sitt al Moulk observait ses violences, ses gestes dissolus. Ne craignant pas la mort mais la vie avilie, elle réfléchissait voulant sauver le monde. Une nuit, cette princesse fit un songe ou le prétendit : sous une lune rouge et basse, assise en tête à tête avec son frère qui balbutiait des mots inaudibles, une bouillie de lumière et d'eau l'emporta de sa vue. Dans sa fièvre d'agir, tout lui sembla aisé, prédit, promis.

Sitt Al Moulk, attendait sous les palmiers de son jardin.

Ses mains cachant son visage étaient d'une blancheur de neige, sa peur étant plus vivante, plus forte qu'elle. L'angoisse croissait dans ses entrailles, comme un arbre, la terreur déformant tous ses traits. Elle n'existait que par cette crainte ne pouvant s'en défaire. Pas une seconde de répit, d'oubli, l'attente devenait insupportable. Le moindre bruit la faisait tressaillir, le coup de rames d'un batelier du fleuve, les pas d'un coursier derrière les arbres. Sitt Al Moulk craignait surtout l'apparition du fantôme de son frère venant la maudire avant de rejoindre son tombeau. Aidée par son amant, elle avait donné l'ordre de l'assassiner dans un guet-apens. Peut-être était-il déjà mort ou en route pour se venger d'elle.

Le temps lent pesait. Sitt al Moulk, croyant avoir tout perdu, vivait sa première grande souffrance. Enfin, elle entendit une voix, celle d'un revenant, d'un frère plus puissant dans la mort que dans la vie. Tout la glaçait, croyant au pouvoir surnaturel des assassinés, à leur vindicte. Les bruits lointains se rapprochant, elle sourit enfin. Ses sbires venaient annoncer la victoire.

Pour masquer le crime, il fallait embellir la légende dans des miroirs reflétant les contrastes, la sagesse dans la folie, le divin dans le profane. Pas de dépouille à vénérer puisque le calife absent, caché près des nues de son essence surnaturelle, devait ressurgir et manifester sa puissance au monde. Ses partisans exaltés refusaient de croire à sa mort, Sitt Al Moulk annonça sa seule absence.

Les coursiers, porteurs de messages et de songes, sillonnèrent l'empire et certains, arrivés à Damas, annoncèrent la fin d'un règne de vingt-cinq ans. Nul ne parla de la mort d'Al Hakem mais de sa disparition. Il devait réapparaître.

Derniers moments du conte et Badr stupéfait par le flou qui entourait la fin de l'histoire remercia le moine, gardant pour lui son inquiétude. Le calife reviendrait peut-être pour accomplir sa mission de sagesse ou de démence. Averti de son histoire, le fils de Magdala pourrait le reconnaitre, toutes ces paroles apprises hantaient son imaginaire confondant le réel et l'irréel. Yacoub serait si rassurant près de lui dans ce monde du conte merveilleux et tragique. Hélas, le moine avait secrètement disparu et l'enfant vivait à l'attendre.

L'ASTRE MORT

À Damas, la nouvelle de l'évanescence d'Al Hakem était tombée comme un couperet, certains lieutenants du calife s'étant réfugiés dans la ville. Dans les tavernes du plaisir, ils s'adonnaient à tout excès quand les plus influents vivaient de festins chez Anoutchakin.

La vie continuait dans l'arrêt du monde et pour entretenir les fêtes des sens et du désir, Magdala chantait chez le gouverneur avant de rejoindre sa maison close. Sa présence au palais était réduite à un simple détour de sa nuit, ayant perdu tout pouvoir sur l'homme avec le temps qui passe. Sa voix fascinait toujours d'une tendre mélancolie surtout que la fille de joie avait gardé sa luisance et sa grâce. Ce soir là, le lieu lui sembla oppressant, hanté d'ondes néfastes. Observant avec appréhension les intrus d'Al Hakem, devenus les habitués du lieu, elle fredonna un air d'amour, de désamour, d'attente, de solitude. Ayant la passion des visages et voulant deviner sous le masque la force ou la blessure, son regard se posait furtivement sur les uns et les autres. Soudain, un des lieutenants se leva sans bruit et, soulevant la tenture d'une porte, introduisit le moine et l'enfant. Magdala les reconnut, baissa les yeux et devint blême.

Dans l'immense salle, les hommes grisés de vin respiraient l'air opaque des brûle-parfums. L'encens, le musc, la sensualité sublimaient une nuit de fête et Badr, ahuri dans ce monde inconnu, serrait très fort la main de Yacoub. Alors, les lieutenants d'Al Hakem se prosternèrent à ses pieds, retrouvant en lui le visage du calife mort aux yeux flamboyants. Réincarnation très aléatoire car tous ces anciens adeptes usaient de supercherie pour exister encore. Magdala, défaite, voulait serrer son fils dans ses bras.

À Damas, Al Hakem se réincarna dans Badr, l'Astre. Hélas, dans ce jeu du pouvoir, l'enfant n'avait pas trouvé sa vocation. Fils d'une prostituée et de père inconnu, l'ombre lui plaisait ayant grandi dans la misère. Après le premier éblouissement, lui revinrent les murs de sa réclusion familière si rassurante pour lui. Ne pouvant s'identifier à son nouveau rôle, en bâtard honteux, il refusait d'être un calife déifié pour nuire ou séduire. En fait, il était devenu personne, rien qu'une marionnette que des lieutenants avides manipulaient pour sauver leurs prérogatives. Pourtant, malgré son jeune âge, la nuit le portait à réfléchir. L'enfant pensait aux histoires du moine, forgeant un moule pour lui. Après son étonnante disparition, Yacoub avait resurgi pour le sortir du Monastère de Marie, l'arrachant à son enfance.

Son enfance gardait toujours son innocence et ses plaies faisaient mal. Badr, ayant perdu tout repère, voulut retrouver sa mère pour finir de la peur. Dans sa réclusion, il l'avait si peu vue, se souvenant seulement de sa beauté, de son parfum de musc. Etait-ce elle qui chantait ? Sa voix ressemblait à la sienne mais il ignorait tout de sa vie, des hommes aimant meurtrir la femme, venant chez elle éteindre le feu de leur sexe, sans lui dire un mot d'espoir. Nuit d'insomnie pour l'enfant que le jour métamorphosait en somptueux calife, les lieutenants le promenant, alors, dans les souks de Damas. Entre les marchands d'épices et de cordes et d'autres qui, derrière leur devanture de brocarts, trafiquaient l'opium ou le haschisch, Badr se sentait sous l'influence d'une drogue hallucinatoire dans un monde imaginaire. De retour au palais, des gardes l'entouraient d'égards mais l'enfant ne pensait qu'à retrouver sa mère, écouter son chant, lui dire qu'il l'aimait. Magdala avait disparu, le passé la rattrapait et ce faux moine surgi après dix ans revenait la hanter. Pour vivre encore, il lui fallait prendre son fils par la main.

Dans la Rue Droite, le veilleur de nuit attendait l'aube pour ouvrir la Porte de l'Est. Georges fils de Youssef avait hérité de son père son poste de gardien qui, pour la quatrième génération, demeurait dans sa famille. En homme de confiance, aimé par les habitants du quartier, il détenait les clés antiques des murailles. Lentement, l'homme musclé bougea les lourds battants et vit arriver une caravane de Bagdad, décidant alors de ne pas rentrer chez lui. Assis sur la pierre angulaire, s'amusant à écouter les premiers bruits du monde, son humeur joviale étonnait après une longue nuit de veille. Soudain, à l'appel du muezzin pour la prière du matin, l'enfant-roi surgit, avançant en majesté, suivi du gouverneur et de sa cour fantoche. La rue étant animée, les gens étonnés détournaient leur regard de cette procession insolite. Pour eux, cette réincarnation d'un fatimide fou était supercherie, ayant tous en mémoire les vexations subies, les billots et les croix brisant leur nuque, les crachats reçus en plein visage, les églises détruites ou brûlées, l'humiliation absolue. Le monde chrétien voyait défiler l'enfant, sa douceur, le rayonnement de son visage, se demandant s'il devait vivre ou mourir. Interrogation déjà superflue car Georges se rua sur lui pour le poignarder de toutes ses forces. Le moine Yacoub qui suivait vit arriver le meurtrier et se jeta sur Badr pour le protéger. Blessé, il succomba dans d'atroces souffrances. Dans la rue, un passant ferma les yeux de l'enfant ressemblant alors à du givre.

Yacoub, de son vrai nom Ali, était en fait un missionnaire druze, le père de l'enfant. Pour retrouver Badr dans son couvent, il avait changé de visage, déformé le conte et ses images et pu convaincre qu'il était chrétien et moine. Ses personnages dansaient tous autour de lui, vivants, bariolés de son imagination féconde, une foule qui poursuivait le soleil pour disparaitre soudain dans les nuages. Le Père voulait reconnaitre l'enfant, un leurre du divin, pour retrouver enfin un pouvoir perdu.

Magdala traversa la Rue Droite. Elle se souvenait du regard de son fils et voulut oublier le passé, les rêves d'avenir. Ce n'était plus la sensation d'un remords mais un désir d'inconscience, d'amnésie, de vide. La fille de joie marchait, la douce lenteur de la nuit ouvrait l'infini. Rien ne pouvait effacer son vécu, même l'illusion de retrouver son innocence. Un frisson saisit son corps quand son histoire lui revint en bulles évanescentes, se souvenir, souffrir, bander la plaie, aimer la fragilité du cœur. Sa vie devenait maladie, confusion. Magdala marchait toujours, Damas l'entourait de toutes parts, les façades des rues perdaient leurs teneurs, concrètes mais fuyantes, présentes mais inconsistantes, le fleuve se ramifiait épuisant sa force invincible, les gens de la Rue Droite, emportés sur les chemins du monde pour leur savoir, avaient vidé la ville. Tout ceci causait l'abandon de la capitale, la léthargie de son long sommeil, un lent passage du vertige à l'évanouissement, un cataclysme.

Quand la fille de joie retrouva enfin sa maison close, les remous du monde semblèrent disparaitre dans l'intimité de sa vie. Aimant être chez elle, Magdala se dénuda et vit dans le jeu des miroirs le blanc de sa peau. Elle pouvait encore plaire aux hommes aimant toujours la transparence de ses voiles, les bracelets d'or de ses poignets, de ses chevilles, mais tout ceci appartenait à une femme inconnue, plus jeune, moins naïve, plus prompte et elle devait s'effacer du miroir. Ce n'était pas une peur mais une braise qui la brûla quand surgit sur l'étain un calife Dieu aux traits de son fils. Cet Al Hakim, mal incarné, et qui avait détruit l'église du saint Sépulcre et martyrisé les chrétiens pour les réconcilier après, pouvait disparaitre mais son destin tragique porterait un autre cataclysme.

Magdala n'allait plus rouvrir sa maison. La nuit était tout à fait tombée quand elle monta sur la terrasse. Damas entretenait sa vie de piété et de souillure, ses ruelles allumées aux flambeaux. Il faisait un peu frais et la fille de joie se sentit détachée du monde. Le destin l'avait privée de la tiédeur de l'amour, celle de l'enfant, du père, de l'amant. Un noyau obscur l'envahit, alors elle regarda le ciel chargé de gris et aperçut une étoile scintillante dans une trouée de nuages.

TROISIÈME PARTIE

UNE TROUÉE DANS LES NUAGES

DEUIL

À l'heure de la sieste d'été, des passants oisifs longeaient les rives du fleuve quand d'autres rejoignaient leur logis pour fuir la chaleur de la lumière. À cette heure torride d'un mois de juillet, une foule immense avançait le long de la Rue Droite. Le glas sonnait à tous les clochers du quartier chrétien. Le cortège, entourant un cercueil porté sur les épaules de six hommes, chantait en grec la liturgie des morts : pétales blancs jetés sur la dépouille, cierges grésillant, nuages d'encens, parfums de myrrhe. On enterrait Georges, fils de Youhanna, appelé le Yabroudi, du nom de son village natal, situé près de Damas. Ce médecin lettré, de grande renommée, avait réussi une vie entre deux dynasties, servir les Fatimides à Damas, les Abbassides à Bagdad, au nom de la science et de l'humain. Revenu dans la ville de son enfance et de son enseignement, il retrouvait son lieu d'ancrage, sa terre aimée pour mourir.

La procession des funérailles avançait, avec recueillement, tout au long de la Rue Droite. En sens inverse, par la Porte de l'Ouest, arrivait une autre foule, des hommes, des femmes, des enfants épuisés et meurtris qui, dans une marche chaotique, poussaient des cris et des lamentations. Il n'y eut pas de face à face entre les deux cortèges, le groupe chrétien bifurquant à droite pour sortir de la ville et atteindre le cimetière. Là, dans un rituel de prières et de génuflexions, la dépouille fut mise en terre. Un tertre anonyme signifiait le lieu du repos éternel, l'homme de science méritait l'espérance par son identité chrétienne pour servir l'Islam, sa double culture grecque et arabe, son idéal pacifiant.

Au moment où les gens du deuil commençaient à se disperser pour rentrer chez eux, une clameur confuse émana de Damas. L'autre foule, arrivée de Palestine, hurlait sa douleur et racontait la guerre, le feu et le sang. Un cataclysme venait de s'abattre sur l'Islam, jamais les musulmans n'avaient été ainsi humiliés. Les Croisés avaient pris Jérusalem, un vendredi, à l'heure même où le Christ avait expiré sur la croix. Le 15 juillet de l'an 1099 écrivait d'une même encre une victoire et un désastre : après quarante jours de siège, de fièvre et de soif, les murailles de la Cité Céleste s'étaient écroulées. Les Francs, éblouis, s'agenouillèrent devant la ville brillant sous le halo du soleil. Venus de loin, ayant accompli la volonté de Dieu et du pape, ils rachetaient leur passé, rassurés de leur foi. Hélas, dans une violence incroyable, une cruauté meurtrière, Godefroi de Bouillon, Tancrède le Normand, Raymond de Saint-Gilles avec leurs guerriers blonds, piétinèrent sans scrupules une terre orientale que les pieux musulmans appelaient Al Quds, la Sainte.

Le pavillon blanc des Fatimides ne flottait plus sur la tour de David et un monde ancien expirait dans un carnage de sang. Les Croisés tuèrent, pillèrent, incendièrent la Ville du ciel, matrice de la promesse divine. Puis, à l'heure du soir dans une grande ivresse religieuse, ils allèrent adorer le Sépulcre du Christ. Se bousculant pour se prosterner dans l'aire sacrée de la résurrection, ils trouvèrent une pierre froide et nue, un tombeau vide. Malgré cette fatalité, cette déception, l'espérance du ciel demeurait, pour eux tous, sur la route de Jérusalem.

Deux jours plus tard, la tuerie terminée, les juifs ayant été brulés vifs dans leur synagogue, quelques musulmans profitèrent de la confusion pour fuir. Les premiers réfugiés arrivèrent à Damas dans un état d'hébétude. Certains de ces survivants, obligés de déménager les dépouilles des leurs pour les entasser et les brûler, avaient vu leurs frères massacrés ou vendus en esclavage. Quelques-uns seulement purent fuir, prenant la route, l'horreur du massacre demeurant leur seule mémoire. Quand ils virent de loin apparaître les minarets de la mosquée des Omeyyades, dépassant l'enceinte de la ville, ces rescapés se prosternèrent pour rendre grâce à Allah. Malgré leur épuisement, ils portaient avec précaution et respect le Coran d'Othman, l'un des plus anciens exemplaires de leur Livre Sacré.

Ces réfugiés, entrant par la Porte de l'Ouest, avançaient dans la Rue Droite, au moment où s'en éloignaient les gens des funérailles de Yabroudi. Damas, l'oasis des verdures, leur ouvrait toutes ses portes. Le grand cadi, Abou Saad al Harawi, la personnalité la plus intègre et la plus respectée de la ville, offrit conseils et réconfort. Les chrétiens accueillirent dans leurs maisons certains d'entre eux, les juifs reçurent les leurs. Le soleil déclina, l'exil devint patrie.

En ce même moment, au bord du chemin, un jeune homme de vingt ans écoutait et observait en silence. Issu d'une famille de notables musulmans, lettré, curieux, il devina que le destin troublait le monde de l'Islam, pesant l'ampleur de la menace. Al Qalanissi, portant le nom de ses aïeux, ignorait encore qu'il deviendrait l'un des plus grands chroniqueurs des Croisades. Ce soir là, rentrant chez lui, il relata, dans une merveilleuse calligraphie, ces évènements inattendus. Le jeune homme écrivait avec facilité, son meilleur ami, Youhanna, lui portant aussi l'écho des siens, des chrétiens. Son récit, d'une méticuleuse fidélité, rédigé sans nulle passion, allait durer et engendrer la geste d'un temps.

Les nuits d'été de Damas portaient à veiller tard, douceur et fraicheur du temps, scintillements de lune sur les eaux des patios, conversations familières, troublantes parfois. Les derniers évènements encouragèrent les juifs, les chrétiens, les musulmans à se réunir, durant ses longues soirées. Se sentant unis face à l'invasion venue d'Europe, ils répétaient les cruautés rapportées par les réfugiés : la Jérusalem des mondes, brûlée et détruite oubliait l'amour du Christ, les chefs francs l'ayant sacrifiée dans la cruauté et la violence. Imbus de leur suprématie imaginaire, ils voulaient subordonner les chrétiens orientaux, considérés par eux comme hérétiques, issus d'une branche séparée de la Vraie Église. En vainqueurs, ces Croisés expulsèrent du Saint Sépulcre tous les prêtres orientaux qui y officiaient ensemble, ignorant que leur rite émergeait d'une tradition millénaire. Cet outrage dépassait l'entendement, les Eglises de Jérusalem se considérant le tronc originel du christianisme. Leurs fidèles, premiers chrétiens du monde, avaient toujours veillé sur les lieux de la naissance de Jésus, de sa passion, de sa résurrection, leur ville étant trois fois sainte. Le fanatisme des Croisés, rejetant leur foi, les humiliait. Ils décidèrent alors de résister refusant de révéler le lieu où se trouvait la croix du Christ. Cette relique était leur fierté, leur identité mais les Francs arrêtèrent les prêtres qui en avaient la garde et les soumirent à la torture. Après de nombreux supplices, ils purent leur arracher des aveux et leur enlever la plus précieuse de leur relique.

Les chrétiens de la Rue Droite se lamentaient. Les juifs pensaient à tous les leurs, brulés vifs dans la synagogue, les musulmans se souvenaient de l'histoire du calife Omar, pour dire la tolérance de l'Islam.

Ce fut aussi le propos du conteur de Damas. Eloquent, libre, vif, il exprimait toute passion dans les nuances de sa voix. Dans le café près de la mosquée des Omeyades, ce beau parleur s'asseyait sur une chaise très haute, pour être perçu des uns et des autres, son public accroupi sur des divans bas ou à même le sol. Ce soir là, dans une grande solidarité, les juifs, les chrétiens, les musulmans se retrouvèrent pour écouter son histoire, leurs petites discordes s'étant évanouies.

Le conteur Ayman attendit le silence pour parler de Jérusalem troisième lieu de l'Islam après la Mecque et Médine. La Ville Sainte devait renaître de ses cendres car Allah avait choisi sa nuit scintillante, pour y conduire le prophète Mahomet sur sa jument Bourak afin qu'il puisse y rencontrer Moïse et Jésus. Voyage nocturne ou rêve fascinant, mais certitude de reconnaissance, de continuité d'une même foi.

Le conteur rouvrit son livre, aux mille vies, le feuilletant rapidement pour le refermer. Il avait vite choisi son histoire, celle du Calife Omar, le second successeur du Prophète Mahomet. Cet homme d'Arabie, pieux et preux, avait pris Jérusalem aux Byzantins en 638, après de rudes combats. Entouré de ses guerriers, le sabre au clair, il avait fait son entrée sur son chameau blond après une longue prière. Le patriarche des chrétiens, venu à sa rencontre, tenait la croix par laquelle il bénissait ses fidèles, joyau fastueux et objet de vénération. L'homme venu du désert gardait sa sobriété, habillé de lin blanc, quand le maitre des chrétiens était vêtu de brocards et de soie. L'énigme tait qui des deux hommes parla le premier, le vaincu s'avançant avec témérité, le vainqueur avec condescendance, mais les mots échangés demeurèrent secrets pour devenir une obsession de l'Histoire.

Cette rencontre entre Islam et Chrétienté fut l'une des plus belles à traverser la lumière du temps. Le calife Omar, d'une grande générosité de cœur, promit aux chrétiens de Jérusalem d'avoir la vie sauve et de garder leurs biens. Curieux mais discret, il demanda au patriarche de lui faire visiter les lieux saints du Christianisme, les deux chefs se parlant dans une réserve respectueuse. Quand admirant ensemble le Saint Sépulcre, l'horizon s'embrasa à l'heure du couchant, le calife demanda alors où faire sa prière du soir, son hôte lui proposant l'Église même. Omar refusa avec courtoisie craignant que les musulmans ne veuillent, alors, s'approprier ce lieu de culte chrétien, le considérant une aire sacrée de l'Islam. Le prince des Croyants sortit de l'église et s'agenouilla sur l'esplanade. Autour de lui, le public gardait le silence face à sa piété. Plus tard, dans les replis du monde, fut bâtie la mosquée Al Aqsa, à l'emplacement de cette première prière. C'était déjà un nouveau royaume.

Le conteur Yahya avait terminé son histoire. Allah, le Miséricordieux enseignait au fidèle musulman la clémence.

Le lendemain, le Coran d'Othman, sauvé par les premiers réfugiés de Jérusalem, fut posé en grande pompe dans la mosquée des Omeyades. Les juifs et les chrétiens virent arriver le cortège avec respect au moment où les muezzins psalmodiaient le chant des versets.

Les oulémas et les cheiks ouvrirent la marche portant le Livre Saint suivis de la foule qui s'engouffra dans le lieu de culte par piété ou par curiosité. Du haut du minbar, le grand cadi, Al Harawi, connu pour son accueil et sa générosité annonça son départ pour Bagdad avec des notables de Damas et quelques réfugiés. Tous étaient convaincus que le Prince des Croyants, le calife de tous les musulmans leur fournirait les munitions, les armées nécessaires pour affronter les Croisés.

Les préparatifs du départ furent très brefs, le temps pressant. Quelques jours plus tard, en pleine chaleur du mois d'aout, l'ambassade prit la route du désert, une foule de suppliants, dans une marche solaire épuisante, affrontant une sécheresse implacable, des mirages évanescents. Quand le cadi et sa suite atteignirent enfin la capitale des Abbassides, Bagdad opulente, au bord de son fleuve, sembla une belle promesse. Hélas, ils n'y reçurent que de vaines paroles.

Devant l'échec de l'expédition d'Al Harawi, les musulmans prièrent le jour et la nuit, dévotion superflue, lamentations désespérées, la résistance organisée n'allant surgir que bien plus tard.

Entre-temps, les chrétiens de Damas se rassemblaient toujours près de l'Église de Marie pour discuter des violences commises. L'été, ils buvaient les «Charab » si rafraichissants aux saveurs d'agrumes ou de roses, ignorant encore que les Croisés allaient les apprécier et les appeler « sirop » dans leur souvenir d'orient. Les musulmans se rafraichissaient aussi à ces mêmes boissons que des artisans juifs préparaient dans leurs échoppes quand des adolescents ambulants les distribuaient tout au long des chemins.

Ce monde bigarré se bousculait dans les dédales des souks offrant toujours leur beauté charnelle de soies, de parfums, d'encens. Leur art de vivre fastueux et raffiné évoquait la richesse des caravanes, les mystères des pays lointains. Les Francs y arrivèrent en rustres combattants, une croix cousue sur le dos, pour violer leur luisance. Ils instauraient leurs Etats latins d'Orient, croyant être porteurs de ciel, ne sachant pas encore que les pays qu'ils incendiaient véhiculaient la civilisation la plus brillante du monde. Cette ignorance fut leur premier échec, leur foi sombrant dans le sentimentalisme les déroutait quand la cupidité brisait pour toujours leur idéal.

Le temps passa, d'autres refugiés affluèrent à Damas accueillis par tous. Face aux Croisés, la solidarité rapprochait les uns des autres, vivant déjà ensemble. Le conteur de la nuit gardait la mémoire de la vie et de la mort. Hélas, la guerre n'était pas loin, la Seconde Croisade ayant déjà pris le chemin de Jérusalem.

LE TITRE DE ROI DE DAMAS

Du haut du Kassioun, la montagne surplombant Damas, l'astrologue scrutait les astres. Youssef, un vieil ascète chrétien, vivait en altitude dans une sainte solitude. Priant comme les musulmans, jusqu'à cinq fois le jour, il célébrait ainsi le cycle de la lumière. Sa sérénité s'exprimait dans le silence, la méditation, le regard en soi. Une nuit, une comète brilla à l'ouest, son immense chevelure d'or prenant la couleur du sang. Il la dessina et nota, sur sa page blanche, qu'elle était ondoyante et furtive, ayant disparu très vite dans le noir. Ce signe du ciel, survenu cinquante ans après la prise de Jérusalem par les Croisés, semblait prémonitoire et porteur de tourments.

Quelque temps plus tard, l'armée des Francs surgit à l'horizon de Damas. Cette croisade monarchique sous le commandement du roi de France, Louis VII, de l'empereur d'Allemagne, Conrad III, du roi de Jérusalem, Baudouin II, réunissait aussi les Chevaliers du Temple et de Saint-Jean. Tous ces nouveaux venus, se croyant porteurs d'un divin message, se leurraient, assoiffés d'or et de butin. Louis VII, intelligent mais faible, doué d'une piété exagérée, touchait la bondieuserie. Ce souverain incarnait le destin spirituel de toute l'armée ayant reçu du pape Eugène III l'oriflamme, la panetière et le bourbon, symboles inconnus de l'Orient. Arrivant avec ses vassaux les plus turbulents et sa femme, Aliénor d'Aquitaine, qui le disputait et couchait dans le lit d'un autre, il préférait la poésie courtoise à la guerre. Les jardins de Damas offraient des senteurs de fruits, d'orangers, de citronniers, de cèdres, d'abricotiers, de pruniers, de cerisiers, de pêchers, de figuiers. Le fleuve gardait ses azurs et ses verdures.

En ce mois de juillet, par une chaleur torride, les Croisés firent le long siège de la ville. Les Damascènes vivaient dans une grande peur, leur imaginaire agrandissant la force de l'ennemi, le pouvoir légendaire de toute cette noblesse d'Occident. En fait, cette croisade monarchique, devait subir tous les délires royaux, causant ses échecs et sa perte, aux portes de Damas. Les chrétiens de la Rue Droite crurent, alors, en la protection de Saint Paul, sa légende demeurant encore vivante.

Saint Paul, aveuglé sur son chemin de Damas, avait retrouvé la vue, chez l'évêque Ananie. Une crypte indiquait le lieu de ce miracle et nombreux fidèles venaient s'y recueillir. Parmi eux, un certain Elias, qui arrivait tard dans la nuit pour allumer un cierge et regarder la flamme trembler sur les murs. Dans le jeu des ombres, il déchiffrait un battement d'ailes, car colombophile depuis tout petit. Sa science, apprise de son père, le mettait en hauteur. Sur sa terrasse, l'homme nourrissait ses pigeons dans le creux de la main, leur apprenant un savoir ancien, une langue de la guerre mais aussi du désir : porteurs de messages, ils voyageaient, sachant retrouver l'itinéraire du retour. Elias les attendait rêvant des paysages, des lieux sans frontière, de leur envol. Beau, svelte, généreux et pondéré, il aimait une femme mais en avait épousé une autre, troquant la raison contre l'amour. Seule sa passion pour ses volatiles ouvrait son imaginaire, devinant dans les formes des nuages, la splendeur de leurs ailes.

Du haut de sa terrasse, le colombophile pouvait fusionner avec la ville clapotis de la rivière, brise lointaine du désert. À l'heure du soir, voyant surgir les Croisés de partout, il n'eut aucune crainte. De l'Orient et du midi, les murailles montaient haut, invulnérables, du nord et du couchant, Damas étalait la beauté de ses jardins. Là s'élevaient des palissades, des murs de terre, des petites tours cachant des archers. L'armée étrangère, belle à voir, se postait tout autour, ses splendides bannières voltigeant au gré des vents, ses guerriers rêvant d'entrer dans une ville de magie et de sensualité.

Du plus loin de la montagne, l'astrologue Youssef, scrutant l'horizon, vit arriver ces nouveaux conquérants. Le crépuscule embrasait le ciel et il se souvint de la chevelure d'or de la comète. Le monde s'éteignit doucement. Dans l'obscurité, une masse brune encerclait la ville quand les grands feux de bivouacs illuminèrent la nuit. Youssef croyait que l'Ange du Seigneur veillait sur sa famille mais son regard surplombant les choses, son intuition profonde le portait à vouloir rejoindre sa rue, sa vie d'avant. Décidant de défendre sa ville bien qu'âgé et usé, il attendit l'aube pour suivre la lumière du chemin. Echangeant son habit de bure contre son ancien manteau blanc, le vieillard monta sur son âne, descendant les pentes du Kassioun d'un pas lent et pesant.

L'étau des armées se refermait autour des murailles, dans un bruit de croisement d'armes. Cette rencontre d'Est et d'Ouest, dans une véritable guerre de siège mettait les chrétiens de Damas dans une situation insupportable. Ils subissaient une double oppression, celle des Croisés les considérant de haut car appartenant aux rites d'orient, celle de certains musulmans les imaginant les alliés naturels des envahisseurs. Pourtant, les habitants de la Rue Droite furent solidaires et défendirent leur ville jusqu'à en mourir. Dans l'instinct de chacun d'eux demeurait sa terre d'origine, la foi n'étant qu'apprise et transmise.

Damas était sous un soleil rouge. La chaleur étant insupportable, les Croisés crevaient de soif. Soudain, ils eurent la tentation vitale de s'emparer des jardins et des fleurs mais, les bois étant touffus, les sentiers rétrécis, deux hommes à peine pouvaient y marcher de front. Du haut des tourelles, tombait sur eux une pluie de métal. La ville résistait, son fleuve étant sa survie. Nombreux de ses combattants sortirent, alors, par la porte de l'Ouest, pour se poster sur les rives du Barada et éloigner à coups de pierres et de javelots les Francs désormais incapables d'atteindre l'eau. Dans la ville, l'entraide était crédo, la lutte incarnait l'idéal mais la résistance s'épuisait, les vivres manquaient, le siège durait. Nuit sombre, astre éteint.

Le premier croissant de lune parut, illusion de lumière. Une ombre imperceptible passa dans la nuit. Plus d'un millénaire après la fuite de Saint Paul, un panier aux roucoulements étranges glissait sur les murailles, descendu par des cordes. Le chèvrefeuille embaumait, un instant pour oublier la guerre.

L'immense boîte se posa sur le sol et s'ouvrit enfin. Dans ce temps de sommeil profond, en surgit Elias le colombophile serrant contre lui une épinette où logeaient ses pigeons. Cerné entre les arbres et les remparts, il choisit les jardins pour se dissimuler et passa la nuit à marcher fuyant les armées des Croisés jusqu'à sembler arrivé vers elles d'un village lointain. Ses blancs oiseaux cachés sous des feuillages, il pénétra seul les lignes de l'ennemi, déguisé en mendiant chrétien demandant aide et refuge. Longeant les tentes, il entendit des cris et devina que les trois monarques se disputaient entre eux, chacun voulant prendre le titre de roi de Damas. Le futur élu espérait se comparer au David de l'Ancien Testament, vainqueur d'un roi de la ville. Discorde et mésentente, jeu d'ambition entre les chefs, le mépris remplaçait l'estime, l'intelligence sombrait dans l'intérêt. Elias écoutait faisant semblant de prier parfois, se signant comme les latins, ou demandant une triste aumône. Passant inaperçu, il s'éloigna à nouveau du camp pour envoyer à Damas sa première bonne nouvelle. Ayant rejoint enfin la cachette de l'épinette, il accrocha son message à une des pattes du pigeon voyageur, le caressa avec tendresse. Elias lui parla d'une voix grave et familière, admirant son regard noir, la blancheur du plumage. Enfin, le lâchant vers l'azur, il s'endormit, heureux d'être porteur de bonheur. D'autres colombophiles s'étaient déjà infiltrés dans l'armée ennemie. Plus tard, les Croisés allaient apprendre d'eux le secret des messagers du ciel.

Le siège, aux privations insupportables, durait. Les guerriers commandés par Baudouin s'efforçaient, en vain, d'enfoncer l'armée de Damas. Ils trouvaient une résistance invincible et l'Histoire, contre eux, leur fermait les portes de la ville. Soudain, Conrad, l'empereur d'Allemagne, d'une grande bravoure, traversa les troupes françaises avec quelques uns de ses hommes et vint se placer à l'avant-garde pour une attaque impétueuse. L'espoir renaissait dans des cris de joie et d'illusions. Etonnement alors, la Porte de Fer s'ouvrit et en sortit un géant d'une force herculéenne. Debout sur ses étriers, il balançait sa lance au-dessus de sa tête, poussant des cris terrifiants, mi-homme mi- bête. Tout tombait sur son passage. Conrad courut à sa rencontre, un duel d'hommes pour Dieu ou Allah avec l'un des deux qui devait mourir. Enfin, le musulman fut renversé de son cheval et l'Allemand d'un coup d'épée déchargé sur l'épaule le terrassa et lui ouvrit le corps. Dans cette cohue meurtrière, surgit un petit homme monté sur un âne, prêt à défendre le héros du jour. Hélas, arrivé trop tard, il ne lui restait plus qu'à couvrir la dépouille en sang de son vieux manteau blanc. Il fut lui aussi massacré dans une même force du geste bien qu'âgé et frêle. C'était Youssef, l'astrologue de la montagne. La nuit tomba, seul l'astre du berger brillait, dernière vision du ciel pour l'homme qui adorait les étoiles.

Quelque temps plus tard, revint le pigeon voyageur d'Elias. Il ne portait plus aucun message et, le lendemain de son retour, on le trouva mort dans son nid. Nul n'allait jamais plus revoir son maître.

En ce temps de l'Histoire, tout semblait finir quand rien ne s'était vraiment passé. Ce face à face entre deux mondes fut sans paroles, tout langage étant demeuré vain et interrompu. Les Francs levèrent le siège, informés que des renforts arrivaient pour défendre ou peut-être usurper la ville. Jusqu'au bout, leurs chefs, porteurs d'un immense courage, s'entredéchirèrent pour briguer la principauté de Damas et ses jardins. Les crépuscules d'Orient, malgré leur envoûtement, hantaient toujours ces guerriers de Dieu ayant oublié qu'ils aboutissaient lentement à la nuit. Quand les Croisés partirent, les assiégés les virent s'éloigner, la croix sur le dos, et devinèrent que leurs errances les menaient vers la cendre. Damas retrouva son histoire première, celle de symboliser la fertilité aux portes du désert, de célébrer dans le chant des poètes ses parfums et ses fruits.

Cette guerre, comme toute autre, écrivait une vie des héros. Ayoub, chef d'une dynastie encore obscure commandait l'armée de Damas. Auprès de lui ses deux jeunes fils, téméraires et implacables, espéraient le triomphe de leur foi et de leur rêve. L'ainé fut massacré près de la porte du Paradis lors d'une sortie meurtrière. Le cadet, encore adolescent, le vit mourir et décida alors de changer le monde, la main serrant son cimeterre comme dans un adoubement de chevalier. Son nom était Saladin, il entrait déjà dans la légende pour marquer l'Histoire du nom de sa famille, les Ayyoubides.

Bien plus tard, un vendredi de mémoire, le 20 octobre 1187, au moment où les musulmans fêtaient le voyage nocturne du Prophète à Jérusalem, Saladin faisait son entrée dans la ville, libérant, pour un temps, la Terre Sainte de la domination des Croisés. Magnanime, il choisit la clémence, donnant l'ordre de ne tourmenter aucun chrétien qu'il ait été franc ou oriental. Dans cette nuit sacrée et mythique, il n'y eut ni massacre ni pillage, les feux illuminèrent Al Quds, la Sainte.

LES ASSASSINS

Magdala aimait écouter la nuit, celle qui vit. Souvent, parée de colliers de jasmins, elle pensait à sa pureté, quand découvrant la déchirure du corps, le membre de l'homme. Naissant dans la volupté des sens, sa vie brouillait malédiction et tendresse. La nuit demeurait sa demeure et sa compagne.

Tant d'hommes entraient dans son paradis. Elle avait reçu les pèlerins d'Occident, des Croisés, qui d'Antioche de saint Pierre, au Damas de Saint Paul, continuaient jusqu'à Jérusalem pour pleurer sur le tombeau du Christ et expier leurs fautes. Le long de leur voyage, le cri du désir les menait souvent vers une maison close, au fond d'une impasse, ou près d'une porte de la ville. Ils en sortaient dévorés de bonheur et de remords, comme les chrétiens de la rue de Magdala, venant chez elle tout en longeant les murs.

De nombreux musulmans la visitaient aussi, la durée d'un geste. En femme d'expérience, ayant le flair de l'homme, elle se demandait si certains d'entre eux ne formaient pas une confrérie secrète. Ceux-là parlaient peu sans jamais être anodins, laissant, après leur départ, une hantise de leur passage. Toujours obéissants à un certain Hossein qui, étonnement, paraissait le plus jeune, ce supposé maitre produisait une profonde impression sur quiconque l'abordait : un nez busqué tombant d'un front très large, des sourcils épais marquant des yeux intenses, une sensualité des lèvres contrastant avec la sagesse du front. L'ovale du visage, légèrement allongé, relevait d'une maigreur du corps, d'une nervosité de caractère. Magdala imaginait qu'il y avait deux hommes en lui, l'un au visage puissant et éveillé, l'autre plus obscur, aimant vivre dans la nuit, une autre que la sienne. Ces hommes revenaient toujours dans sa maison close, subjugués par les filles.

Martha était la préférée de Hossein. D'une blondeur de blé, ses formes généreuses, sa nonchalance orientale, la rendaient d'une irrésistible langueur. Grassouillette et d'un appétit vorace pour les loukoums et les sucreries, elle découvrit, une fois, un sac de galettes oublié par son client. La tentation fut irrésistible, le met doré et sucré, une volupté pour entretenir l'abondance du corps. S'en servant, sure que la gourmandise était un péché moindre que celui de la chair, elle faillit en mourir de suite.

En ce temps-là, Damas était connu pour ses hôpitaux appelés mâristâns. Ces lieux d'une architecture sobre, d'une élégance raffinée, offraient les soins les meilleurs au monde. Des malades venus souvent de l'étranger venaient y consulter des médecins de grand renom spécialisés dans les blessures, pratiquant jusqu'à la chirurgie esthétique. Des administrateurs y tenaient des registres et des pharmaciens ordonnaient des remèdes, des aliments, des onguents pour guérir les patients, chaque cas étant considéré avec précaution. Magdala, prise de panique, déménagea Martha d'urgence, dans l'espoir de lui sauver la vie A la porte d'accès, le scribe Issa, son voisin, remplit la fiche d'accueil de la mourante ignorant, comme tous, la galette empoisonnée. Enfin, la malade fut prise en charge par un docteur chrétien appelé Siméon fils de Yacoub quand Magdala, soulagée, s'assit sur la banquette d'entrée du mâristân, dans l'attente d'une bonne nouvelle.

Après la fatigue et l'angoisse des dernières heures, la fille de joie se sentit prise d'une grande lassitude. Le soleil sur sa peau la réchauffait et elle s'évada dans une rêverie où quelque chose d'insaisissable la séduisait ou la menaçait. Hantée toujours par les passions, jamais par ses erreurs, se sentant une proie, une ombre des autres, elle croyait enfin pouvoir s'endormir, oublier. Une rumeur de la rue la sortit de sa torpeur, la ramena au réel. Prise d'une grande curiosité, Magdala sortit, ne sachant pas ce qui l'attendait.

Saladin, suivi de ses émirs, de ses vizirs, des chefs des armées quittait le Pavillon des Roses de la Citadelle pour aller prier à la mosquée des Omeyades. La foule l'acclamait aux cris de « sultan, roi victorieux ». Lui, le sunnite, ayant mis fin à la dynastie chiite des Fatimides, repris Jérusalem aux Croisés, s'était proclamé sultan d'Egypte et de Syrie. Ses turbans brodés de fils d'or, ses cimeterres incrustés d'émail et de pierreries le rendaient très beau. Habitant Damas, il aimait la ville l'embellissant de mosquées, de madrasas aux façades rayées de pierres blanches et noires. Vivant près de son peuple, modeste, l'homme s'arrêtait dans la rue pour caresser la tête d'un enfant ou distribuer des dirhems. Sa courtoisie séduisait, sa tolérance amenait toutes les communautés religieuses à bien vivre ensemble.

C'était surtout dans les souks que juifs, chrétiens et musulmans se côtoyaient. Là, une foule bigarrée, échappée enfin du gris de l'hiver, trainait, humant le parfum d'épices et de pétales. Certains buvaient du sirop de réglisse, d'autres mangeaient des galettes au thym ou de purée de pois chiches, des femmes marchandaient. Les échoppes bariolées ravissaient, marchandises multicolores venues d'Europe, d'Afrique, d'Arménie, de Perse et des Indes. Dans le brouhaha des badauds, les souks avaient leur métaphysique, leur art de vivre, une connaissance des hommes. Au passage du sultan, chaque passant se retournait, les gens s'alignaient pour mieux le voir. Magdala était heureuse d'être sortie de sa maison close.

Soudain des cris surgirent de partout, les gardes de Saladin venaient de neutraliser trois commandos voulant l'assassiner quand son serviteur fidèle, Amr, s'étant rué pour défendre son maître, le paya de sa vie. Les meurtriers, ayant raté leur cible, se sentaient insultés par cet échec. Leur meneur leur cria des ordres, le visage entouré d'un keffieh découvrant à peine les yeux et disparut dans les dédales des rues. Ses poursuivants prétendirent qu'au moment de le saisir, la force de leurs muscles les avait lâchés. Les autres agresseurs se poignardèrent, et dans ce choix de mourir, l'on sut de suite qu'ils appartenaient à la secte des Assassins. La foule hurla leur nom. Ce chaos sortit Magdala de ses rêves, de sa somnolence. Observant alors le monde extérieur, si différent de celui de son quotidien, elle reconnut des voix et des regards.

L'histoire des Assassins commençait à l'ombre des forteresses. Alors que les Croisés bâtissaient des châteaux d'une beauté souveraine sur les plus beaux sommets de Syrie, à l'est du monde, en Perse, sur une montagne inaccessible, Hassan as Sabbah, ismaélien, d'une doctrine chiite, créait une secte religieuse et politique. Consacrant sa vie à sa doctrine dont l'efficacité ne fut jamais égalée dans l'Histoire, As Sabbah voulait assurer un nouvel âge d'or aux chiites. Passionné de mathématiques et d'astronomie, passant ses nuits à écouter de la poésie ou de la musique sacrée, il envoyait ses hommes semer la terreur, ses adeptes trouvant leur foi dans la mort, dans un hymne au crime. Afin d'instaurer une légende de peur, de sorcellerie, de terrorisme, les partisans de la secte suivaient une discipline très rigide, gardant le mystère de leur endoctrinement. Pour ne pas faillir au moment de passer à l'acte, la rumeur disait qu'ils étaient drogués au haschich, porteur d'hallucinations, d'une illusion de paradis. Dans les rues, on les appela, péjorativement, les Haschischins. Les Croisés apprirent à dire « Assassins » et furent leurs amis, acceptant leur aide. Par contre, Saladin était leur plus grand ennemi ayant été le fossoyeur des Fatimides chiites, le vainqueur des armées d'Europe. La secte lui portait une haine tenace.

Partant de leur nid d'aigle en Perse, les Assassins s'installèrent en Syrie, recevant le surnom de Batinis, ceux qui cachaient leur vraie croyance. Dans les palais, ils occupèrent les postes de conseillers, de confidents. Infiltrés ailleurs en tant que médecins, astrologues ou poètes, leur identité véritable était une énigme. Détestant les musulmans sunnites et appréciant de plus en plus les Croisés, venus attaquer cet autre Islam, leur grand espoir était de s'allier aux chrétiens de Damas. Ils s'étaient trompés.

En Syrie, leur chef portait le nom de Sinan. Toujours réfugié dans son fort de Misyaf, il était pour les soldats francs « le vieux de la Montagne ». Comme le fondateur de la secte, l'homme brillant et éminent, aux ruses secrètes, lisait des ouvrages de controverse et cultivait les sciences, la philosophie et la littérature. Isolé dans son antre, nul n'avait vu son visage. Excellant dans le meurtre politique, il tenta à deux reprises d'impressionner Saladin, lui envoyant des commandos sous sa tente ou essayant de lui apparaître dans la nuit à la faveur de l'ombre, mi-homme mi-fantôme, puissant et évanescent. Les histoires des Assassins éclaboussaient les miroirs, le conteur de Damas érigeait une loi morale répétant que leurs vertus étaient souillures.

À la suite de l'attentat contre Saladin, les souks fermèrent, seul le bruit de la fontaine emplissait le lieu désert. Magdala retrouva son patio, les filles accoururent pour avoir des nouvelles de Martha mais elle raconta le meurtre sure que ces hommes de l'ombre avaient traversé sa maison. Essayant de s'informer auprès des filles, les imaginant subtiles ou curieuses, elle réalisa qu'elles appartenaient à leur monde clos. Magdala garda ses pensées pour elle, alla en quête des nouvelles de Martha qui se remettait, le médecin ayant vite diagnostiqué les effets d'un empoisonnement à l'arsenic. Le lendemain, la rescapée revint rejoindre sa seule demeure, le lieu de son espérance et de sa perdition.

Les jours passèrent. Hossein resurgit chez la fille de joie, fidèle à lui-même, sans se défaire de son masque et de son silence. Pris dans la fascination charnelle de Martha, il subissait son sortilège et venait dormir près d'elle. Entre souffrance et bonheur, l'homme se consolait d'une femme désirée et perdue, pour ne point mourir pour elle. Ce soir là, Magdala l'aborda dans sa courtoisie sensuelle et féline, observa la silhouette, fixa les yeux et l'invitant à parler, se demanda si la voix saccadée, aigüe, était celle du criminel. Hélas, son intuition ne pouvait suffire pour dénoncer ou condamner. Le visage de l'homme, énigmatique et pourtant précis, cachait sa vérité, sa violence intérieure. La fille de joie craignait la malédiction et hésita. La nuit damascène brillait aux flambeaux quand les gardes du palais vinrent saisir Hossein, au moment où il sortait de chez elle.

À ce même moment, dans le pavillon des Roses de la Citadelle, Saladin se retirait pour dormir, bouleversé par l'entrevue qu'il venait d'avoir, craignant ne plus trouver le sommeil. Il venait d'accueillir un messager venu de chez le « Vieux de la Montage », le chef des Assassins Sinan, si déçu d'avoir raté sa cible. L'envoyé, ayant reçu des ordres très précis ne devait délivrer ses paroles au roi de Damas que seul avec lui. Saladin le fit fouiller en vain et, pour répondre à sa requête, demanda à l'assemblée de quitter les lieux. Ne restèrent que les deux plus fidèles des serviteurs que le messager montra du doigt, exigeant qu'ils sortent, refusant de parler devant eux. Le sultan lui répondit qu'ils étaient comme ses fils et que lui et eux ne formaient qu'un. Alors vint le triomphe du « Vieux de la Montagne » quand l'intrus avoua que ces personnes de confiance étaient, comme lui, les adeptes des Assassins. Ils lui obéiraient de suite s'il leur ordonnait de tuer leur maitre, les serviteurs dégainant déjà leur épée.

Le grand vainqueur de la Guerre Sainte, désemparé, comprit qu'il devait composer avec la secte et fut disposer à faire la paix avec Sinan. Le messager quitta le palais avec les deux traitres sans être tourmenté, des hommes d'une puissance néfaste qui semaient la cendre. Saladin pensa alors aux chrétiens, ému par leur fidélité ayant refusé de se joindre aux Croisés ou aux Assassins contre lui. Si souvent, ils avaient été sacrifiés dans des batailles inégales, supporté les injustices se fiant rien qu'à la prière. Leur religion portant l'amour et le pardon avait modifié le visage du monde. Le sultan voulut les combler de sa générosité.

Magdala, continuait son aventure avec la sensation permanente de vivre avec l'ombre et la lumière. Elle avait deviné la présence des Assassins dans sa maison close, ces hommes qui, croyant dévorer le corps des femmes, trahissaient le plus profond d'eux-mêmes. L'amante, dans sa nudité totale, leur arrachait leur masque tout en écoutant la sensualité de leur corps. Parfois, se croyant voyante, elle regardait les étoiles pour déchiffrer le signe de leur déclin, mais le ciel lui voilait toute connaissance. Enfin le monde finit par vaciller et, au cœur de l'hiver 1193, Sinan, bâtissant toujours l'empire de la mort, dut faire son ultime voyage. Dans son nid d'aigle sous la brume épaisse des cimes, il rendit l'âme entre ses adeptes et les siens. Un ange noir veillait sur sa couche. La fille de joie le sut bien vite par ses clients désemparés, perdant soudain leur repère dans un stoïque silence. Bientôt la nouvelle fut portée partout, au son des clairons et des trompettes. Dans les souks, les marchands et les badauds l'applaudirent.

À ce même moment, Saladin, du haut de la Citadelle, voyant couler le Barada, pensait à la fuite du temps. Même malade, le bonheur le comblait, ramenant les beaux souvenirs. Plus d'un an déjà qu'il avait signé une paix avec les Croisés après l'entrée glorieuse à Jérusalem. Ces heures de guerre lui revinrent dans le sentiment réconfortant d'avoir été magnanime, porteur d'espoir. Les hommes d'honneur méritaient toujours son respect même luttant contre ses armées. En vainqueur, son grand rêve était que les Croisés, au contact des princes de l'Orient, deviennent moins cruels et plus humains. Hélas, ces implacables guerriers ne purent apprendre de lui ni la pitié, ni la miséricorde même quand il envoyait à ses ennemis des sorbets et des glaces, les jours de chaleur torride. Rien ne put rapprocher les uns des autres dans cette cassure entre l'Orient et l'Occident, les croisades continuant dans la violence et le sang, les guerres saintes perdant leur idéal dans une course au pouvoir.

Le sultan-roi savait sa fin proche, le fleuve charriait le passé et l'espérance. Agé de cinquante-cinq ans, il tenta un ultime combat contre sa maladie, une sorte de lassitude, de vieillissement. Bientôt alité, le sentiment d'être au terme de sa vie le ramena à son adolescence au moment où il fit, en silence, le vœu innocent de venger son frère tué près de lui au combat, à Damas même. C'était un jeu du destin. À présent, délivré, serein, le sommeil le sortirait de l'éphémère.

Saladin choisit Damas pour mourir, attendant le printemps pour voir du haut de la Citadelle éclore les fleurs des jardins. Magdala, comme tant d'autres, venait souvent aux portes du palais interroger ceux qui en sortaient pour avoir des nouvelles du malade. Naïveté ou fidélité d'une simple passante mais les petits rêvent des grands et les aiment parfois. Tout au long de l'agonie, le sultan était entouré de ses fils, de ses émirs, de ses femmes, de nombreux médecins dont un chrétien Thabet qui l'avait suivi dans toutes ses campagnes, du prêtre Youssef qui avait été son conseiller et son interprète auprès des Croisés, et aussi d'un juif de grand renom connu pour sa science, Maimonide. Un cheikh psalmodiait les versets du Coran. Tous virent, alors, son dernier sourire, la lumière évanescente sur son visage mort, sauf Magdala qui le pleura dans la rue.

Trois mois après un Sinan mort ployant de richesses, Saladin rendait son dernier souffle comme un ascète, ne laissant qu'une pièce d'or et quarante pièces d'argent en héritage. Prince de la compassion et de la charité, il était sûr que l'avarice était faite pour les marchands et non pour les rois. Enfin, à l'heure de la prière de l'après-midi, son corps fut porté au dehors dans un cercueil enveloppé d'un drap et mis en terre. C'était à peine le printemps mais déjà la ville était parfumée de roses, celle de Damas la plus belle du monde. Au passage de la dépouille, des pleureuses se lamentèrent, d'autres femmes avec Magdala jetèrent des pétales.

Près de la mosquée des Omeyyades le sultan dormit pour toujours dans ce Damas qu'il aimait tant. Là, tout passant se taisait pour ne point troubler la paix de son tombeau. Magdala, de ses lèvres de soie, venait y jouer de la flûte.

Hélas, ce père aimant laissait derrière lui dix-sept fils s'entredéchirant. Un empire mort sous-tend un autre et, à travers les choses invisibles du destin, surgit une dynastie nouvelle, une dynastie d'esclaves.

LES ESCLAVES

Après le tumulte des voyages, les caravanes s'arrêtaient au cœur de Damas et surgissaient sur les étals des souks les rêves des mondes : les soieries aux couleurs d'arc en ciel, les tuniques brodées de perles, les pierres précieuses des Indes, les parfums de cannelle, de muscade, de cumin, de safran, les encens du Yémen, les plantes miraculeuses, les fruits exotiques, rituel de luxe et de sensualité, décadence superbe et lascive d'un art de vivre.

Dans la foule bigarrée, un caravanier juif, émerveillant les uns et les autres, montrait un rubis en forme de cœur de la taille d'un œuf. Sur cette même place du marché, entre couleurs et essences, un esclavagiste chrétien exhibait des hommes et des femmes, cachant à peine leur sexe, à brader parmi des serpents aux venins sûrs, des pur-sang arabes, des gazelles du désert, des faucons blancs, des éléphants. Perdu dans cette gente d'échange, un esclave d'une taille surprenante regardait de loin ce bijou de feu se disant, dans sa désolation, qu'un jour il serait assez riche pour l'offrir à sa bien-aimée. Malgré sa déchéance, il pensait toujours à ses longues tresses noires, sa taille fine quand elle dansait nue pour lui, ses seins lourds de désir, son pubis humide, tourmente de l'étreinte, tendresse disparue. L'homme à vendre, perdu dans sa rêverie, attirait les regards par sa fière allure, ses muscles rebondis, les bras, le ventre, les cuisses, sa stature de marbre à la cambrure stupéfiante. Hélas, cette fascination se perdait à son approche, le bleu clair des yeux, contrastant avec la peau très brune, semblait alors porteur de malaise. En fait, l'œil droit, marqué d'une tache blanche, détruisait le visage dans un maléfice. À un passant qui l'admirait, il dit être un esclave fidèle et s'appeler Baibars, quand un coup de fouet le rappela à l'ordre. Se taisant et ne bronchant plus, l'homme n'osa demander à boire malgré la soif, à cette heure sèche de midi. Dans cette gente affairée, nul ne pensait offrir de l'eau au défilé de chair à vendre qui, malgré la beauté et l'innocence de certains, entrait en silence dans le monde de la soumission et de la nuit.

L'esclavagiste, un chrétien de Damas appelé Hanna, habitait la Rue Droite. D'une grasse corpulence, son bras droit maniait le fouet avec dextérité. À moitié dévêtu sous le soleil ardent, il usait de mots grossiers et vulgaires croyant épater de son bel esprit. Coléreux, brutal, parfois servile et flatteur, son sourire affable et faux le rendait détestable. Riche et cruel, les badauds le craignaient.

Dans le souk de Damas, Baibars, serviteur turc, fut surpris par le destin. Son ancien maître, un émir ayyoubide descendant de Saladin et habitant Hama, avait décidé de le vendre par crainte ou par superstition, dérangé par ce regard étonnant, sa première déchéance. Il fut exposé sur le marché au moment du retour des caravanes, un jour de chaleur torride. À la sortie de la prière de midi, un officier pressé de rejoindre la fraicheur de son patio, jeta un œil sur le cœur de rubis d'une orfèvrerie rare, rêvant l'offrir à son amante. Le regard de Baibars l'étonna, mais le passant ne s'arrêta pas ne pensant qu'à fuir la lumière écrasante. Quelques pas rapides l'éloignèrent de l'effervescence des lieux quand, pris d'un sentiment d'inachevé, l'homme rebroussa chemin, s'arrêta près de l'esclave et l'acheta pour presque rien. Ce simple hasard permit la rencontre d'une âme maudite avec sa belle étoile. Peu de temps après, offert par son nouveau maitre au sultan, Baibars devint arbalétrier dans sa garde et entra à pas lents dans l'antre du pouvoir.

En ces temps troubles de grands frôlements historiques, la dernière invasion de Croisés se dirigeait vers l'Egypte. Pour des occidentaux appartenant à des structures féodales rigides, il était difficile de comprendre que dans les belles villes d'Orient, des princes désignaient leurs esclaves les plus capables et les plus fidèles pour des rôles de commandement. « Mamelouk » voulait dire homme qu'on possédait et commandait. Rien d'humiliant dans ces destins soumis, puisque certains devenaient très puissants dans les armées ou dans l'administration. À Damas, beaucoup de personnes influentes émergeaient de ce monde d'obéissance et de flétrissure.

Les peuples des califats de l'islam, divisés toujours, tentaient une ultime cohérence face à l'ennemi, luttant une dernière fois contre les Francs débarqués avec le futur Saint Louis de l'Ouest. Leur monde survivait très mal pris en tenailles, les Mongols arrivés par l'Est, pillaient, tuaient et incendiaient les belles cités du bord des fleuves, Bagdad, Alep, Damas. Ces derniers venus, usant d'extrême violence, prétendaient mener une guerre sainte contre l'Islam. Les Croisés rêvaient de conclure une alliance avec eux espérant que ses hordes barbares se convertiraient au christianisme. Hélas, de leur passage en boule de feu, ils ne laissèrent que des pages d'ombre, de cruauté et de fourberie.

Le temps passa avec ses terreurs et ses violences. L'armée

du dernier des Ayyoubides n'était puissante que de ses bataillons mamelouks, ses esclaves d'une force herculéenne. Cette ultime lutte porta le coup fatal au rêve pieux des chevaliers blonds de l'ouest et put contenir l'avance des Mongols et de leur Grand Khan de l'Est. La guerre cruelle vit émerger l'esclave à l'œil vitreux.

Baibars, d'un courage téméraire, d'une ambition démesurée, prenait sa revanche sur la vie. Dépourvu de scrupules, il séduisait par son intelligence et sa spontanéité. Brillant et éloquent, ce guerrier d'une grande habileté aux armes et d'une forte intuition politique, comprit rapidement son ascendant sur tous les officiers esclaves, le considérant leur chef et leur espérance. Son corps était beau, son bras dur, son âme forte. Dans son sommeil ou dans un éveil de la nuit, il décida de s'approprier le pouvoir. Son heure approchait mais l'homme pouvait attendre, fomentant des intrigues de palais, des assassinats, des histoires de sang et d'alcôve. Dans cette confusion qu'il entretenait, l'astre du ciel veillait sur lui, né de la nuit et recevant ses rais scintillants. Enfin, Baibars entra en triomphateur dans toutes les villes des Ayyoubides pour consolider sa dynastie, celle des Mamelouks. Réunissant l'Egypte à la Syrie, son empire allait durer toute l'immensité de trois siècles. À l'âge de quarante ans, l'esclave à l'iris taché de blanc devint sultan.

Damas trainait la mélancolie d'un précoce automne avec des journées courtes. Sous une première pluie, le Barada gardait son mystère de poésie et de musique. Fascinante langueur et sur les berges, des buveurs de vin, des amants, des rêveurs assis sous des arbres ocrés. C'est en ce temps gris de l'an

1260 qu'entra Baibars, à la tête de ses bataillons, dans le lieu où il fut vendu. Malgré le triomphe et la liesse populaire, retentit en lui le claquement du fouet de l'esclavagiste et la plaie sur sa peau le déchira. Il traversa les souks, sûr de retrouver les mêmes images, le souvenir humiliant, les clair-obscur du creux des voûtes. Dans la quête de lui-même ou de l'inconnu, le vainqueur visita le quartier juif aux palais somptueux, cachés derrière des façades aveugles. Le cœur de rubis à vendre lui revint en mémoire mais, depuis, tant de femmes avaient dormi dans sa couche et la seule qu'il aimait n'était plus. Son ombre blanche venait le caresser dans le songe de sa nuit.

Après les souks et le quartier juif, Baibars sillonna la Rue Droite scrutant les uns et les autres. Les badauds inquiets se demandèrent s'il était à la recherche d'une ombre, d'une fille à la blancheur de houri ou d'un homme à reconnaître ou blâmer. Le nouveau sultan, remarqua les églises détruites par les Mongols qui avaient trahi leur engagement envers les chrétiens. Ces derniers survivaient dans la culpabilité et la peur.

L'errance de conquérant, la crainte de connaître la solitude des grands, de devenir un oublié de l'Histoire sont la réalité du monde. Ils furent la tourmente de Baibars quand il entra dans Damas, le lieu de sa souffrance. Etonnement, le sentiment bouleversant d'aimer cette ville le saisit et le porta à bâtir un fastueux palais au bord de son fleuve, « La Félicité ». Apaisé par le désir de pardonner, il se retira pour dormir. À l'aube, le muezzin de la mosquée des Omeyades psalmodia la prière, le sultan l'écouta et comprit qu'Allah veillait sur lui.

Réveillé à l'aube, Baibars regardait Damas, pensant

aux villes conquises. La guerre éternelle créait son empire, mais il n'était pas le seul à jouer avec le pouvoir et la mort. Tous les mamelouks de ses bataillons inventaient l'Histoire avec lui, leur chair toujours offerte mais l'intense instant du succès leur semblant éphémère. Une complicité les unissait, leur même passé de tristesse, leur soif de prestige. Certains d'entre eux, ayant une répulsion pour les chrétiens de Damas, voulurent les persécuter les considérant des traitres. Ils racontèrent à leur maitre qu'ils s'étaient alliés aux Mongols, même si leurs rêves s'étaient dissous dans un grand leurre et l'informèrent de maints détails.

Les chrétiens avaient rencontré le Grand Hulagu des Mongols lors de ses incursions espérant trouver auprès de ce conquérant un puissant allié et cimenter deux mondes. Une ambassade de Damas, chargée de somptueux cadeaux, avait été dans le camp ennemi. Menée par un savant Abou Al Fadayel, reçue par un semblant d'égards par un roi au visage hermétique et hautain, elle avait exigé un firman pour la liberté de culte de toutes les religions pour obtenir ainsi celle des chrétiens. Le Mongol, dans un sourire condescendant, le lui avait accordé. Le damascène et son ambassade rentraient enfin, sûrs d'avoir remporté une victoire sur l'Islam.

À la porte de l'Est, tout un cortège accueillait le héros du jour et sa suite : des diacres portant des évangiles enveloppés de brocart, des prêtres parés de chape brodée, des métropolites aux crosses d'argent surmontées de croix, des habitants de la Rue Droite endimanchés, des femmes parées de collier de jasmin. Tous attendaient leur savant et son ambassade avec youyous, tambours, trompettes et cymbales

portant des encensoirs damasquinés, offrant du vin au grand jour, les flacons posés sur des plateaux d'or. Dans leur liesse débordante, ils aspergèrent de vin les murs des mosquées et des écoles coraniques, durant le mois sacré du Ramadan, un temps de jeûne et de repentir. Hélas, les chrétiens ignoraient encore qu'ils s'étaient trompés d'alliés et que les Mongols, dans de grands brasiers, allaient incendier leurs églises.

Baibars, d'une grande réserve, écoutait ses hommes en silence. L'un d'eux mentionna un maitre des comptes, Ibn Assal, qui avait causé une polémique indisposant ulémas et fidèles musulmans dans son ouvrage « L'épée effilée, une réponse au Coran ». D'autres inventaient des histoires de corruption, d'excès, d'immoralité. Le sultan se lassait déjà, sachant que tous ces évènements invraisemblables étaient survenus avant son arrivée. Ayant volé de victoire en victoire, il succombait à la tentation de changer son image, de s'extraire du tragique du sang, hésitant à châtier les habitants de la Rue Droite, l'esclavagiste qui le fouettait sans pitié. Enfin, le soir tomba, tous les mamelouks furent congédiés sans courtoisie et l'homme seul se mit à réfléchir voulant surtout maitriser les choses incertaines. La lumière basse filtrait dans son patio, seuls les bruits de cricris gênaient les ombres. Le vainqueur traversa sa salle d'audience, se vit malgré lui dans un miroir, baissa les yeux et alla se coucher. Il dormit profondément. Les étoiles brillaient.

« ÉTOILES »

Baybars abandonna sa couche d'une lenteur voluptueuse. La femme nue, près de lui, était voilée de ses longs cheveux flottants. Elle dormait encore quand le sultan s'éloigna sans vouloir se souvenir de son sourire, de son ventre qui ouvrait les sens. L'homme avait appris à transposer ses sentiments et, rêveur, se dirigea vers le fleuve. Une vague lumière d'aube se levait sur l'eau mais lui pensait à sa vie, à ce retournement qui l'avait sorti d'un long sommeil. Le monde tournait de soirs en matins mais il était devenu le roi de ce monde.

Les propos de ses mamlouks revenaient en paroles saccadées mais le sultan évitait de penser à l'horrible persécution des chrétiens. Il avait pourtant décidé de retrouver Hanna l'esclavagiste. Ses gardes allèrent à sa recherche et découvrirent le lieu de sa maison. Etonnant accueil quand la porte s'ouvrit et exhalèrent les parfums de cédrat et de jasmin. La nuit tombait et une jeune fille vêtue de blanc s'avança, belle sous la lune, entourée d'une brume évanescente. Souriante, sereine, sans aucune peur, elle dit s'appeler Noujoum, « étoiles » et avoua que son père rentrerait bientôt de voyage avec une surprise pour le sultan. Bien sûr, l'histoire se chuchota en ville : nul ne devinait comment offrir du bonheur à Baibars mais nombreux imaginaient la rencontre entre les deux hommes au moment où la vie inversait les rôles.

Entre-temps, l'esclavagiste Hanna ayant pris la route du Nil, avait atteint l'autre rive de l'empire, l'Egypte. En quête de l'homme des miracles, sachant que l'âme de Baibars gisait dans la disgrâce de son regard, il crut avoir trouvé une solution pour se racheter. En fait, en ce treizième siècle, l'ophtalmologie connaissait un grand essor et nombreux ouvrages traitaient de remèdes nouveaux. Damas et surtout le Caire, connus pour leurs médecins poursuivant des recherches scientifiques, virent s'élargir les possibilités de guérison.

Hanna arriva près du grand fleuve, visita les hôpitaux, les lieux de la connaissance et fut bientôt attiré par ceux de la souillure essayant tous les plaisirs. Près des palmiers géants, heureux et saoul de vin, il crut que son passé pouvait mourir.

L'esclavagiste revint enfin à Damas porteur d'un trésor, un ouvrage sur les remèdes et les collyres des yeux, manuscrit en lettres d'or. Un ophtalmologue, Khalifa, l'accompagnait, véritable génie dans sa science pouvant opérer même les cataractes. Les deux hommes arrivèrent la nuit et furent pris d'une grande ivresse : la ville brillait de ses flambeaux, sa légèreté toujours inassouvie, ses déesses dansant, ses rues ouvrant des tavernes aux voix de fièvre.

Quelques jours plus tard, les deux voyageurs furent enfin reçus dans le palais et se prosternèrent près du sultan jusqu'à terre. Ce fut un face à face entre lumière et ténèbres, rencontre courtoise ou réunion clandestine, la peur et l'espoir se confondant. Hanna, agenouillé aux pieds de Baibars, crut exister une éternité. Le médecin examina le conquérant, soudain docile, ayant sa face en horreur. Une douceur imperceptible émana de la dureté de l'ancien esclave, de sa souffrance. Hélas il n'y avait nul remède à l'œil givré. Baibars devait garder sa tâche originelle comme le péché de la chute. Dans une force déchirante revint à lui, son autre vie, celle de l'humiliation et de la servitude. Pourtant, l'esclavagiste et l'ophtalmologue quittèrent le palais sans être tourmentés.

Un équipage accompagna Khalifa qui reprenait le chemin de l'Egypte. Même impuissant devant le regard blanc du sultan, il fut largement remercié et reçut des bourses d'or. Etonnement, quand allant vers l'ouest, son escorte prit la Rue Droite afin de sortir de la ville par la Porte d'Est. Le voyageur dut emprunter la petite ouverture latérale, car dans l'arc triomphal du milieu se balançait un pendu. Il détourna la tête préférant admirer le reflet du premier soleil et ne sut pas que c'était Hanna au bout de la corde. L'aube se leva dans la solitude et le silence de la mort.

Cette mort prémonitoire annonça des années d'encre noire, sans sursis pour les chrétiens accusés de sympathie pour les Mongols. Baybars céda enfin à ses mamlouks. Ce n'était ni la paix ni la guerre mais la méfiance et l'injustice. Les chrétiens de Damas payaient pour leur naïveté, persécutés injustement au moindre soupçon. Interdits de s'habiller richement, de monter des chevaux ou des mules mais seulement des ânes, leurs turbans bleus les différenciant des musulmans qui en portaient des blancs, ceux des Juifs étant jaunes. Chaque jour portait ses vexations et ses mesquineries. Damas demeurait leur pays entre son fleuve et sa montagne, sa lumière de miel, sa nuit scintillante. Hélas, durant ces heures d'humiliation, de tortures ou même de mort, certains s'exilèrent quand d'autres durent abjurer leur foi pour garder leurs prérogatives et leur fonction.

Dans le chaos du temps, le souvenir du manuscrit de Saint Paul revint dans les mémoires et, pour la première fois, une jeune fille décida de le retrouver. Fine et libre, croyant aux signes, elle ouvrit la cage de son oiseau vert pour qu'il s'envolât, avant de quitter la maison de son enfance. Toute enveloppée de noir, refermant sa porte sans bruit, elle avança dans la rue déserte. Les étoiles tombaient sur ses épaules comme le disait son nom, Noujoum, la fille de l'esclavagiste. Courageuse, elle était multiple : l'enfant gâtée, la fille vengeant son père, la fiancée fuyant l'homme promis.

Noujoum partit et sa première vie s'éloigna d'elle dans le sentiment purifiant de quitter l'ennui pour de belles choses à venir. Le bien et le mal dessinaient des entrelacs dans sa tête, la frontière les séparant étant indéfinie. Sachant écrire, un cahier servait à noter ses itinéraires, les mystères des rues, les secrets des uns et des autres. Dans la Rue Droite, elle visita les églises, les couvents, posant des questions aux prêtres, aux nonnes, aux sacristains, puis priait agenouillée sur la pierre froide. Le soir tombé, la fille de l'esclavagiste rédigeait ses impressions pour les relire, y réfléchir, chercher. Allant partout, nul ne la reconnaissait car, discrète et toujours voilée.

Noujoum fut lasse de ne rien trouver et décida d'escalader le Kassioun, la montagne veillant sur Damas. Le paysage en plongée s'obscurcissait lentement et la ville disparut soudain dans un enfermement de verdures. N'ayant peur ni du jour ni de la nuit, ses yeux maquillés et ardents devinaient le monde. Sa fragilité apparente séduisait et trompait.

Après une vaine errance sur les sommets, désemparée,

elle redescendit et finit chez la fille de joie qui l'accueillit avec tendresse. Noujoum tomba dans le piège du plaisir, des sens, et enfin de l'amour. Un caravanier, Amine fils de Hicham, s'éprit d'elle et la convainquit de le suivre jusqu'à Antioche pour découvrir les grottes sombres où priaient Saint Paul et les premiers chrétiens. Là, de nombreuses cachettes renfermaient les secrets de la vie et de la foi. Ce voyage portait l'espérance.

Noujoum, belle comme une opale, écoutait Amine, croyant être la première femme à aimer. Cet homme la rendait rêveuse, désirante, vraie. Lui seul pouvait l'aider à retrouver le manuscrit de Saint Paul, même à l'autre bout du monde et elle le suivit. Ils partirent tous deux, pèlerins en quête de sacré, d'un langage du corps et de l'âme, des amants suivant un envol d'oiseaux comme beau présage. La caravane les emporta à Antioche.

Les caravanes, faisant la prospérité de Damas, prenaient la route des Indes et de la Soie ou celle de Constantinople, certaines longeant les côtes jusqu'à Venise ou Gênes. Chargées de trésors et de songes, elles suivaient des tracés antiques où des hommes, des femmes, des enfants, des chameaux, des chevaux, des ânes avançaient en colonne sinueuse vers les plus grandes villes du monde. La plupart des voyageurs étaient musulmans mais nombreux chrétiens et juifs se joignaient à eux, certains assurant de grandes responsabilités. L'itinéraire se faisant dans l'entraide et l'harmonie entre toutes les religions, des amitiés rassemblaient les uns et les autres et les vexations subies dans le quotidien s'oubliaient.

Damas demeurait à l'écoute de son histoire, de ses

plaies, de ses blessures, voulant unir toujours ses enfants. Patrie aussi du départ de la caravane des pèlerins de la Mecque, elle ouvrait les voies du divin et de la miséricorde.

La caravane, partie de Damas, se dirigeait vers Antioche. Les chameaux, d'une somptueuse démarche, portaient des épices et des soies. Amine commandait les hommes et les bêtes, avec un sens d'engagement et de responsabilité. Quand le soir tombait, des esclaves plantaient les tentes pour dormir, un flûtiste soufflait du grave à l'aigu dans la tige d'un roseau et Amine écrivait des poèmes à Noujoum. L'amour, en milliers d'étoiles sur leurs corps chauds, les comblait, donneur de vie. Les amants attinrent enfin Antioche et là, la jeune femme toute éblouie, vit la mer, la première fois. Elle oublia le manuscrit de Saint Paul et, près de l'immensité des vagues, crut devoir prier d'anciens dieux. Fascinée par la nuit, la lune sur les eaux, les bleus d'or et de cendre, elle sortit seule pour marcher sur les flots.

Quand la caravane rentra à Damas par la Porte du Paradis, une saison puis l'autre s'étaient écoulées. Amine arriva seul chez la fille de joie. Magdala l'accueillit avec son sourire charnel, ouvrant ses voiles sur sa peau lactée, son parfum d'ambre, sa danse offrant le songe du corps. Il lui baisa les seins, le ventre et la prit sans tendresse. Il n'y eut aucun mot dans l'étreinte, et sans toucher son visage, elle sut qu'il pleurait. Dans la pénombre errait un fantôme car là était le lieu où Amin avait aimé Noujoum. Hélas, personne n'allait plus jamais entendre d'elle.

La mort frappait toujours, sa force invincible saisissait

les corps, traversant le temps. Elle sut choisir le moment où l'astre de Baibars brillait comme une boule incandescente. Les années tumultueuses virent les Mongols retirés de Syrie, les derniers châteaux des Croisés rendus. Puis vint une nuit de juillet chaude et humide où le sultan veillait sur la terrasse de son palais, « La Félicité », bâti pour lui, sur les bords du Barada. Il entendait les promeneurs des rives jouer du luth, du rebab, quand d'autres chantaient. L'ancien esclave pensa à sa vie, aux femmes prises pour une nuit, à ses mamlouks toujours avides et lui déjà repu. Tout-puissant depuis déjà dix- sept ans, la fuite du temps lui était intolérable car son corps d'homme, dévoré par une âme guerrière, gardait une force intacte. Il galopait toujours des heures, grisé par le vent, sachant qu'il n'était pas un fils de la lumière, rongé de l'intérieur qu'il était par la cruauté, sa revanche. Sa peau obscure, son œil vide, lui firent comprendre que la guerre était plus facile que l'amour ou du moins qu'il fallait moins de temps pour tuer que séduire. Baibars réfléchissait en regardant Damas. Entré dans son histoire comme un intrus, il ne savait pas qu'il en sortait déjà, le poison le dévorant de l'intérieur.

Dans une ironie de destin, l'homme des violences ferma les yeux sur la langueur d'un son de musique, d'un chant du bord de l'eau. Colosse, il s'effondra dans un bruit de séisme et ses mamelouks, de toutes parts, vinrent le pleurer. Son fils lui choisit la maison où grandit Saladin pour lui en faire un mausolée, le lieu funèbre de son éternel sommeil. Baibars reposa ainsi au cœur de Damas, la ville de sa déchéance et de son triomphe, laissant derrière lui une dynastie d'esclaves dont certains ne savaient pas signer leur nom.

Les Mamelouks allaient encore durer deux siècles et demi. Violents, avides, ils laissèrent, pourtant, derrière eux leur gout de la beauté. Leurs sultans bâtirent des medersas, des mosquées aux dômes en courbes, posés sur des carrés, d'une sobriété éthérée. Ils y ajoutèrent des frises aux dessins géométriques, des médaillons, des niches ajourées. Nombreux revêtements de céramiques murales bleues et blanches colorèrent leurs murs devenant une des gloires décorative de l'Islam. Ces esclaves créèrent une merveille d'architecture, simple et éblouissante dont Damas s'enorgueillit pour demeurer belle. Hélas, même s'ils furent esthètes, la plupart d'entre eux persécutèrent les chrétiens.

À l'heure où les Mamelouks commençaient leur lente chute, l'étoile de Damas pâlissait. À ses portes vinrent à nouveau les Mongols avec Tamerlan et la ville entra dans un grand deuil, pillée, incendiée, vidée de ses hommes. Ses artistes, ses architectes, ses travailleurs, la plupart des chrétiens, furent déportés à Samarkand et elle vit, en silence, périr son âme créative.

Un autre sort s'acharna sur ses verdures quand un siècle plus tard, ses caravanes ruisselantes d'or et de beauté prirent d'autres routes, car la découverte du cap de Bonne Espérance détourna vers le midi la route des Indes. Il ne resta pour sa gloire que celles du Pèlerinage vers la Mecque dans lesquelles, étonnement, juifs et chrétiens demeuraient toujours actifs. La ville s'appauvrit lentement comme une femme vieillit en voulant l'ignorer. Tout en demeurant l'un des joyaux des Mamelouks, elle subit la décadence militaire de ses maitres esclaves, leur force de combattants se perdant. Pourtant, sa sensibilité survivait dans son identité double, religieuse et charnelle, ville sacrée de Saint Paul, de la plus belle mosquée du monde, et aussi lieu de clair de lune, de jardins enchantés, de plaisirs.

Au moment où surgissaient du nord, les Ottomans qui prétendaient leur empire éternel, Damas tout en gardant la tentation de son paradis, la jeunesse de ses jardins, savait qu'une errance de son Histoire mettrait fin à leur éternité.

QUATRIÈME PARTIE

LA FIN DE L'ÉTERNITÉ

LE JANISSAIRE D'ISTANBUL

Magdala avait seize ans. Enfant sortie du ruisseau, étonnement anti vulgaire, elle découvrit, très jeune, son corps, ses variations. La jouissance incarnait son bonheur réussi, son pouvoir sur les hommes. Evitant tout refoulement ou sentiment romantique, elle dévoilait son intimité avec une grâce trompeusement pudique sachant que rien n'était gratuit entre l'homme et la femme. Son pécule, aisément gagné, bradé dans une sorte de folie, la dotait de générosité, d'une force cachée : oublier la faim des nuits du passé, les obscénités subies jadis sur son corps de petite fille, pour enfin voiler de soie sa peau lactée. Magdala jouissait d'une merveilleuse beauté. Menue, piquante, ses yeux noirs brillaient d'une irrésistible langueur d'amour. Elle aimait sa rue, les pas des passants, la pluie sur son visage.

L'automne pluvieux trainait sa tristesse et Magdala, de sa terrasse, regardait Damas. La vision offerte pouvait être un fléau de la nature ou une œuvre d'hommes. Pour se protéger contre les armées ottomanes qui avançaient triomphantes, les derniers mamelouks détournèrent les canaux d'irrigation, les sept lits du fleuve. La ville inondée semblait une ile sortie d'une boue épaisse, d'une double enceinte, celle brunâtre des eaux, celle colorée des bataillons ennemis, postés à ses portes. Tintamarre de guerriers, immensité de lances, puis la nuit en nuages noirs. La fille de joie eut froid et rejoignit sa maison close.

La ville ne dormit pas entre rumeurs de guerre ou de reddition. À l'aube, la cavalerie ennemie s'enlisait et perdait des hommes quand une clameur s'éleva de l'intérieur de l'enceinte. Les habitants, écrasés d'impôts, de droits de douanes, las des violences et des vexations, criaient leur révolte. Un appel spontané, irréfléchi émanait surtout des plus jeunes. Dans cette effervescence inattendue, la foule pilla les souks alors que quelques notables discutaient de la reddition de la ville. Les nouvelles, venues du nord, alertaient les uns et les autres : Alep, Hama, Homs, n'ayant offert aucune résistance à l'ennemi, le sultan Selim 1er, avec ses armées, avait été accueilli partout en triomphateur, acclamé par les peuples et reçu par les ulémas.

Damas choisit l'espérance et ouvrit ses portes à l'envahisseur. Dans la rue, Magdala vit le sultan ottoman faire une entrée solennelle et brillante, entouré d'un corps d'élite chargé de le défendre, de mourir pour lui, les Janissaires. Ces hommes dieux, d'une beauté surprenante, au corps d'athlète, défilaient dans une discipline rigoureuse malgré la ville offerte avec ses richesses et ses délices. Près d'eux, la fille de joie se sentit éternelle.

Les badauds, faux prophètes prédisant la fin des malheurs, acclamèrent les nouveaux-venus. Les Ottomans découvrirent les couleurs de la ville, son odeur et sa brume, espérant toujours écrire une nouvelle histoire de Damas. Avec leur passion des peuples conquis, ils crurent être déjà dans le cœur de ses habitants, une vision éclairée et dérisoire. L'empire des esclaves dissous, la foule criait sa joie. Magdala, le corps plein de promesses, les yeux brillants, regardait défiler ces hommes sans nom, s'émerveillant tantôt, s'inquiétant parfois, prise du pressentiment trouble que sa vie allait changer. Lasse, elle rentra dans sa maison pour attendre la nuit, sa lune brumeuse.

Selim 1er régnait déjà sur des terres immenses quand il arriva à Damas, l'automne de l'année 1516. Les Ottomans, tenant leur nom de leur premier chef Othman, des Turcs issus d'une principauté d'Asie centrale, créaient un empire encore en croissance, une monarchie absolue et théocratique. Ils jouissaient d'une superbe de commencements, d'une redoutable infanterie, d'une nouvelle artillerie avec la puissance irrésistible des armes à feu. Constantinople devenue Istanbul, ses églises changées en mosquées, demeurait leur splendide capitale mais leur civilisation s'élaborait, une future noce entre l'Europe et l'Asie.

Le sultan entra dans Damas, glorieux et imperturbable, avec son turban blanc à aigrette scintillante, une braise de rubis. Une pluie fine de bon augure s'ajouta à l'accueil sentimental. Tout triomphe semble être le premier de l'Histoire et un monde turc naissait déjà dans la plus belle oasis du désert, foisonnement de races, de langues, d'illusions. Le lendemain de cette arrivée, un vendredi, dans une ambiance d'apothéose ou d'éternité en chute, Selim 1er se dirigea vers la Mosquée des Omeyyades pour prier. La foule se pressait sur son passage et l'acclamait. Comment entrer dans la plus belle mosquée du monde sans lever les yeux sur les mosaïques des jardins des édens, l'espérance de l'après-vie. Toute prière est un acte d'humilité et le plus grand des hommes, agenouillé, se retournant vers la Mecque, le front contre le sol, est si minuscule devant la puissance d'Allah. Le sultan entouré de ses janissaires récita les versets du Coran.

À l'extérieur, les souks étant fermés, les badauds attendaient sur la place. Magdala, voilée de noir, se faufila sans peine dans l'espace des ablutions de la mosquée. Ne croyant à rien mais attirée soudain par l'art, la splendeur des lieux la surprit. Son code de vie, habitué au corps des hommes, découvrait d'autres émerveillements. Elle se demanda soudain pourquoi les religions s'entre-déchiraient quand créant tant de beauté. Recroquevillée dans l'immensité de la cour, les psalmodies, les chants des muezzins la portaient vers un véritable océan de l'Islam. Après un long silence, la voix du juge, le kadi, du haut du minbar la sortit de sa stupeur. D'une emphase de joie ou de soumission, il proclama Selim 1er, le Serviteur Victorieux des cités de la Mecque et de Médine, le rendant ainsi le gardien des lieux saints de l'Islam. Ceci légitimait son pouvoir aux yeux de tous les musulmans des pays conquis. Culte de l'homme ou de Dieu, étonnement d'une populace en attente, cris de joie des janissaires et des armées, rafale ou foudre, les voix confondaient les langues. Damas offrait un titre sachant que la gloire retombait sur elle. Dernier jardin de verdure avant le désert, elle ouvrait le chemin du hajj vers la Mecque pour devenir une cité sainte. Sa ferveur, la sécurité des pèlerins buvant à sa source avant la marche dans la poussière, la dotaient d'une vocation d'accueil, d'une résurrection.

Eclaircie du milieu du jour et Magdala s'imagina que des pèlerins invisibles l'entouraient, une vision de futur. Elle se fit toute petite quand le sultan, portant le masque impassible des conquérants, sortit de la salle de prière, s'arrêtant dans la grande cour. Le Kadi l'accompagnait, privilégié du jour, donneur d'un ordre spirituel. Selim Ier prit la parole voulant répondre à l'offrande, séduire sans sembler reconnaissant. Avec un même visage sans ombre ni lumière, il annonça l'édification d'une mosquée qui serait prête avant la date de son départ, gardée secrète. Ce lieu de culte, sur la tombe d'un cheikh soufi, Ibn-Arabi, avec son mausolée de céramiques bleues et blanches deviendrait une première légende ottomane. Les janissaires acclamèrent le sultan, les damascènes semblèrent perplexes, ignorant qu'ils verraient bientôt la sublimation d'un art nouveau.

Magdala observait surtout les guerriers quand quelques gouttes de pluie tombèrent sur son visage. Elle leva les yeux vers les nuages, le splendide automne du ciel, mais sentit quelqu'un lui toucher la main : un marchand ambulant lui offrait une orange, avec un sourire de grand-père. Soudain, l'orage gronda, dispersant les uns et les autres, sous des rideaux de pluie. La fille de joie, d'un rire désinvolte, offrit alors le fruit à un beau janissaire et lui avoua son amour des hommes, de tous les hommes. L'inconnu ne répondit pas et disparut dans la foule, semblant sans repère dans une ville étrangère.

À Damas, le sultan dormit dans la citadelle pour sa deuxième nuit. Il rêva à toutes les terres immenses sur lesquelles il régnait déjà et vit défiler d'autres lieux, d'autres continents. Dans son songe, l'Afrique et l'Europe n'avaient pas de nom mais des lignes de montagnes et de fleuves, des couleurs d'hommes mais tout se colorait de sang. La guerre, l'ayant gardé beau, le qualifia pourtant de Cruel. Eveillé en pleine nuit, quand l'ombre brouillait les couleurs, il vit du haut de sa tour couler le Barada. L'obscur le ramena vers le passé, son enfance meurtrie, son père l'éloignant du pouvoir et les janissaires le ramenant sur le trône. Oubliant l'amour qu'il n'avait jamais reçu, il demeurait un homme de combat sans pitié, toujours exigeant et agressif envers ses proches et ses ministres. Tout-puissant mais las, ses évasions lui revenaient en souvenirs plus fluides, son galop vers les espaces ouverts, ses journées à chasser, ses lectures d'histoire et de poésie.

L'homme solitaire, surpris par l'ivoire du jour, récita à voix basse des odes écrites par lui, en persan. Sa sensibilité enfouie revint comme un coup d'éperon dans sa chair, émotion audacieuse, brève, refoulée. Glissant sur la pente de la vie qui menait vers la violence, l'excès, il défaisait les choses espérant les reconstruire. Ainsi, le lendemain même, oubliant l'accueil et la joie, l'Ottoman ordonna le recensement des habitants de Damas pour exiger des taxes : compter les êtres et les biens, devenir un peseur d'or et d'âmes, sa première erreur damascène.

Le sultan Selim écoutait la ville et la nuit, quand Magdala, scintillante de beauté, recevait et offrait ses merveilleuses chimères. Ses habitués ayant disparus, les étrangers s'empressaient chez elle, curieux du corps de nouvelles femmes. Ceux-là parlaient une langue plus chantante que la sienne, le turc, entourant avec égards un scribe qui s'exprimait en arabe. Ce dernier, infatué, hautain, porté sur une grossière plaisanterie, traduisait leurs propos tout en buvant, se plaisant dans une vulgarité triviale. Le vin coulait, les hommes s'enivraient quand surgit un chrétien de vingt ans, entrainé par eux dans la beuverie. Timide, silencieux, d'une démarche de perdant, un jeune vieux qui, pour l'assistance, incarnait la proie idéale. Quand entièrement saoul, le scribe turc lui demanda d'abjurer sa foi chrétienne, ce qu'il fit sans hésiter, et lui mit un turban sur la tête. Les clients se tordirent de rire puis caressèrent les femmes. La nuit avait sa fièvre et sa lenteur. À l'aube, quand la vapeur du vin fut dissipée, le chrétien retrouva son bon sens et fut dévoré de remords. Une fois converti à l'Islam, aucun retour n'était possible.

La maison se vida. Magdala s'endormit pour se lever très tard le lendemain. D'autres surprises l'attendaient. Dans sa chambre silencieuse, la carafe de vin, pleine la veille, était vide ainsi que les petites assiettes d'amandes et de dattes. Nulle trace d'effraction, la porte demeurant verrouillée, les fenêtres fermées. Une servante, balayant la cour des feuilles mortes, n'avait vu personne ni entendu de bruit. La fille de joie, inquiète, se souvint alors du désordre de la veille avec l'abjuration du chrétien, le chahut des étrangers, leurs rires ironiques et grossiers. Presque nue à son réveil et le temps se faisant frais, elle alluma son brasero y jetant des pelures de mandarine, un parfum de matin. Pour se vêtir, la belle frileuse pensa à une robe d'intérieur bleue et blanche, ample et confortable, lui faisant oublier pour un temps son jeu de séduction. Ouvrant son armoire pour la prendre, Magdala y découvrit un homme caché lui offrant une orange.

Entre la fille de joie et le janissaire sorti des soies et des robes, le premier regard fut une ouverture infinie, un émerveillement. La femme, de son métier, devait céder. L'homme, d'une musculature d'athlète, de lutteur, de tueur, l'attira vers lui pour jouir de son corps. L'histoire évite les mots dits.

Magdala comprit l'amour ce jour d'automne sans approfondir l'aliénation, le verso du bonheur, la blessure pas toujours guérissable. L'intrus, gardant l'orange comme fétiche, était arrivé dans le chaos de la veille. Réfugié dans l'armoire, il désirait être seul avec elle et attendit l'heure de son repos. Durant son sommeil, le janissaire but le vin, grignota les amandes et les dattes, se sentant dans une maison intime et accueillante. Sentimental, intense, l'homme du désir l'observa longuement dans son abandon, ses seins blancs, son nombril en saillie, son pubis noir, sa beauté l'obsédant. Quand elle ouvrit les yeux, il sut l'aimer.

Le soir rendit la ville obscure, le vent tomba. Le conquérant murmura des mots tendres pour partir. Un jeu du hasard fit surgir le chrétien qui avait abjuré sa foi et, dans la cour intérieure, se croisèrent l'amant du jour et celui de la nuit. Magdala réalisa qu'elle ne connaissait même pas leur nom quand l'un semblait comblé et l'autre détruit. Le jeune de la veille, dévoré de remords, revenait dans l'espoir de retrouver le scribe turc et lui avouer sa future désertion de l'Islam en place publique. Voulant se racheter et faire pénitence auprès des habitants de Damas de son apostasie, son but était de devenir martyr. Magdala essaya de le consoler mais il s'éloigna brusquement, avouant revenir de chez un père dominicain qui lui avait conseillé de fuir. Hélas, devant son obstination à vouloir payer pour son péché, le père accepta sa confession et lui donna la Sainte Eucharistie.

Magdala eut pitié du chrétien mais demeurait sur son nuage. Son amant du jour s'arrêta pour écouter l'histoire, déjà entrevue la veille du fond d'une armoire. Dans un mauvais arabe, il recommanda au jeune visiteur de fuir, se proposant de l'aider. Les rencontres ont des voix de sentiments ou de raison et la fille de joie ne subissait que l'attrait du janissaire. Par contre, le repenti l'effrayait, le masque de la mort couvrant déjà son visage.

Le janissaire ne put convaincre le jeune chrétien de se sauver. Les deux hommes disparurent en même temps dans le tourbillon de la ville. L'orage gronda, un ruissellement de pluie inonda les rues. Le lendemain la beauté du monde revenait dans la lumière.

Quelques heures plus tard, le recensement fut annoncé à tambour battant. Au grand étonnement des gens de Damas, certains de ces nouveaux venus parlaient leur langue. Selim Ier, s'apprêtant à conquérir le Monde des Arabes, dans cette ambition grandiose de bâtir un immense empire, préparait l'outil du langage et de l'échange. Accompagné de nombreux interprètes, certains de ses janissaires, d'une formation remarquable, parlaient la langue des pays à occuper, familière cette fois-ci, l'Arabe étant celle du Coran, leur Livre Saint. Alors que les rues grouillaient sous un pâle soleil, ce recensement touchait à toute intimité, toute vie.

Plus loin, aux confins nord de la ville, d'autres bruits attiraient des badauds : les ouvriers de Damas, dirigés par des ingénieurs et des architectes, érigeaient la mosquée promise. Le lieu, déjà choisi, reçut un signe romantique plutôt que divin, la rosée du matin l'inondant d'un scintillement à l'aube. Enfin, beaucoup plus bas, dans la Rue Droite, Magdala, seule près de son miroir, apprenait à attendre, le bonheur n'étant pas le feu qui brûle mais la foudre.

La fille de joie recevait ses habitués mais aussi des étrangers, des errants de la nuit. De la ville lui parvenaient les nouvelles du jeune apostat qui passait ses jours à jeûner, ses nuits à prier se préparant à la mort. Magdala ne comprenait rien à son obstination, la chair étant la seule histoire de sa vie, sa vie qui l'ouvrait soudain comme une pioche. Le janissaire disparu, son absence lui semblait intolérable et elle s'amusait à le chercher parfois dans son armoire tout en souriant de sa naïveté. Dans son sommeil, le même homme lui parlait et sa voix la berçait puis se dissipait. Les bruits de sa maison la ramenaient au réel.

L'amant du jour ressurgit enfin, car tout n'était pas encore dit ou accompli. Nul air de conquérant ou de séducteur mais celui d'un poète retrouvant un lieu intime pour rêver. Magdala frémit, le janissaire lui demanda son nom et dit s'appeler Othman. Sur la couche de soie blanche, leurs corps se touchaient, vivaient, s'épuisaient. Après l'amour, il fallait parler, deviner l'un l'autre.

Magdala écoutait Othman qui lui expliquait son prénom, d'après le premier chef des Ottomans. La femme inculte ignorait ce sultan des origines, bâtisseur d'une géographie du monde et de la conquête. Le janissaire parlait lentement, hésitant parfois, la fille de joie l'écoutant car nul ne lui avait jamais raconté une histoire, les plaies de l'enfance se refermant mal avec une mère absente ou perdue. Obsédée par ce manque d'amour, elle fut surprise que l'homme, par une intuition secrète, lui parla avant tout de sa mère à lui, son image douloureuse marquant sa mémoire. Ses souvenirs lointains, floués, le ramenaient à son premier âge, quand enfant blond, il l'enlaçait alors qu'elle pleurait, suppliait, baisait les pieds des soldats pour le garder. Il fut arraché à elle avec violence et emporté ailleurs.

Lourd silence entre l'homme et la femme pour masquer une déchirure perçue différemment mais si présente. Othman, avoua alors qu'ainsi était le sort de nombreux enfants chrétiens. Arrachés à leur famille, endoctrinés, élevés dans la foi musulmane, ils formaient ce corps d'élite, les janissaires. Magdala revit en face d'elle le guerrier fort et invincible, fier d'appartenir à cette véritable armée permanente, terreur de l'ennemi, conduisant l'empire à l'apogée de sa puissance. Othman était double, allant d'une vie à l'autre sans remords, construisant la gloire des sultans mais pouvant aussi les détruire. Visionnaire, subtil, il savait que le destin des janissaires, né d'une brillante vocation, finirait dans la boue et le sang mais le temps n'était pas encore à la noirceur. L'amant regarda enfin le visage de la femme avec désir, prit ses lèvres brûlantes et se perdit dans la dérive de ses sens. Dehors, la ville se taisait dans la torpeur de la sieste.

Damas se devinait encore mais apprit par le recensement, que ses cinquante-cinq mille habitants devaient payer des taxes exorbitantes pour mieux appartenir à l'empire ottoman. Pourtant, n'ayant jamais hésité sur son destin, mystique avec ses chemins de pèlerinage, sensuelle en divinité féconde aux portes du désert, la ville survivait toujours dans l'irrésistible tentation de sa beauté. Othman, comme tant d'autres, l'aima car chaque coin du monde libérait une vitalité ou une tendresse et l'oasis offrait une intimité lascive retrouvée dans le corps d'une femme. Magdala, dans une subtile métamorphose, pouvait être mère ou amante, le giron féminin où le guerrier pouvait se blottir. Un jour, avant l'étreinte, il décida de lui raconter son histoire, celle de tous les janissaires, le narrateur pouvant être victime ou bourreau, un choix d'aliénation ou de liberté.

Dans l'imaginaire de l'Orient, l'heure du conte venait avec la nuit. Magdala et Othman, les amants du jour cherchaient dans la lumière de midi une force poétique. Le soleil brillait et le janissaire remonta le temps pour toucher aux débuts de l'histoire quand les sultans ottomans créèrent une milice se recrutant parmi les peuples conquis, des étrangers entièrement dévoués à eux. Une fois l'an, des enfants chrétiens étaient arrachés à leur famille pour briser l'épine dorsale des sociétés chrétiennes et leur enlever leur partie la plus virile, triste tribu de chair humaine d'une religion victorieuse sur une religion vaincue. La plupart, des tout-petits ne se souvenaient plus dc leur passé quand d'autres étaient plus âgés. Othman, avait deux ou trois ans, quand il fut sorti du paradis de son enfance se rappelant toujours d'un vague village natal avec des poules picorant, des poussins jaunes qu'il serrait entre ses mains. Sa mère lavait du linge dans un ruisseau, son père coupait du bois, sa famille n'avait jamais froid l'hiver. Ne sachant jamais combien longtemps ses parents le pleurèrent, il oublia vite sa vie d'antan et devint autre, élevé à Brousse dans la religion de l'Islam.

Dans un moment de pause, Magdala sentit Othman ailleurs, voyant défiler d'autres lieux, d'autres peuples. Ne sachant pas s'il se mettait à nu ou gardait un masque de puissance, elle attendit sans rien dire, le silence portant une énergie bienfaisante. Le janissaire parla enfin de Brousse où il avait grandi et ses phrases semblèrent décousues : ville de fièvre, souks en voûte, velours chatoyants, parfums d'hortensias, étoiles sublimes, marches dans la nuit. Othman décrivait une vision réelle mais par à-coups. Puis, reprenant son histoire, il raconta le quotidien dans les écoles de Brousse, celles des janissaires.

Les janissaires grandissaient dans une religion nouvelle, l'Islam. Leur identité mêlait une fierté d'affiliation, une servilité d'engagement. Recevant une éducation d'exception, discipline militaire, musculature du corps, culture élaborée, leur enseignement étonnait dans sa diversité et sa complexité. Tous ces enfants de Brousse appartenaient à une famille illusoire, ne sachant pas qu'ils partageaient entre eux le même drame de l'enfance. Entre des murs de pierres et de lierre, ils oubliaient lentement cette première part d'eux, la plus authentique. Leur journée commençait toujours par l'enseignement musulman et leur formation durait sept longues années. Parfois, les relations humaines compensaient le manque d'amour et Othman se souvenait toujours de son officier instructeur et de son maître d'art et métiers, très proches de lui.

À l'adolescence, les janissaires quittaient Brousse, leur ville d'identité, s'éparpillant pour faire des apprentissages dans les palais impériaux, les casernes, les fermes, les jardins. Chaque lieu leur offrait son invisible savoir, son rayonnement infini mais aussi des frontières d'allégeance. Ces jeunes découvraient les merveilles du monde, rien que pour mieux servir ce sultan, leur père nourricier, qu'ils portèrent au pouvoir quand chassé par son père. Par reconnaissance, Selim Ier introduisit des réformes pour les mener vers une plus grande gloire qui était la sienne.

L'amant se tut et Magdala se blottit contre lui. Silence, étreinte, attente, mais Othman reprit vite la parole pour avouer être parmi les très rares janissaires se rappelant de leur enfance. Porteur d'ombre, de souffrance, son désir de sauver le jeune chrétien émanait de ce souvenir même si l'apostat voulait devenir martyr. L'homme introuvable préparait, sans doute, son rachat et sa mort à afficher dans un acte public.

Les mois passèrent vite. Magdala n'avait jamais vu un homme aussi beau qu'Othman, pourtant insaisissable, devant exorciser de lourds silences pour pouvoir aimer. Elle gardait le naturel de son métier ne sachant où poser une frontière entre le bien et le mal, l'amour brouillant son premier destin. La fille de joie adorait son nouveau bonheur oubliant que les tourbillons du hasard arrachent le temps à deux et que les hommes sont faits pour partir.

Partir, car, Selim 1er décida de quitter Damas, alors que les chrétiens se préparaient à fêter Noël. Comme promis, il inaugura sa mosquée, réalisée en quatre mois, à une vitesse vertigineuse, le travail des ouvriers, dans une pieuse magie, récompensé par une aire de paradis. Au moment de la première prière, le sultan s'avança en gloire entouré de ses janissaires, le visage beau et hermétique dans une condescendance de conquérants, bâtisseurs des mondes. À l'heure de midi, la ville grouillait car près de la mosquée se tenait le Marché du

Vendredi, une braderie de tapis de mauvaise qualité, des pots de fleurs, des fruits fanés, du bétail bêlant, un odorat de flétrissure ou de parfums bon marché. Les femmes y marchandaient avec véhémence.

Dans ce chaos de bruits, un moment de silence accueillit le sultan et son grandiose cortège entrant dans la mosquée. Au même moment, bravant les badauds, un mendiant força les rangs vers la place. Tenant une grossière caisse de bois, utilisée comme estrade pour être mieux vu, il abjura sa foi musulmane à haute voix, debout sur son faux piédestal, s'égosillant à répéter les mêmes mots, à narguer la foule. De son corps frêle et décomposé éclatait une voix d'une force surhumaine. Le jeune chrétien en guenille, la peau décharnée de jeûne et de punitions, hurlait sa nouvelle apostasie. Les gens l'entourèrent de toutes parts, l'étau se refermant sur lui. Illuminé, le visage d'une éclatante blancheur, il s'agenouilla alors pour prier mais fut lynché par la foule alors que le muezzin chantait la miséricorde d'Allah. Quand Selim et les janissaires sortirent de la nouvelle mosquée, certains virent une bouillie d'homme sur la chaussée. La mort n'intimidait pas les guerriers des sultans, la vie n'appartenant qu'à Dieu. Othman ne s'arrêta pas, ignorant les restes de celui qu'il voulait sauver et qu'on recouvrait déjà d'un drap blanc. En dieu de la conquête, se souvenant pourtant des sommets de la sensualité chez Magdala, le janissaire avançait déjà vers un autre destin.

Le lendemain, Selim Ier quitta Damas avec ses armées, laissant derrière lui un gouverneur ottoman, un juge, un trésorier et une garde importante. Le vaste horizon de l'hiver ouvrait ses nuées bleues et grises. Les légendes survivent aux saisons et quelques jours plus tard, le sultan galopait sur les rives du Nil pour soumettre l'Egypte. Les étoiles illuminaient sa nuit africaine. Son séjour à Damas n'avait duré que quatre mois mais l'empire qu'il agrandissait aller y demeurer quatre siècles.

Magdala retrouva sa maison close, sa vie d'avant. Après la blessure vint le temps de l'oubli, plus long que celui de l'amour. Elle avait connu la passion, mais sans l'avoir vécue, il aurait manqué à sa vie son bonheur le plus intense et le plus éphémère.

JOUIR DE LA LUMIÈRE

Sœur Marie de Damas était la fille de Magdala. Ne pouvant vivre dans le clair-obscur d'une maison close, elle choisit la lumière intérieure celle qui efface les superflus et rend la prière blanche. Optant pour le repentir afin de racheter la vie de sa mère, la jeune femme évitait ainsi la dégradation, le lent défilé de jours vides, le destin sans but.

Les encensoirs des églises se balançant marquaient le tic-tac de sa vie. Vouée à la pénitence, elle travaillait, s'épuisait, priait, l'enseignement du couvent rendant les choses immenses minuscules ou le contraire, choix insupportable et persistant.

Ses racines profondes, celles des oasis, traversaient des veines d'eau et de sècheresse. Sa peau exhalait l'odeur des vergers et du désert. Sœur Marie, souvent rêveuse, appelait le jasmin la fleur aux blanches ailes, la poésie lui semblant appartenir au monde du ciel et des oiseaux. Souvent, le reflet de son visage dans le miroitement du bassin la ramenait au poids de l'ombre où elle demeurait, questionnement, hésitation, soumission. Sa vie disciplinée pour adorer Dieu portait intensité et dureté, consolation et révolte mais elle s'était inclinée, le flou demeurant dans sa tête, lumineux et souvent insupportable. La dévote avait besoin d'un être plutôt que d'infini.

Au bord du Barada, évasion permise ou courageuse indiscipline, la religieuse marchait lentement, écoutant les sons du vent. Sa chair frissonnait quand passaient les hommes.

L'ascétisme n'ayant pu éteindre le feu de son corps, un amant imaginaire venait la découvrir dans ses rêves.

Les cris des conquérants l'effrayaient parfois, les troupes porteuses de civilisations venaient puiser richesses et luxure et elle épiait ces étrangers, craignant pour son innocence, assise sur une terre herbeuse humide, ressentant les sédiments de sa terre.

Dans le couvent de Marie, la mère supérieure racontait souvent des histoires réelles ou imaginaires, paroles semées après le repas du soir, le monde extérieur soudain à portée. La lumière tombait et le réfectoire devenait une cavité sombre, les mots en proie à l'effacement se devinaient dans l'obscurité d'une veille où seul le braséro portait un scintillement. Face de spectre mais voix musicale et chaude pour parler du dernier sultan ottoman portant un nom somptueux, Soliman le Magnifique.

Il fallait imaginer un prince jeune et altier, curieux du monde, ayant pris le pouvoir à l'âge de vingt-six ans. Ses qualités de guerrier, sa soudaineté de repartie, sa bonté intuitive, son sens de la justice créaient déjà sa légende de héros. Alors que la traversée du monde islamique par ces Turcs avait été fulgurante, il rêvait encore de gloire et de conquête pour porter les Ottomans à leur apogée : des premières années d'euphorie, d'assimilation d'influences, d'apport de civilisations et surtout d'un art en effervescence. Enfin, ce nouveau Salomon alliant une vision impériale à l'idéal d'un humaniste de la Renaissance, osait contester à Charles Quint le titre d'empereur, donc l'héritage de Rome.

Ce sultan exigeait que l'Empire ottoman, en équilibre entre deux mondes, soit investi d'une mission divine. Bien que brillant et tolérant, son destin aurait laissé les religieuses de Damas totalement indifférentes si son cercle intime, dans un jeu du hasard ne se distinguait par une étrange coïncidence : la femme qu'il aimait était la fille d'un prêtre ruthène, capturée par les Tartares et vendue au sérail. Choisie comme concubine, l'Histoire la couronna du nom de Roxelane. Le premier de ses pages, un grec de Parga, devenu Ibrahim, entra dans l'aire sacrée du pouvoir pour incarner le grand vizir et le confident. L'autre ami était un fils naturel du doge de Venise Alvisi Gritti.

Longue histoire et, dans le réfectoire, les murs s'assombrissaient dans l'appréhension de la nuit froide. Isolées de l'extérieur, les religieuses écoutaient la mère supérieure heureuse de tous ces signes du ciel : l'influence des élus sur la pensée du dieu, la gente d'origine chrétienne contrôlant l'Etat, la brillance d'un empire où Istanbul, la capitale, gardait une population chrétienne et juive y dépassant le tiers des habitants, des Européens maintenant des ambassades éblouissantes où rivalisaient, en fastes, leurs nations.

Derniers mots avant le sommeil pour réciter le rosaire à l'intention du sultan. Les religieuses n'avaient pas besoin d'images, les icônes auprès de la divinité gardaient une force spirituelle dans leurs yeux naïfs, leurs mains d'orants. Les bons parmi les hommes ressemblaient aux anges, les méchants à Lucifer, la piété n'ayant besoin que de recueillement. Ces recluses ignoraient que le visage inconnu pour lequel elles priaient gardait sa majesté sous un turban monumental ayant pu écraser toute autre physionomie insignifiante : son regard perçant émergeait des pupilles sombres malgré un nez proéminent, sa moustache fine et longue retombait sur les bords d'une bouche sensuelle surmontant un menton volontaire, immortalisant une force d'être, de désirer, de créer, de dominer.

Une prière flotta dans les murs du couvent, un chant d'amour apaisa la nuit damascène. La mère supérieure envoya les religieuses dans leur cellule, ignorant qu'une d'elles, aimait se promener au bord du fleuve, l'eau noire éveillant ses émotions et ses évasions. Méconnue d'elle, car toujours soumise et silencieuse, cette religieuse anonyme allait bientôt traverser les coulisses de l'Histoire.

Marie de Damas adorait la beauté, s'attardant parfois à la chapelle près de l'Evangile ouvert pour toucher de ses doigts les enluminures d'or et de carmin. Un jour, attirée par des bruits étrangers, elle sortit prétendant donner du pain au gueux posté à la porte. Le soleil tremblait l'entrainant plus loin, longeant toujours le Barada, jusqu'aux ruines de l'ancien palais de Baïbars. Le paysage tant de fois aperçu, ses pierres calcinées, ses poussières de vent, l'âme de son passé, tout avait disparu. Du sol ancien émergeait une forme nouvelle aux murs lisses, un chantier immense. Des ingénieurs, des centaines d'ouvriers, érigeaient une splendeur encore inachevée innovant un art différent que la religieuse, sensible au Beau, admirait pour la première fois. Une douceur émanait de la désolation des ruines effacées. La vie remplaçait le silence des vaincus.

Eblouie par ce qu'elle voyait, Marie se demanda d'où lui venait le courage de ses fugues quand, de retour au couvent, la timidité la ramenait à l'état normal des choses, près des gens dominateurs. Pourtant l'intensité d'être, une fois en dehors du moule quotidien, la rendait une bête instinctive découvrant des chemins de survie : le charme d'inconnus, le foisonnement de bruits, l'espace ouvert de la lumière. Quand elle rentrait, tout s'immobilisait dans le monde clos de sa prière, les murmures du rosaire du soir.

Sœur Marie, à la lisière du songe, revoyait les formes architecturales aperçues le jour, un plan centré, des lignes unifiées couronnées de coupoles, un espace intérieur ample, pour jouir de la lumière. Cette nuit-là, une pleine lune complice chassait l'obscurité de sa cellule et Marie imagina le scintillement des murs neufs et lisses sur l'eau. Sans hésiter, elle bougea le verrou, sortit sur la pointe des pieds, courut vers le fleuve emportant sa solitude, ses illusions, sa tendresse.

La nuit est refuge et tentation et sur la rive du Barada, le bâtiment au dessin inachevé semblait fantastique, illuminé du cercle d'or. Nul passant ne troublait la paix du lieu. Il faisait doux. La religieuse s'assit et attendit la vie.

Un homme seul passa dans le noir. Fixant le monument, il parcourait le chantier en liberté, s'attardant ici et là près des échafaudages, le lieu semblant familier pour lui. Marie l'imagina à la recherche d'un abri pour dormir mais l'intrus, sans hâte, allait d'une colonne à l'autre, levant le regard sur leur élancement, leur finesse, son ombre se confondant avec les contours de la nuit. Assis enfin sur le bord du bassin inachevé, il se mit à griffonner sur un petit calepin ne se sachant pas épié. Près de lui, une femme vouée à la piété, séparée du monde dans le rachat mais prise en étau entre l'homme et Dieu, observait son profil courbé pour écrire. Quelque chose grandit en elle, un sentiment fort meurtrissant déjà sa vie.

L'homme aperçut enfin la religieuse, reconnaissant sa vocation à son habit de bure noire. La luisance de la lune illuminait son visage et il crut qu'elle s'était perdue. Marie, belle et frêle, prétendit connaitre son chemin de retour, mais un premier mot créa l'instant, les deux étrangers se parlèrent.

Sinan, le plus grand architecte de l'Empire ottoman, le génie aux ordres de Soliman le Magnifique, bâtissait au bord du Barada la gloire d'un sultan, le triomphe d'un art et celui de l'Islam, la Tékkiya Solimaniyya.

Au bord de la nuit, la femme fixait toujours la construction imposante dans le jeu des ombres et l'homme pouvait saisir d'elle une attente et une écoute. Etonnement, il s'entendit se confier à une inconnue, séduit par son visage serein et pur, lui expliquant son projet encore inaccompli qui, malgré son aspect éthéré, garderait l'austérité requise à une fondation pieuse.

Son œuvre était son obsession, un gout prononcé pour la pierre la dotait de noblesse et ce chantier avait, pour lui, une odeur d'hommes, la sueur des ouvriers perclus de fatigue et, pour les lendemains, l'haleine des pèlerins jeûnant. Ce serait un lieu de passage et d'ancrage. Les musulmans en route pour la Mecque viendraient prier dans la mosquée aux minarets en pointe de lance, loger dans des chambres ouvrant sur des galeries décorées de mosaïques de marbre, recevoir des soins médicaux. Cet élancement du monument, ses coupoles, son espace grandiose et intime à la fois, créaient une spiritualité rêvant de ciel. La cour représentait la terre, l'eau des bassins, la purification, la fécondité des oasis.

Sinan se tut, étonné de cette étrange complicité avec une inconnue silencieuse. Le sentiment de se livrer tout en préservant sa riche solitude l'étonnait. Le cœur déjà tiède, l'architecte proposa à la religieuse de la raccompagner jusqu'à son couvent.

Marie fut surprise que l'homme devinât sa vocation et lui en fît part. L'étranger répondit qu'il était chrétien de naissance, de la région de Kayseri. Arraché à sa famille à l'âge de quinze ans, pour intégrer le corps des janissaires, son sort ressemblait à celui de nombreux autres enfants chrétiens. Jeune adolescent, désorienté dans sa nouvelle vie, il retrouvait son affiliation dans des souvenirs : sa ville clôturée de verdures, sa forteresse hantée de spectres, ses murs coupés de branches, les yeux tendres de sa mère. Tout existait ailleurs mais ne lui appartenait plus, tout flottait dans sa tête mais devait être anéanti. Abjurant sa foi, comme tous les janissaires, jeune guerrier faisant la guerre pour l'Islam, il se distingua bientôt dans les travaux de génie militaire. Son itinéraire scintillant lui ouvrit les routes de l'imaginaire et de la gloire accédant rapidement au poste d'architecte en chef. Le sultan, séduit par son talent, lui commanda une première œuvre bâtie pour le Prince Impérial.

Marie évitait toute interférence sentant l'homme devenir une partie d'elle. L'observant discrètement, elle devinait dans ses yeux une géographie de volumes, d'espaces, un enchevêtrement de lignes et de courbes, un élancement, une ondulation. Soudain, sorti de son évasion, Sinan fit une pause. Il lui sourit, les yeux pleins de scintillement, lui rappelant que dans les ordres, la nuit ramenait les vierges sages dans leur cellule pour prier et dormir. La religieuse partit d'un éclat de rire qui surprit l'architecte. Décidée soudain de rentrer seule au couvent, elle prétendit suivre la course de la lune pour retrouver son chemin. L'homme la suivit du regard, simple nuit éphémère.

Assise sur le banc de pierre près de la chapelle, Marie rêvait d'entrer dans d'autres vies quand c'était la sienne qui devenait autre. La religieuse essayait de poser des phrases sur ses émotions, les mots choisis lui semblant souvent inappropriés. Sa chambre l'ennuyait même si l'espace ouvert semblait incarner une liberté illusoire. Obsédée de perdre les choses par l'incapacité d'aller vers elles, elle avait pourtant décidé de ne plus sortir la nuit. Quand tombant de sommeil, elle pensait à l'architecte et fabriquait des rêves dans sa tête, la jeune vierge se souvenait des fautes de sa mère ignorant qu'elles se retrouvaient, toutes deux, au carrefour du bonheur et du péché. Sinan ne l'abandonnait plus.

Marie brodait les nappes de l'autel, lavait le linge de toute la communauté, priait. Elle trouvait sa vie grise, l'hiver portant ses gouttes de pluie, sa lumière courte. Pourtant le sentiment intense d'une présence en elle l'illuminait pour décliner dans une descente qui faisait mal. Magdala lui parlait dans ses rêves, une ombre blanche souriante pouvant la border comme dans l'enfance. Le temps passa, le printemps illumina les fleurs.

Soliman le Magnifique portait la famille des Ottomans à son apogée, édifiait des lois, recevant ainsi le titre de Législateur. La gloire l'accompagnait, la chance le portant sur un char de soleil. Le sultan voulait se poser une aura religieuse tout en voulant marquer son règne d'une empreinte esthétique. Pour offrir des facilités aux pèlerins allant vers la Mecque, il avait commandé à Sinan un lieu pour leur rassemblement, leur prière et aussi une maison de soins et de repos. La Tekkia Solimania, devait les accueillir tout en étant le plus beau monument de Damas.

L'histoire d'amour se serait perdue dans les mystères du silence si, au moment d'inaugurer le lieu, la ville toute entière n'avait afflué au bord du fleuve. Dans ses remous, Sinan regardait son œuvre pour la dernière fois. Son labeur achevé, il devait quitter Damas le lendemain, déjà nostalgique d'elle, quand il fut ramené au réel. Un janissaire d'une stature énorme se posa sur le bord du bassin dépassant ainsi la huée et les gens. D'une voix surprenante de force, il annonça que l'Orient musulman et l'Occident latin se retrouvaient encore une fois : Soliman le Magnifique et le roi François Ier signaient des traités, les lois des Capitulations, une véritable alliance du Lys et du Croissant. Des accords, des privilèges liaient les marchands de Péra et de Venise, de Marseille et de Galata, sur un fond de négoce. De cette ouverture d'échanges, marquée par une plus grande présence chrétienne, le roi de France portait une grande reconnaissance au Sultan ottoman. Le brouhaha de la foule couvrit les paroles du janissaire.

Les badauds se dispersèrent, l'espace blanc redevint vide. L'odeur de l'eau, l'air des arbres, le silence sur les murs, rendirent au lieu son recueillement. L'horizon s'assombrit. Sinan hissa les bras pour toucher le ciel, son œuvre se reflétant dans l'eau. Quelle splendeur dans le scintillement du fleuve qui coule. L'architecte sourit. Ici comme ailleurs, le pragmatisme de ses créations, leur réponse fonctionnelle aux besoins n'excluaient jamais la force et l'élégance. Cet art, sorti d'entre ses doigts, sublimait toutes les influences des peuples conquis, pour magnifier le style des Sultans. Dans cet instant fugitif de la fin du jour, Sinan se fit la promesse d'en ériger jusqu'à cinq cents dans l'immensité de l'Empire, sachant déjà qu'il les créait pour les aimer et les abandonner. Dans cette pensée de rupture, revint le souvenir de la religieuse, la femme demeurant pour lui la plus belle des créations ayant voulu, jadis, se fondre en elle, mais la vie avait gelé son cœur. Son art, exprimant son sentiment inabouti, sa sensualité pure, le sauvait du désespoir. Dans sa dernière nuit damascène, il ne savait pas encore que, de loin, Sœur Marie le fixait comme la première fois.

Marie voulait passer son chemin, cet amour devait être une plaisanterie de la vie. Comment couvrir la distance qui sépare un créateur, aux ailes d'oiseaux, qui vole aux nuages et une religieuse jeûnant et priant dans l'austérité d'un couvent. Peut-être, le regard profond et infini ou la caresse de ce regard.

Marie comprit enfin sa mère, Magdala, imaginant que la première étreinte a dû être un cri d'amour, la chute étant d'avoir perdu l'amour.

L'Orient n'a pas ses contes de fée pour vivre heureux

avec beaucoup d'enfants, il véhicule des absolus, une morale. Les histoires des Mille et une Nuits demeurent inachevées au moment le plus fort de l'attente, les chansons d'amour y sont tristes et langoureuses.

Sinan et Marie ne purent jamais s'aimer. L'homme partit à la conquête esthétique du monde, la femme choisit la prière jusqu'à mourir.

LES PÈLERINS DES DEUX MONDES

Un siècle passa. Damas accueillait des pèlerins parlant d'autres langues. Ces étrangers racontaient des batailles, des amours, des histoires dramatiques, incompréhensibles mais priaient en arabe cinq fois le jour. Pour leur voyage, un livre unique, le Coran, appris par cœur sans tout comprendre, gardait pour eux le mystère et la force de l'Ecrit, du divin insaisissable. De l'Asie lointaine, de Chine, de l'Inde, de Perse, de Turquie, ces hommes, ces femmes, arrivaient au bord du Barada, logeaient à la Tekkieh Solimanieh pour se joindre à la Caravane de la Mecque. Cycle annuel mais perpétuel renouvellement, errance toujours incertaine mais salut de l'âme au bout du chemin, dans la mort ou la vie.

Magdala imaginait tout pèlerin un héros qui partait, d'autres attendant patiemment son retour. Elle ne voulait identifier personne mais l'effervescence de la ville la sortait de sa maison close, chaque année à l'heure des départs. Damas, dans ses jardins, ses ruelles étroites, ses maisons mystérieuses ou ses recoins sordides, grouillait d'inconnus. Matin glorieux mais scintillement éphémère qui tombait vite quand disparaissait la caravane. Cette gloire de Damas avait son histoire que Magdala racontait aux passants pour dire son savoir.

Les habiles Ottomans avaient partagé la Syrie en cinq Pachaliks, mais ayant inventé ce culte des Pachas au pouvoir illimité sur leur fief, ils surent pourtant les soumettre à leur désir. De tous ses hommes serviles s'enrichissant pour disparaitre plus tard dans les impasses de l'Histoire, seul le pacha de Damas jouissait d'une incomparable aura, gardant sa fonction à vie. Commandant absolu, conducteur de la Caravane de la Mecque sous le nom très respecté d'Emir el Hadj, inviolable même pour le sultan, respecté par tous les Musulmans, nul ne pouvait verser son sang sacré. Le pacha de Damas, chargé de tous les frais du pèlerinage, assurait le libre passage de cette colonne d'hommes jusqu'à la Mecque, payant les tribus arabes avides, éparpillées le long du chemin. Remboursé sur le miri, l'impôt sur la terre, il héritait des nombreux pèlerins qui mouraient en route, les épidémies raflant toute ferveur, malgré les murmures des prières. Ce meneur d'hommes regorgeait de richesses. Pourtant, dans les ambitions du pouvoir, la Sublime Porte dans sa suprême grandeur avait ses tentations et sa morale, sachant écarter les géants et les gênants. Magdala laissait la suite à l'imaginaire de ses clients.

Dans la foule qui se réunissait au bord du fleuve, la fille de joie confondant sa nuit et son aube se sentait épuisée sans pouvoir se soustraire aux regards des étrangers. Chaos d'hommes et de bêtes, quand surgirent des centaines de janissaires, insolents et beaux, pour mettre de l'ordre et monter la garde de ce pèlerinage, aidés de soldats et d'esclaves armés. L'Emir el Hadj ouvrait la marche avec le mahmal qui, sous des textiles verts, portait le Coran. Une suite, haute en couleurs, de chameaux chamarrés, de mulets aux selles bariolées, de marchandises odorantes d'épices et d'encens, de soies et de grains, de joyaux et de parfums, accompagnaient cette foule de dévots. La fille de joie, fascinée par cette migration, observait ces pèlerins de races et de couleurs différentes qui, entre dévotion et lucre, avaient le courage d'aller vers le désert durant quarante jours et quarante nuits, croyant en l'infinie miséricorde d'Allah. Ceux qui arrivaient y fêter le Bayram, ceux qui mouraient en route gagnaient le paradis d'Allah. Leur départ de la Tekkieh Solimanieh, au bord du Barada, semblait pour eux l'ultime adieu aux verdures et aux fleurs. Tous s'éloignaient psalmodiant des versets tout au long de leur immense marche pour préserver leurs richesses et leur foi. Certains se retournaient pour voir, une dernière fois, le paysage verdoyant, d'autres regardaient le ciel, l'horizon bleuté, nul n'étant sûr de revenir.

Magdala s'assit au bord du fleuve mais personne ne vint à sa rencontre. La rive s'était vidée mais gardait encore les salissures des pèlerins. Silence étonnant ressemblant à celui d'une nuit de sommeil quand la lumière inondait la verdure et l'eau. La femme s'assoupit adossée contre un arbre, yeux qui se ferment, songe vite oublié, éveil au chant de l'oiseau pour saisir des voix encore lointaines à peine audibles qui se rapprochaient, des cantiques d'église, des psaumes, des airs de prière dans des paroles inconnues d'elle. La fille de joie, de sa vocation, accueillait les hommes de passage, les bons et les mauvais passaient entre ses mains. Elle attendit, surprise de voir surgir une colonne de voyageurs qui se ruèrent sur le fleuve pour abreuver leur soif. Vêtus de guenilles, souvent décharnés, ils se parlaient entre eux et se signaient à chaque phrase. À son étonnement, des hommes armés les entouraient, les protégeaient, ces derniers ne ressemblant nullement aux autres semblant plus robustes, mieux nourris, nullement pénitents. L'un d'eux ressemblait à un coq de basse-cour s'appropriant le pouvoir et la connaissance, un infatué servant d'interprète croyant ouvrir de ses paroles les Portes du Royaume. Quand il vit Magdala, un désir sensuel s'empara de lui. La bourse pleine, le plaisir aiguisé après une chasteté de routes longues et désertes, l'homme s'avança avec arrogance vers la fille de joie qui prit peur. Les pèlerins, en chœur, le grondèrent, réprimant ce geste si loin de leur piété et l'inconnu se résigna à attendre, sûr qu'un jour il caresserait le corps de cette femme jusqu'en perdre le souffle.

Magdala se rendit compte que ces étrangers venaient de pays différents, l'interprète se contentant, enfin, de donner des renseignements. Dans un même vœu que les premiers Croisés, ces Français, Hollandais, Anglais voulaient atteindre Jérusalem à pieds et visiter le tombeau du Christ. Certains faisaient le détour par Damas pour prier sur le lieu de la conversion de saint Paul et recevoir de lui une ferveur nouvelle. En véritables pénitents, ils s'imposaient un ascétisme épuisant sur des routes incertaines, imploraient la miséricorde divine dans un jeûne à outrance. L'Europe venait en Asie apprendre la prière, les Lieux Saints au bout du chemin ouvraient un autre paradis que celui d'Allah ou peut-être le même, toujours celui d'un Dieu unique.

Dans l'imaginaire des pèlerins, l'éden était toujours un jardin, une luxuriance. Pour l'interprète de ses pieux voyageurs, il était le corps d'une femme et l'homme se rapprocha de nouveau de Magdala, toujours infatué, disant porter lui-même le glorieux prénom de son roi Louis XIII. Sa force herculéenne, sa connaissance de plusieurs langues lui avaient permis d'ouvrir cette marche et de mener ces quelques élus vers Jérusalem passant par Damas sans nul risque, à cause des nouvelles récentes. La fille de joie vivait dans sa bulle, le monde d'ailleurs ne lui venait que par les errants des routes et elle écouta Louis qui expliquait avec emphase que « Les Lois des Capitulations » s'étaient élargies à l'Angleterre, à la Hollande bien que la France en portât le flambeau. Son pays avait obtenu de protéger les chrétiens latins de l'empire mais aussi ceux des rites orientaux, un protectorat de fait puis de droit sur les personnes chrétiennes ainsi que sur leurs biens surtout dans les Lieux Saints. La France pouvait aussi assurer la garde des pèlerins allant à Jérusalem. Le sultan Murad IV avait consenti à cet élargissement malgré sa cruauté et son fanatisme. De plus, de sa toute puissance, la Sublime Porte avait gardé à la France la prééminence sur toutes les nations de l'Europe. L'interprète joua avec sa lance, donna des ordres aux autres gardes, fit quelques pas vers l'eau. Se retournant vers Magdala, il affirma avec suffisance, qu'un avenir se dessinait par ce droit nouveau. Tout au long des siècles d'un empire ottoman se voulant éternel, la France ferait d'un engagement une tradition, pour demeurer la protectrice des Chrétiens de l'Orient.

Les pèlerins admiraient la ville qui se dessinait sous un soleil en poudre rose. Les jardins de jasmins et de rosiers, les vergers, le bruit des fontaines, les remparts aux portes ouvertes. Nulle nostalgie du silence, du désert mais désir d'entrer dans l'agitation d'une ville, ses venelles mystiques. Magdala entendit de nouveau les murmures de leurs prières. Rassurée, elle s'amusait des regards de Louis, comme s'il contenait une explosion, puis décida de montrer le chemin de saint Paul à tous ces étrangers pour qui Damas demeurait une énigme et une espérance.

La Rue Droite incarnait le charnel et le mystique et la fille de joie, toujours troublante, suivie de tous les pèlerins chantant des cantiques, avançait sur ses pavés foulés par des purs, des impurs et des saints. Les passants les regardaient, se demandant qui allait convertir l'autre. Les étrangers s'agenouillèrent enfin pour prier sur le lieu où saint Paul avait retrouvé la vue et Magdala abandonna son cortège sans bruit comme si toute cette histoire devenait inintéressante. Egarée par mégarde, elle devait rejoindre son royaume, son instinct la ramenant toujours vers sa maison close. Le temps allant vers le soir, l'heure d'ouvrir la tiédeur de son antre, d'écouter les mots des hommes sonnait dans son inconscient. La fille de joie revint chez elle et alla dans sa chambre. Près de sa couche, Magdala déroula sa longue chevelure, laissa tomber ses voiles, se déshabilla. Dans sa glace, elle se vit belle et nue mais quelqu'un entrait. Louis lui souriait offrant sa bourse d'or.

Les mythes des villes émergent de l'énergie de leurs jours, de leurs nuits sans lassitude. La beauté changeante du ciel, les étoiles poétiques, les soleils fauves entretiennent leur mouvement et leur éternité. Ces pèlerinages entraient dans l'histoire de Damas comme leurs hommes en quête de Dieu. Le Hadj vers la Mecque, le lieu le plus sacré de l'Islam, rendait la ville sainte et créait dans l'imaginaire de l'Europe, un mythe, une merveilleuse légende du Coran. Les pèlerins chrétiens sur leurs routes inconnues et incertaines racontaient, à leur retour, la ville de saint Paul, le plus grand missionnaire chrétien. Les voyageurs d'Europe se mirent à rêver de Damas, ses vergers, ses églises, ses minarets, l'odeur de ses souks et aussi l'intensité de ses voix, son mélange de races et d'essences quand partait le hadj. L'Orient s'exprimait en lettres, en musique, en peinture, véhiculant une découverte et une mode, un chemin et une sagesse. Tout inspirait, séduisait, irritait même si dans des récits innombrables et variés certains trouvaient à Damas une distinction fondée sur le culte et la dévotion : ses musulmans, plus fanatiques et plus insolents qu'ailleurs, détestaient les étrangers et l'on assurait que nul ne pouvait entrer dans la ville vêtu à l'occidentale. Qu'importait ! Les européens y arrivèrent habillés de sarouals et de turbans. Tous ne venaient pas pour la prière.

LE VOYAGE EN ORIENT

Lamartine fut surpris par les voix de ses accompagnateurs criant El Cham, El Cham, le nom arabe de Damas. Il abandonna, ainsi que sa femme, leurs habits européens pour ne pas être reconnus pour Francs, prirent des costumes turcs, l'épouse se couvrant d'un long voile blanc et continuèrent leur marche vers la plus ancienne ville du monde.

Dans la Rue Droite, accompagné de sa suite, l'étranger allait à pas lents devinant, dans ce jour froid, le premier secret de l'Orient : vivre à l'intérieur pour demeurer en soi. Sur les murs extérieurs en torchis, des portes basses et étroites rompaient la rigidité des façades. Enfin, accueilli chez Monsieur Baudin, agent consulaire de France et de toute l'Europe, il pénétra dans un couloir demeurant obscur qui menait plus loin vers le ravissement d'un patio : mosaïques de marbre, bassins scintillants, sycomores et saules. Des portiques de marbre ouvragés menaient vers les chambres. Dans le salon, la kaa, richement décoré de boiseries multicolores, coulaient des fontaines intérieures. Nulle harmonie entre les rues tristes et la noblesse de vivre à l'intérieur, une richesse cachée contrastait avec la sobriété des façades.

Monsieur Baudin reçut les Français avec égards. Son accueil mêlait la nostalgie d'une patrie perdue à l'enthousiasme de partager une terre découverte et aimée. Un repas d'agneau, servi sur un lit de blé fumé, fut suivi d'un dessert de confitures de cédrats et d'oranges amères. Le voyageur fut surpris par la sérénité de son hôte, par sa résignation apprise dans l'enseignement des Arabes. Cet agent consulaire, tout en parlant un français des plus châtiés, jouait avec les grains de son chapelet d'ambre, comme tout vieux Damascène dans la cour d'une mosquée. L'étranger en fut séduit. Déjà de loin, Damas luisant comme un mirage, avait creusé son imagination et son corps mais ce curieux allait en faire la dissection, balloté dans ses foules d'hommes, de femmes, ses ruelles étroites, ses maisons aveugles et silencieuses.

À la lueur de la chandelle, malgré les fatigues du voyage depuis Beyrouth, l'homme ouvrit un cahier avec beaucoup de soin, posa la date du 1er avril 1833 sous le titre de « Voyage en Orient » et relata son émerveillement face à Damas. Pris d'une grande fébrilité, ce texte écrit au bout de la nuit allait devenir, malgré son auteur, la plus belle parure littéraire de la ville.

« ...mon regard plonge, à travers l'échancrure de la roche, sur le plus magnifique et le plus étrange horizon qui ait jamais étonné un regard d'homme : c'était Damas et son désert sans bornes à quelques centaines de pieds sous mes pas. Le regard tombait d'abord sur la ville, qui, entourée des remparts jaunes et noirs, flanquée de ses innombrables cours carrées de distance en distance, couronnées de ses créneaux sculptés, dominée par sa forêt de minarets de toutes formes, sillonnée par les sept branches de son fleuve et ses ruisseaux sans nombre, s'étendait à perte de vie dans ses jardins en fleur, jetait ses bras immenses çà et là dans la vaste plaine, partout ombragée, partout pressée par la forêt (de dix lieux de tour) de ses abricotiers, de ses sycomores, de ses arbres de toutes formes et de toutes verdures, semblait se perdre de temps en temps sous la voûte de ses arbres, puis reparaissait plus loin en larges lacs de maisons, de faubourgs, de villages, labyrinthe de jardins, de vergers, de palais, de ruisseaux où l'œil se perdait, et ne quittait un enchantement que pour en retrouver un autre »

Le lendemain, éveillé tôt par une lumière silencieuse, le visiteur alla sur la terrasse. Il vit le visage solaire de l'aube et comprit son départ de sa vallée natale. Humaniste et philosophe, son désir de marcher sur les traces des patriarches bibliques, de rencontrer des hommes pour les comprendre et les aimer, l'avait porté sur le chemin de Damas. L'horizon, encore de sommeil et de rêve, lui rappela pourtant ses souvenirs, ses lectures d'avant, le journal de ces nombreux voyageurs succombant à la tentation de l'Orient. Les récits d'un Tavernier, d'un carme déchaussé, d'un Volney, l'avaient passionné dans leur curiosité, leur précision. Par contre, celui de Chateaubriand, porteur de dédain envers l'Islam, brandissant le catholicisme latin en unique vérité, avait irrité son sentiment de profonde tolérance. Ce rêveur préférait l'euphorie du Levant de ses conversations avec Gérard de Nerval qui disait son rêve d'une terre promise où luit la vie.

Monsieur Baudin surgit alors pour proposer la visite de Damas. L'étranger essayait d'entrer en fusion avec le paysage encore désert. Les paroles de son hôte le surprirent mais il fallait rompre l'évasion et entrer dans les entrailles de la ville : découvrir les venelles irrégulières de la Rue Droite, ses impasses, ses églises semant l'encens, les lieux du souvenir de Saint Paul, marcher encore vers d'autres quartiers, admirer, dans une même clarté, les souks, les flèches des minarets aux chants de la prière.

Le voyageur rejoignit les artères grouillantes des souks où flottait le parfum de musc des passantes voilées. L'émerveillement du regard sur l'un ou l'autre, le boutiquier la pipe à la bouche, les barbiers invitant les clients, les armuriers fiers de leur devanture, les marchands de soie et de coton, les bijoutiers près de leurs ors, les selliers vantant les cuirs, les fiers faiseurs de coffres, tous ses personnages d'un Orient rêvé se côtoyaient sans rivalité. Les nomades et les sédentaires, les Arabes du désert vêtus de blanc, les agas aux grandioses équipages se retrouvaient. Ces derniers, vêtus de longue soie cramoisie doublée de martre, leurs sabres et leurs poignards scintillant de diamants, suivis de courtisans, de serviteurs portant leur pipe ou leur narguilé, avançaient dans les dédales des souks pour s'installer sur les divans des cafés, fumer et causer. Emerveillement du passant, couleurs des « Mille et une Nuits » tableaux vivants posés sur des toiles que des Orientalistes imaginaient, évasion totale. Soudain un aga interpella le consul et son visiteur les invitant chez lui. En route vers sa demeure, l'hôte expliqua que la mosquée et les cafés offraient les meilleurs lieux de communication pour les habitants de Damas, les espaces où, entre piété et loisirs, se tramaient les évènements qui soulevaient la ville.

Les agas de Damas, la noblesse musulmane du pays, riche de ses vastes possessions de terres et de villages, habitaient des palais autour de la Mosquée des Omeyades. Le poète y pénétra rêvant d'un visage, d'un nom, mais nulle femme ne parut à sa vue dans ces lieux de luxe et de profusion. En houris de paradis, cachées, le corps nu sous des voiles transparents, entourées d'interdit rendant le désir d'elles insupportable, elles demeuraient des odalisques à la sensualité mythique, flouées derrière une clôture de pouvoir et de soumission. Pourtant, l'aga, d'une exquise politesse accueillit l'étranger jusqu'à dans ses haras aux pur-sang arabes.

Le voyageur, séduit par la bête noble et belle, acheta dans les souks trois juments. Sa préférence allait à la blanche, Tedmor, au regard doux et intelligent, sentiment mitigé de possession et de complicité. À son cou, pendait sa généalogie dans un sachet en poil et des amulettes la préservaient du mauvais œil. Elle allait le porter sur son chemin de retour.

Baudin, de sa fonction prestigieuse introduisait le voyageur dans les demeures les plus importantes. La famille al Azem, la plus opulente de Damas, offrait souvent à la ville ses pachas les plus glorieux et possédait le plus beau caravansérail aux voûtes structurées de noir et blanc. Elle accueillit l'inconnu sûre de son importance, vu les égards dont l'entourait le consul mais l'homme ne s'attarda pas, impatient de visiter la mosquée des Omeyades.

Retrouvant enfin la Rue Droite, le quartier chrétien, l'étranger fut reçu chez Ibrahim. Il découvrit enfin la beauté des femmes, leur féminité langoureuse, leur nonchalance à fumer la pipe orientale près des brasiers scintillants, appelés les mangales. Leur veste brodée, leurs nattes ornées de rubans et de fleurs coloraient les divans cramoisis où elles s'asseyaient entre des coussins de duvet. Frôlant de leurs pieds nus des tapis de Bagdad, les mères gardaient leurs enfants près d'elles tout en surprenant par leur vivacité d'esprit, leur humour. De cette intimité offerte, le visiteur imagina l'Orient de la chair et des murmures.

D'une rue à l'autre, d'un monde à l'autre, le voyageur circulait entre les maisons, les rues, les arbres pour saisir l'instant pour écrire. Préférant le rationalisme à la piété, il recherchait l'esprit commun entre Islam et Christianisme. Son caractère romantique s'animait face à l'Orient offert ne voulant en saisir que les voix intérieures, ne toucher que le sédiment fécond de la terre. Ainsi, il fut porté à réfuter les préjugés des Européens selon lesquels les musulmans seraient tous fanatiques et oppressaient les chrétiens. Ce voyage ouvrait une belle éclaircie dans un ciel de brume. Les uns et les autres vivaient côte à côte, se fréquentant, s'aimant parfois. Rues parallèles traversées de passages, damier de cohabitation, sentiment de sécurité, les portes des quartiers se refermant sur leurs gonds quand tombait le silence de la nuit.

Quand vint enfin le dernier soir, le vent s'était calmé. Du haut de la terrasse, Damas disparaissait dans la pénombre, dans une épaisseur de nuages. Le voyageur la fixait car elle allait toujours être l'autre ville, celle de son rêve d'Orient. Hélas, il fallait l'abandonner à sa nuit tombante, à son destin qu'il devinait obscur. Puis vint l'heure du diner et son hôte recevait de nombreux invités animant des conversations diverses. Assis dans la Kaa sur des divans bas qui longeaient les murs, ils racontaient leur pays, l'Europe et l'Asie. Deux frères capucins aidaient un vieillard musulman à s'assoir. Père Poussous, qui instruisait des enfants pauvres, étonnait d'humour les riches négociants venus de Bagdad. Un grand seigneur persan usait de la science de Mazoyer, le drogman, le prenant pour interprète. Enfin surgit un père lazariste qui affirma qu'il y avait, à Damas, trente mille chrétiens, nullement tourmentés, puis disparut comme une ombre fugitive pour rejoindre son couvent et sa nuit de prières.

Les lampes vacillaient, les voix s'éloignaient, le voyageur voulait retenir les mots de ces inconnus venus d'autres patries, aimant et priant différemment. Hélas, il oublia si vite leur nom, leur visage floué dans les vapeurs des tombacs, les volutes des parfums comme si une lanterne s'éteignait soudain dans un aveu prémonitoire.

Le Barada tourmentait ses rives, l'orage grondait. Un monde, au climat doux, sombrait dans les gris et la désolation mais l'invité écrivait toujours la nuit dans son cahier de voyage pour décrire une terre de piété, de miracles, de lumières mythiques : « Les choses ne sont pas à leur place en Occident. La première des idées humaines n'y vient qu'après les autres. Pays d'or et de fer, de mouvement et de bruit. L'Orient, pays de méditation profonde, d'intuition et d'adoration ». Enfin, refermant la page, il pensait toujours à la tolérance religieuse considérant le musulman moral, patient, résigné, l'Islam exigeant de lui la prière et la charité.

L'orage gronda, la ville semblait un vaisseau perdu, l'eau entrainant les fondations des maisons de fortune, signes prémonitoire d'un monde qui se noyait. Le lendemain, une lumière oblique illumina les nuages qui se refermèrent vite. C'était pourtant le temps de partir. Lamartine quittait Damas, après quatre jours de ravissement, le chemin à suivre semblait un retour de pèlerinage. Agé de quarante ans, déjà élu à l'Académie Française, une brillante carrière diplomatique derrière lui, il portait pourtant une blessure, taillée dans le vif de sa peau : sa fille Julia venait de mourir à Beyrouth à l'âge de dix ans.

Le voyageur, sa femme, les Arabes montant la garde, les saïs menant ses pur-sang, s'éloignèrent lentement en caravane. Une furtive lumière éclaira les jardins de l'oasis, une lumière vite éteinte dans une lourde brume. Damas disparut dans des ténèbres, l'Ange de la Rue Droite se couvrit les yeux. Lamartine, séduit par la tolérance, ignorait que cette luisance aura ses martyrs et ses bourreaux. Les chrétiens entraient, sans le savoir encore, dans une nuit rouge de sang.

UNE TRAGÉDIE ROUGE

Les sultans ottomans se succédaient sur le Trône du Monde, et d'âge en âge faiblissait l'empire éternel. Luttes intestines et familiales, fanatisme enseigné dans les écoles coraniques, abus et corruption mais l'Histoire demeurait lente quand des dynastes étrangers venaient se tailler une place, si éphémère soit-elle de leurs immensités. Ainsi, un nouvel acteur, d'origine albanaise, entra en scène, le pacha d'Egypte Mehmet-Ali qui fit une offensive-éclair en Syrie. Rêvant toujours de croissance, d'ouverture, le succès l'accompagna de bataille en bataille. Pour préserver l'avenir, son fils Ibrahim, un téméraire guerrier, devint alors gouverneur de Damas. Cette nouvelle dynastie voulait faire de l'Egypte et de la Syrie une terre d'accueil et de modernité.

Mehmet-Ali, devant à la France sa vice-royauté à titre héréditaire, demanda à tous ses descendants de parler français, une reconnaissance. Par une générosité informe, usant de ce qui ne lui appartenait pas, il avait offert un monolithe, le fameux obélisque de la Place de la Concorde à la ville de Paris. Le père et le fils, réformateurs engagés, étaient curieux de l'Europe politiquement et commercialement. L'Occident ouvrait l'avenir, la France incarnait l'alliée et l'espérance.

Ibrahim Pacha, quarante ans à peine, séduit par Damas, errait la nuit pour écouter la ville, sa tiédeur de courtisane. Robuste, courageux, ce curieux esthète demeurait, néanmoins, fidèle à ses engagements et permit aux puissances européennes d'ouvrir des consulats. De partout, affluèrent des commerçants, attirés par le lucre et l'Orient. Belle époque pour les demeures, couleurs irisées sous les voûtes des souks, ce gouverneur éclairé s'entourait d'officiers instructeurs sortis des rangs des campagnes de Napoléon comme le colonel Sèves, devenu Soliman Pacha. D'autre part, Monsieur de Cérisy organisait son armée ; des ingénieurs, des médecins français modernisaient un monde en attente.

Damas, devenue une ruche, gardait son rêve charnel, sa prière embuée d'encens. Les chrétiens changeaient de vie, sensibles aux réformes d'inspiration occidentale instaurées par Ibrahim Pacha. Ce dernier voulait surtout les aider à émerger, à s'émanciper, les débarrassant des contraintes imposées par les Ottomans. Libérés des marques d'infériorité les plus choquantes, mis en pied d'égalité avec les musulmans, ils obtinrent de grands postes dans l'administration et furent investis de propriétés prises aux féodaux. Leur image de brimade, de modestie, fut oubliée. L'un d'entre eux, Hanna Bahri, reçut même le titre d'Emir et de Bey, construisit des églises et accompagna Ibrahim Pacha dans toutes ses campagnes. Responsable des finances, certains le surnommèrent le banquier de Damas. C'était en ces jours de tolérance et d'épanouissement que Lamartine avait visité Damas. Hélas, dans cette roue de fortune, les chrétiens oublièrent que leur essor se faisait au détriment des Druzes et des musulmans. Revalorisés et libres, confiants en leurs relations commerciales et sociales avec les consuls et les commerçants européens, leur art de vivre s'inspirait d'une idée française et certains crurent au bonheur sur terre.

La fille de joie le crut aussi. Toujours fébrile de la vie, elle offrait au monde sa beauté. Dansant avec ses voiles entrouverts sur sa sensualité désirante, son corps lascif incarnait le temps, les saisons, tout en demeurant jeune comme la lumière. Le musc, le parfum de sa peau, bouleversait les passants jusqu'au vertige. Magdala puisait leur sève et demeurait moisson.

L'empire ottoman scintillait toujours sur les eaux du Bosphore malgré ses lassitudes quand une flotte jeta l'ancre sur le rivage. Des ambassadeurs de Londres accostaient chez le sultan ottoman à Istanbul. Ces Anglais voulaient prendre pied au Levant pour y combattre l'influence française et empêcher le développement russe en Méditerranée. Le succès de Mehmet Ali et d'Ibrahim Pacha les inquiétait car, dans leur modernité, leur ouverture, leur francophilie, ces derniers risquaient de déstabiliser l'empire ottoman, nécessaire pour faire barrage à la Russie. À l'heure du faste et des réceptions à la cour du sultan, le monde couvait des rêves et des haines et, près des mêmes palais ottomans, d'autres agents anglais affluaient encore et encore. Quittant leurs bateaux, ils admiraient les rives bleues de l'Orient et, soudain, la brume de leur pays natal leur sembla une perdition du ciel. Se répandant partout, ombres fugitives et silencieuses, ces intrus venaient promouvoir la politique de la perfide Albion. Dans la brillance du ciel et de la mer, Londres ne leur manquait pas mais tous restaient fidèles à son enseignement. À peine sortis des eaux, ces Anglais entretinrent des feux d'intrigues. Tout un écheveau d'alliances se compliquait et se nouait, chaque jeu ayant ses gagnants et ses victimes.

En ce temps-là, les chrétiens de Damas vivaient encore des moments lumineux, si appréciés par Lamartine lors de son voyage. Ils n'avaient pas eu recours aux devins pour savoir que ce dernier scintillement illuminait déjà leurs tombes. Sans saisir le son du glas mêlé aux trompettes ottomanes qui forçaient le repli de Mehmet Ali et de son fils Ibrahim, ils laissaient le temps passer, célébrèrent Pâques oubliant le vendredi Saint, la passion et la Croix. La Rue Droite demeurant leur patrie, l'horizon cerné entre leurs maisons anciennes annonçait un été de clémence.

Hélas, dès que les Ottomans se réinstallèrent en Syrie en force et puissance, ils changèrent brusquement la mise. Le sultan appelé déjà « l'Homme malade » par les Européens ne pouvait plus contenir les ambitions anglaises de grignoter les positions françaises. La Grande Bretagne attisait la haine des druzes et des musulmans contre les amis de la France, les chrétiens. La mécanique du drame se mit en marche, l'émancipation de la minorité chrétienne étant vécue par l'opinion musulmane comme une brisure d'identité, une ingérence étrangère pour déstabiliser l'Empire. Le jeu poussait à l'excès.

Un jeu d'enfants embrasa le monde. Un jeune chrétien du village de Hasbaya, dans la Montagne du Liban, escaladait de vertes pentes, les pieds-nus habitués à la terre et au relief. Respirant l'air des altitudes, les joues rosies d'énergie, il buvait à la source quand ses amis le rejoignirent pour jouer aux osselets. C'était le 22 mai 1860, une douce lumière baignait les arbres, le soleil illuminait des maisonnettes éparpillées, les oiseaux sifflaient en ciel. Soudain, des hommes armés vinrent égorger les enfants sans défense, leurs cris innocents, portés par l'écho des sommets, sonnèrent un premier glas.

En ce même moment, à Beyrouth, l'artillerie saluait la sortie du pacha Khourchid quittant pour le faubourg de Baada, plus proche du fief des Druzes. La machination satanique se mettait en marche. Dans la verte Montagne du Liban, les chrétiens furent torturés, assassinés, leurs maisons, leurs églises pillées et incendiées, leurs femmes violées, partout le sang, le feu, l'enfer. Tous les massacres du monde suent la haine, suspendent la médiocrité. Les Druzes commencèrent la tuerie, les musulmans se joignirent à eux. Le fléau se propageant, lave brûlante, exterminatrice. Les grands coups tombèrent tout au long des mois de juin et juillet, s'étendant de village en village, Hasbaya, Rachaya, Saïda, Djezzin, Zahleh et tant d'autres. Des milliers de chrétiens périrent. De nombreux religieux français et italiens des collèges des Jésuites et des Lazaristes furent assassinés cruellement avant que leurs écoles ne soient livrées aux flammes. Là, le drapeau français y fut insulté et piétiné. Tant que la Montagne du Liban dévorait ses enfants, les survivants des massacres prirent le chemin de Damas, espérant un clément exil.

Le mal se répandait sans silences, la terreur le précédant. Bientôt les villages chrétiens autour de Damas connurent à leur tour leur moment de folie. La population passée au fil de l'épée, toute habitation était réduite en cendres. Quand les jardins féeriques de la Ghouta furent entièrement détruits à l'heure de la cueillette des fruits, Damas se sentit menacée dans son sein.

Le soleil n'était pas encore levé, ce neuf juillet 1860. Entre rumeurs et contre rumeurs, la ville avait veillé le long de la nuit. L'eau du Barada se froissait à peine dans la chaleur de l'été mais, de loin, les fumées des villages incendiés noircissaient l'horizon.

Pourtant ce jour pouvait ressembler à tous les autres, mais le hasard qui dilata les choses, les inversa. Les chrétiens de Damas aimaient leur patrie, la terre de leurs aïeux, ignorant que la mort et l'exil déchiraient déjà leur cœur. Sortis d'une grandeur de l'Histoire, ils habitaient toujours la même rue, la Rue Droite, celle que foula saint Paul pour retrouver la vue. En cette fin du dix-neuvième siècle, ce quartier ayant eu de vastes ramifications s'appelait Haret Al Nasara, le quartier des chrétiens. Là des ouvriers produisaient les magnifiques étoffes de Damas, des brocards, des broderies. L'amour de l'art, de la créativité rassemblait des sculpteurs, des peintres, encouragés par de riches négociants. Société de lettrés, de médecins, d'écrivains, de brillants fonctionnaires, les plus riches prêtant de l'argent au Pacha de Damas.

Dans l'illusion d'arrêter le cours de l'Histoire, ces chrétiens portèrent secours aux quelque quatre mille réfugiés arrivés de la Montagne du Liban, leur ouvrant leur maisons. Les églises et les couvents accueillirent les plus démunis. Des notables musulmans offrirent une aide financière. Partout, l'attente devenait insupportable.

Magdala, comme les autres, attendait la mort ou la vie dans sa maison close. Cette nuit-là, un rêve étrange lui arracha un cri. Voilée de blanc, fermant ses paupières d'une main, cachant de l'autre une forme sous ses amples plis, elle avançait mal, titubant. Pour mieux marcher, elle ouvrit les yeux et se vit traversant des lieux sombres et inconnus, retrouvant enfin des rues familières mais étrangement peuplées d'ombres. La peur la tailladait, des morts levaient leurs bras vers elle pour déchirer ses voiles, d'autres gémissaient d'une voix inhumaine. Dans leur absence, ils hantaient la terre. Magdala leur chanta une complainte d'une voix épuisée, serrant toujours sous son habit ample le manuscrit de Paul qui lui brûlait les mains. Hélas, elle ne pouvait le lire, ne sachant lire, mais craignait surtout de le perdre. La nuit finissait quand la fille de joie hurla de peur et s'éveilla.

Le lendemain, le lundi matin, s'illumina dans la paresse orientale de l'été. Si une rixe d'enfants avait mis le feu dans la Montagne du Liban, aucun signe ne marqua le départ du carnage de Damas. Un simple affairement dans les rues, semblant d'abord coutumier, dégénéra en rassemblement de voleurs et de meurtriers à l'aube de l'erreur. Des émeutiers, musulmans et druzes se ruèrent sur les maisons chrétiennes précédés de pillards qui fracassaient les entrées avec des haches puis s'engouffraient dans les maisons tuant les hommes et les enfants à coups de bâtons et de poignards. Volant bijoux, or, et argent, ils emmenaient les femmes en pleurs. Les soldats turcs montaient la garde à la porte prélevant, à la sortie, leur part du butin. Les tueurs arrachaient jusqu'aux boiseries des murs, les mosaïques des pavements. Ils devaient anéantir la vie mais puiser le froment.

Les premières maisons attaquées furent celles des consulats étrangers. Damas vit des actes de sauvagerie inconnue de ses enfants. Certains chrétiens crucifiés agonisaient lentement quand d'autres avaient la peau taillée en forme de croix. Un musulman gravement malade apprenant l'ampleur du massacre sollicita comme une dernière joie qu'on lui amenât un chrétien qu'il tua d'un coup de pistolet. Puis il s'abandonna à la mort, satisfait, sûr de mieux mériter le paradis d'Allah.

Le lendemain fut le mardi du feu. De l'Orient chrétien, aux rites divers, nul n'allait être épargné. Dans la rue de l'Olivier, le patriarcat grec-catholique fut attaqué et pillé, nombreux prêtres massacrés. L'Eglise Arménienne connut le même sort. Plus loin, dans l'Église mythique de la Vierge Marie, Al Mariamieh, fierté du Patriarcat grec-orthodoxe imposant sa stature dans la Rue Droite en symbole de force, l'acharnement de la foule dépassa l'outrance. Les milliers d'ouvrages de la bibliothèque furent pillés et certains piétinés. L'histoire étant avide et tragique, cinq millions de piastres, douze millions en billets de la banque de Russie furent volés des coffres. Une mitre ornée de diamant offerte par le tsar, des centaines de chandeliers et de candélabres en argent disparurent dans un rite organisé, les objets passant de mains en main, un travail à la chaine. Des femmes musulmanes et druzes dansaient de joie et poussaient des youyous sur la place au moment où leurs hommes massacraient les fidèles réunis en prière.

Le jour fut long jusqu'au soir. Presque tous les édifices religieux de Damas succombèrent à la haine, détruits et incendiés : onze églises, trois couvents, des centaines de maisons et partout jonchant le sol, le corps et le sang de milliers d'innocents. La nuit couvrit les dépouilles de silence.

La nuit, Magdala refit un songe. Une ombre blanche, les yeux bandés, venait la border, posant près de son lit le manuscrit ouvert. Pouvant effrayer mais aussi rassurer, cette silhouette mystérieuse semblait incarner la vie face à la mort, puisant sa force de ses racines fécondes. Des ramifications végétales croissaient de ses extrémités pour creuser la terre. La fille de joie crut se reconnaitre et voulut arracher le bandeau du regard mais la nuit posa ses deuils et tout disparut dans le noir. Dehors les flammes brûlaient les murs, les hommes hurlaient le nom du Christ avant de mourir.

Dehors, tous les martyrs gisaient à terre, les yeux rivés vers l'infini. L'un d'eux le Père Youssef Mehanna Hadad connut un sort atroce mais mourut, comme tant d'autres, sans jamais abjurer leur foi.

Le père Youssef Mehanna Hadad avait déjà ouvert les portes de son église, La Mariamieh, pour accueillir les réfugiés venus du Liban. Il circulait parmi eux, les nourrissait, les réconfortait et le soir tombé, tous se retrouvaient pour réciter la prière de la vierge Marie, psalmodiant l'hymne acathiste, dialogue nocturne avec le ciel.

À l'heure d'être trahis, d'autres chrétiens de Damas vinrent se réfugier là. Le chaos s'entretenant dans le sang, le père Youssef quittait furtivement le Patriarcat pour aller donner la communion aux mourants, sautant de terrasse en terrasse, les ruelles du quartier chrétien étant bien étroites. À peine revenu dans son église, les émeutiers forcèrent les portes et procédèrent à un carnage où périrent les hommes, les femmes et les enfants. Père Youssef, cachant sous sa soutane le pain consacré put fuir croyant à son salut quand rattrapé par les pillards. Son sort fut atroce, accusé d'être l'imam des

Roums, des étrangers. Mutilé à coups de hache, attaché par les pieds à une corde, il fut trainé partout puis tué dans une ruelle par un ultime coup de hache. L'Histoire usera d'un siècle pour le canoniser.

Les massacres de Damas durèrent huit jours et huit nuits. Ils eurent leurs martyrs et leurs saints. Des milliers d'innocents périrent pour leur foi, sûrs que leur Père du ciel leur ouvrait les portes du Royaume. Des nuits blanches offraient des linceuls et la souffrance en dernière respiration. Des incendies dévoraient l'Histoire.

Magdala sortit de sa maison close, ses voiles tachés de sang. Sa marche ressemblait à celle d'une suppliante, les mains levées, jointes sur un parchemin verdi par le temps. Ses lèvres d'un rouge cramoisi murmuraient les mots de l'amour. Nul n'osait la toucher quand avançant pieds nus, chevelure au vent, les larmes brillantes. Son ombre plus grande qu'elle l'accompagnait dans la Rue Droite, sa beauté demeurait jeune, incarnant la luisance de Damas. La fille de joie perdait son sang mais dansait comme une liane, féconde pour mourir, une herbe sève qui, à pas feutrés, marchait vers un grand feu. Son manuscrit, peut-être sans nulle parole, brûla avec elle, pour engloutir le secret mythique des chrétiens de Damas.

Pendant que la haine triomphait partout, le pacha de Beyrouth, Khourchid, celui de Damas, Ahmed, ne firent rien pour réprimer la violence. Dans une vision à rebours, les deux hommes furent éclaboussés par une certaine réalité. Jouissant de tant de pouvoir pour arrêter le mal, ils choisirent d'être les véritables complices des Druzes et des Musulmans, les troupes turques coopérant au carnage. Le bilan qui détruit la gloire de l'Histoire s'éleva à vingt-deux mille morts entre le Liban et la Syrie, à trois mille villages détruits, à de milliers de fugitifs décimés sur des routes incertaines, des veuves éplorées, des femmes vendues pour les harems des princes.

Et pourtant, dans ce détour de l'Histoire, il fallait retenir l'espérance. À Midan, un faubourg de Damas, vivaient quelques deux mille chrétiens au milieu de vingt mille musulmans. Les chefs de ce quartier, des notables très religieux et fervents, croyaient à la noblesse de l'Islam. Chez eux arrivait en premier la caravane de la Mecque. Dès que les troubles commencèrent, tous protégèrent leurs voisins chrétiens renvoyant les pillards à coups de fusils, leur interdisant de franchir les limites du quartier. Partout ailleurs, des chrétiens furent sauvés, cachés et aidés par leurs amis musulmans. Il y eut des actes héroïques au moment où la lumière éteignait les miroirs, nombreux croyant au divin dans le cœur des autres. Par fidélité à cette pente de l'histoire, on peut se souvenir de nombreux musulmans, la plupart de grands commerçants ou de simples fervents qui refusèrent l'excès et la cruauté, se posant en justiciers.

Damas vit la lune ronde devenir rouge, ses traits dans l'eau du fleuve changeant de couleurs. Mais son destin se riait de la folie des hommes, sa mémoire retenant le sublime et le merveilleux. La vie s'éveillait autour de la fabuleuse Mosquée des Omeyades, le quartier musulman aux opulentes demeures. Dans l'une d'elles, l'Emir Abdel Kader al Jazaïri se levait pour faire sa prière. Au loin, on entendait le muezzin chanter l'aube.

L'émir s'agenouilla sur son tapis le front contre terre

récitant les versets du Coran avec ferveur. Parfois, le sommeil le ramenait vers sa couche et le gazouillis des oiseaux de son patio l'éveillait une seconde fois. Pourtant des cauchemars revenaient souvent dans sa tête, lui qui avait combattu la France en Algérie. Quelle douleur l'ouvrait encore, sa révolte échouée, ses concitoyens déçus et brimés et lui quittant son pays pour l'exil, pour une captivité, à Amboise, chez le roi des Français. Des images tristes se succédaient, toujours les mêmes, l'homme pieux les chassant dans sa prière. Souvent l'émir revoyait sa libération quand, face au vide, son errance chercha d'autres frontières. Enfin, ce fut Damas qui devint sa patrie, avec le même ciel intense que l'Algérie natale, la même parole pour dire le bien et le mal.

Ce jour-là, le prince ne revint pas dans sa couche, un de ses gardes algériens surgissant porteur de nouvelles. Il annonçait à son maître les massacres des chrétiens. L'intrus vit alors son maître changer de visage, son regard vieilli scintilla comme au temps où il commandait la révolte du passé. Abdel Kader, sans hésiter, donna l'ordre de sauver les chrétiens de Damas pour sauver l'honneur et la renommée de l'Islam.

Ses Arabes algériens, fidèles et formés à la tâche du combat, avaient vu couler des ruisseaux de sang. Soudain, dotés d'une vocation nouvelle, ils devaient répandre une justice ou plutôt un salut même précaire, sauver le plus de chrétiens. Pour eux, l'Emir disait des paroles de prophète. En visionnaire, il avait du cœur et de l'érudition.

Mille cinq cents chrétiens furent sauvés grâce à ses Arabes algériens : des miséreux poursuivis dans leur fuite, des artisans, des écrivains, des commerçants, des riches et aussi des religieux. Les Sœurs de Saint Vincent de Paul, les Lazaristes, les Franciscains, tout en laissant quelques-uns des leurs, furent arrachés à la mort avant que leurs couvents ne soient pris et incendiés. Ces rescapés surnommèrent Abdel Kader l'ange invisible des chrétiens, d'autres crurent en la miséricorde infinie d'Allah. Pour tous, cet émir algérien incarnait la tolérance sauvant des chrétiens qui souvent aimaient la France, un pays qui l'avait pourtant humilié. La légende lui posa une aura de héros.

À la suite des massacres de 1860, Damas voulut panser ses plaies mais beaucoup de ses chrétiens émigrèrent en Egypte pour y faire souche, le Nil demeurant tentation mais aussi nostalgie d'un fleuve d'ailleurs. D'autres, plus ancrés, essayèrent une écriture neuve, usant de leur savoir et de leurs souvenirs, pour entrer dans la modernité. Leur but, inversant le monde, gelait le passé pour créer un destin nouveau entre Islam et Christianisme. Pourtant, malgré les amnésies de l'Histoire, le silence ne pouvait couvrir leur grande souffrance mais ils choisirent le pardon et l'amour. La fille de joie devait toujours renaître, gardant sa mémoire, sans jamais pouvoir ni parler ni se taire. Ses gestes d'alcôve entretenaient l'hier et le futur. Magdala, comme tous les autres, savait que les massacres avaient sonné le glas de l'Empire Eternel. Semant la mort, il s'était meurtri, quand les chrétiens de Damas espéraient renaître pour découvrir la couleur de l'aurore.

CINQUIÈME PARTIE

DÉCOUVRIR LA COULEUR DE L'AURORE

RENAÎTRE

Les massacres hantaient toujours les mémoires en cette fin d'été 1860. À l'heure de la sieste, une lumière pesante engourdissait Damas. Pourtant dans la plus belle maison du quartier chrétien, des domestiques, des filles de cuisine s'affairaient mais toujours à voix basse pour ne point déranger le maître, à l'heure de son repos. Un évènement inattendu avait arrêté les turbulences et remédié pour un temps à l'éternelle fragilité des chrétiens de Damas. Ce soir-là, autour d'un copieux repas, les convives se réunissaient pour chercher l'avenir.

À la suite de la tuerie, le sultan ottoman Abdel Madjid versa des larmes de crocodile, craignant surtout l'intervention de la France pour protéger les chrétiens. De Dolmabache, son palais aux dorures hallucinantes, se mirant dans les eaux du Bosphore, il prodigua alors des promesses pour calmer les craintes de l'Europe prétendant châtier, indemniser, pacifier, faire oublier le malheur. Son propre ministre des Affaires Etrangères, Fouad Pacha, illustre par le rang, l'autorité et l'habileté, arriva enfin à Damas, muni de tous les pouvoirs. Ancien ambassadeur à Londres et Paris, son esprit délié lui avait déjà valu la confiance de l'Occident. Sa vaste culture, son charisme, son physique racé et beau le distinguaient, Fouad pouvant incarner un homme qui rêve ou qui fait rêver. Gestes de seigneur mais talent de manipulateur, il commença à agir au hasard, incarcéra, fusilla, pendit, exila, envoya au bagne et fit justice du gouverneur de Damas, Ahmed Pacha, expédié à

Istanbul pour être exécuté.

Ce brillant politique créa un comité pour dédommager les malheureux et ce soir-là, le calme étant revenu, l'envoyé du sultan était reçu en grande pompe dans la plus belle demeure chrétienne où furent conviés les notables des grandes familles arrivant plus tôt pour former une haie d'honneur à l'entrée. Vinrent alors, les consuls des nations, précédés de leurs orgueilleux gardes, les kawass, chamarrés de broderies d'or, qui ponctuaient la marche aux sons insistants de leur canne heurtant le sol. Dans leur pompeux cortège, les drogmans, interprètes auprès des consuls, regardaient avec condescendance les badauds arrêtés à leur passage. Les patriarches d'Orient, leurs évêques sortis de leurs couvents, bénissaient la foule, le mufti de Damas, nombreux ulémas, les notables musulmans foulaient le quartier chrétien se voulant familiers d'un lieu peu connu d'eux.

Magdala avait toujours la même silhouette, ses longs cheveux flottants sous un voile de mousseline. Elle renaissait jeune et belle, portée par les sens et l'on devinait vite sa séduction facile. La fille de joie ne pleurait plus, le passé proche s'étant floué dans sa mémoire mais les hommes l'observaient encore, envahis par le flot du désir. Fardée à l'excès et pourtant naturelle, son geste spontané attirait. Perdue dans la foule, impatiente de voir le ministre du sultan, son parfum embaumait rappelant sa vie troublante.

Quand arriva enfin Fouad Pacha à cheval, entouré de gardes serrant de leur poigne le manche de leur cimeterre, les badauds murmurèrent des mots insaisissables, lourds de sens. Des femmes endeuillées se souvinrent et pleurèrent, des enfants regardèrent ce défilé avançant dans un ordre cerné par l'étroitesse d'une rue. Ils allaient veiller longtemps, les yeux pleins de sommeil, car cette longue nuit d'été devait changer l'Histoire, une histoire jaillie d'une terre crevassée de sang. Tous ces invités arrivant de toutes parts dans Haret Al Nasara, le quartier chrétien, essayaient d'oublier le passé pour revivre ensemble. Ils répondaient à l'invitation du maître des lieux, Toufic Chamieh, ayant fait une sieste tardive pour être d'aplomb le soir.

C'était ce même soir quand, dans la même rue, la fille de joie s'approcha du ministre du sultan, montrant son visage, son sourire provoquant, mais fut éloignée sans violence par les gardes. Qu'importait le geste humiliant, vite oublié, Magdala aimait le grouillement de la foule et s'amusait à observer les visages, les attentes. Tout passait à travers sa mémoire mais ce défilé des grands, vu pour la première fois, agrandissait ses rêves : Le monde sans violence, la tentation du corps, le luxe dans la démesure, l'émotion au fond de l'alcôve. Damas allait ressusciter, peut-être, à l'heure même où elle rejoindrait sa maison close, au fond d'une rue mythique du vieux Damas.

Imaginer Damas en cette fin du dix-neuvième siècle avec des façades d'une pierre enduite de torchis, de bois et de très hautes fenêtres pour conserver l'intimité. Les rues étroites sentaient le jasmin ou la rose. L'entrée des maisons se faisait par une petite porte, enchâssée dans une grande qui ne s'ouvrait qu'aux grandes occasions. Puis, un petit passage décrivait un coude à angle droit pour mener dans la cour, appelée al dar, aux fontaines sonores, aux arbres de cédrats et d'oranges. Dans les familles chrétiennes, nul besoin d'une cour pour les femmes, le haramlek, et plus importante pour les hommes et les visiteurs, les salamlek, la vie patriarcale rassemblait les uns et les autres dans une austérité de rigueur mais dans une franche cohabitation. Les domestiques avaient leur cour, le Khadamlek. Un escalier montait vers l'étage, un autre allait vers la cave. Du hammam aux céramiques bleu d'azur émanaient des senteurs de savons et de parfums.

Dans la demeure de Toufic Chamieh, une partie de la maison avait été pillée durant les massacres et pourtant la soirée allait se tenir dans la splendeur de la cour, al dar.

Cette réunion mondaine où se retrouvaient les uns et les autres pour prétendre l'oubli et essayer de se parler, fut celle d'un personnage unique, Fouad pacha, excellant dans son rôle de justicier. Sûr de ses prérogatives, le ministre ottoman consolait, rassurait, triomphait de rapprocher les uns des autres de ses propos précis et pesés. Autour de lui, une résignation mêlée du dédain de nombreux chrétiens, une tension jusqu'à l'irritation de certains musulmans et l'hôte espérant toujours en un prélude de choses. Après un repas d'une générosité légendaire, l'envoyé du sultan visita les lieux appréciant les poutres peintes de motifs élaborés, les espaces dessinés de fleurs, de temples, de jardins et s'amusa à déchiffrer, à la jonction du plafond et des murs, les panneaux inscrits de vers, de proverbes, dessinés de la main d'un habile calligraphe. Puis, sans jamais se défaire de sa superbe, ayant aperçu des musiciens en attente, il dit adorer l'évasion pour écouter le joueur d'oud et de qanun, le chanteur qui psalmodiait « Ô Nuit ».

Les convives se parlèrent dans une sobre courtoisie ne se voulant plus ni bourreau ni victime. Hélas, tous se souvenaient de la mort promenant ses fantômes hideux, celle qu'ils subirent ou portèrent aux autres durant les massacres. Cette nuit de réconciliation, chaude et longue, les ancra dans les ombres d'un passé intime et déchirant. L'espoir appartenait aux autres, à leurs enfants, ceux qui le jour suivant allaient se retrouver dans cette même cour, al dar, pour jouer ensemble. Ces petits, des graines à croître, souvent beaux et vifs, allaient refaire le monde et inventer une renaissance, celle du Monde Arabe que les chrétiens portèrent pour prouver leur arabité et leur appartenance.

Le lendemain de ce diner de réconciliation, Toufic Chamieh trainait dans son lit, rêvant de sa fête, flatté de toutes ces personnalités venues chez lui. D'une prudence ayant nourri ses longues années de richesse, il avait su constituer le lien qui rattachait les uns aux autres, et ce grand honneur d'accueillir le ministre du sultan ! Beau avec ses tempes déjà grises, la moustache très mince sur un visage émincé, ce veuf s'éveillait aux bruits de sa maison mais sa pensée première allait à sa femme, cette idée d'elle infiltrée en lui comme une identité meurtrie. Le soleil tombait en rais sur sa couverture de lin blanc, moment de scintillement, mais le cri de ses enfants, de leurs amis, jouant dans la cour le ramenait au bonheur. Du haut de la fenêtre intérieure s'ouvrant sur al dar, ce père affectueux les observait tout en comptant les bourgeons pourpres de ses rosiers.

Al dar enchantait de ses bassins et son schéma, extrait d'un art de vivre, étonnait. Un espace surélevé, l'iwan, ouvert d'un seul côté sur elle, offrait ombre et fraîcheur le jour. Accessible par deux marches, cerné par le salon d'été rafraichi par des fontaines d'un côté, celui d'hiver regardant le sud, de l'autre, cet espace ressemblait à un théâtre, sans rideaux, offrant un lieu idéal pour s'exprimer et se faire entendre des autres.

Ce matin-là, beaucoup d'enfants se retrouvaient curieux d'un lendemain de fête. Des petites filles jouaient à la marelle tout en suivant les pierres roses et blanches du carrelage. Des garçons se disputaient leurs billes quand d'autres observaient ce qui se passait sur l'Iwan. Ce hasard du quotidien écrivait une page lumineuse de Damas : dans des jeux innocents ces tout jeunes traçaient leur chemin d'avenir.

Sur l'estrade du théâtre imaginaire, l'iwan, Elias Codsi, dix ans, semblait plein de puissance, son autorité s'imposant malgré un physique menu. Une chevelure drue lui couvrait le front mais les yeux perçants semblaient distiller toute chose. Se voulant parfois moraliste sur un ton faussement autoritaire, il se plaisait surtout à mimer des démarches d'animaux, privilégiant le rôle du roi lion, sa crinière lui servant de parure. Poussant des cris étranges se voulant rugissement, mugissement ou autres, il impressionnait les enfants assis en tailleur à l'observer.

Toujours sur l'iwan, deux autres garçons assis sur un divan bas attendaient. Le plus âgé, sept ans à peine, voulait raconter une histoire. Après un moment d'appréhension, il dit ses mots d'enfance attirant les petites filles qui vinrent l'écouter. Beau mais effacé, il s'illuminait en racontant. Etonnement, chaque jour, ce petit conteur disait une histoire neuve mais répétait le même geste, celui de dépoussiérer son pantalon d'une impeccable propreté avant de prendre la parole. Noman Kassatly faisait une précoce démonstration de son futur talent.

Le plus jeune de tous avait six ans, un corps svelte et une allure déjà raffinée. Ses yeux ombrés de vert surprenaient mais l'enfant serein, semblait contenir une intensité d'être qu'il fallait préserver. Avançant au milieu de l'iwan, il essaya une révérence, mima le voleur fuyant, le gendarme et sa caquette, puis s'applaudit avec ravissement. Selim Anhoury heureux de sa performance alla poser un baiser sur la joue d'une des petites et décida de traverser seul la rue pour rentrer chez lui. Quand l'une des domestiques l'en empêcha, il pleura.

Cet été de 1860, balayé par un précoce automne, noya ses souvenirs. Les feuilles glissèrent lentement dans les flaques de pluie, le Barada sortit de son lit, une purification par l'eau suivie d'un long silence. Lentement, l'obsession de la mort fut effacée par la vie. Etrange, pourtant, de ne pas sentir le temps qui passe, l'instant qui réduit l'heure, le matin précédant le soir, les saisons défilant dans les rameaux des arbres. Les enfants grandissaient, la fille de joie demeurait éternellement jeune, les uns et les autres, dans l'esprit ou le corps, attendaient une vie nouvelle, une renaissance, Al Nahda, dans leur arabe natal.

AL NAHDA

Les années passèrent, des images de vie surgissaient par cassures ou par bribes, devenant parfois cohérentes, modulées. Après le sang, un schéma défini devait accompagner la croissance, le désir d'exister encore. Les enfants qui jouaient dans al dar avaient grandi pour devenir des hommes, atteindre l'âge de croire à l'infini. Avec leurs frères, leurs sœurs, leurs amis, ils allèrent tous dans des écoles religieuses ou missionnaires pour apprendre la culture occidentale. Des connaissances de littérature, de philosophie, de sciences expérimentales, de politique permirent une ouverture de l'esprit pour prédire l'Histoire. Ces écoles pourtant controversées réunissaient des juifs, des chrétiens, des musulmans. Enfin, là ou ailleurs, la culture arabe enrichie de cette respiration, allait s'acheminer vers une véritable renaissance connue sous le nom « Al Nahda », portée par les intellectuels chrétiens et musulmans du monde arabe.

Damas s'enorgueillit de cette génération émergente, en quête de lumières, ignorant qu'elle tomberait vite dans le piège de la répression ottomane. L'Empire se mourait lentement crachant le sang et la violence, étouffant toujours la pensée et la créativité. L'étau se refermait sur la ville où seuls les journaux officiels tendancieux étaient permis. Certains intellectuels allèrent alors vers d'autres capitales arabes, le Caire ou Beyrouth, des villes plus ouvertes, afin d'y exprimer une voix de leur terre d'origine, une pensée neuve pour quitter la vie morte.

Les enfants qui jadis jouaient dans Al dar, devenus des hommes de courage, décidèrent de s'extraire de cette vie morte. Ils rebâtirent les ruines, pour le meilleur et le pire et demeurèrent de vrais amis. Elias Codsi imposait de sa présence, son sérieux et sa maturité marquant son visage d'autorité. Avec l'âge, ses cheveux drus entremêlés de rainures grises adoucissaient parfois les yeux sombres mais demeuraient une crinière. L'enfant d'hier mimant le roi lion sur l'iwan traduisit en arabe dialectal les Fables de La Fontaine. Inspiré toujours par la culture française, il écrivit un ouvrage de nouvelles fables de sa propre composition. Brillant parcours social et littéraire, formidable passion de la vie pour un éternel jeune au grand cœur.

Noman Kassatly, distingué, introverti, solitaire, n'écrivait que la nuit qui était sa compagne. Son regard intense, vigilant, pouvait s'adoucir dans un échange ou une compassion. Insaisissable, timide mais observateur scrupuleux, il fixait le monde en quête du mystère, des visages sans visage, du doute, des interrogations. Ses propres mots l'aidaient à sortir de son inquiétude, de son confinement pour écrire des nouvelles, des satires sociales des villes, des villages, des tribus errantes. Cet éternel voyageur savait agrandir les êtres et les lieux.

Selim Anhoury refusait toute opacité depuis le temps de l'école où il fut un élève rebelle et brillant chez « Les Pères du Patriarcat grec-catholique ». Son désir d'abattre les fausses idoles, pour une émancipation d'un soi, le porta, en premier lieu vers le théâtre. Lors des représentations de fin d'année dans les écoles, il s'affirma et traduisit, en vers, une pièce de théâtre « Achille » et la mit en scène, une représentation timide et peu élaborée. Victime d'une situation paradoxale entre liberté et contrôle de l'état, il fonda pourtant une revue « le miroir des vertus » une première littéraire. Hélas, les autorités suspendirent la revue et l'accusé fut enfin acquitté lors d'un hâtif procès. Plus tard, il rejoignit le Caire pour lancer un journal « Le miroir de l'Orient » demeurant toujours dans une quête de liberté.

Le siècle bascula enfin emportant ses tâches de brume. Les souvenirs s'effaçaient les uns après les autres, d'autres images surgissaient, des stimulations, des métamorphoses. Le fleuve continuait son lent mouvement quand un évènement inattendu précipita les choses, bouleversa Damas, une ville pourtant riche d'une tradition sociale, celle du conteur, des ombres chinoises, du pitre. Les Pères Lazaristes accueillaient dans leur école de Bab Touma, une troupe française pour jouer le Cid de Corneille : le son, la voix, l'entrée en scène, les costumes, le suspens, le rideau qui se lève, retombe, la musique de violon entre les actes, tout émerveilla l'assistance. Cette représentation, la première, laissa une impression de splendeur et fut le coup d'envoi pour une autre renaissance. Le théâtre répondait à une continuité et à une modernité et bientôt fut inaugurée une première salle fondée par un chrétien, Iskandar Farah et un musulman Abou Khalil Al Kabbani, belle rencontre pour créer un art nouveau. Entre enthousiasme et liesse populaire, le Théâtre de l'Union fut fondé par deux chrétiens Jean Anhouri et son ami Georges Mirza. Pour l'ouverture, les damascènes se bousculaient aux portes pour assister à « Les Misérables » de Victor Hugo. Ils en repartaient heureux, sûrs que la vie s'élargissait. De nombreuses autres pièces furent alors traduites en arabe pour atteindre un public plus large. La plupart des acteurs, chrétiens ou arméniens, simples amateurs, excellaient dans le désir d'exprimer une passion, un regard vers l'autre et l'ailleurs, l'Occident. Hélas, le premier théâtre fut incendié, le second fermé, les ulémas et les fanatiques trouvant le mouvement théâtral immoral….

Pourtant le renouveau demeurait la vraie promesse, l'appel du monde, l'élan vers la connaissance. Nul ne pouvait arrêter une tornade de lumières. Les bibliothèques missionnaires, celles des évêchés, des églises coraniques, de la Mosquée des Omeyades ouvraient leurs livres, leurs pages d'encre et de mystères. Leur calligraphie créait le beau et le vrai. Euphorie de lecture, désir de conquérir après la souffrance et recréer le temps perdu. Bientôt, les premières imprimeries parurent, la plus importante, celle du Patriarcat grec-orthodoxe, lança la revue « Al Nehmet », La Grâce, donnant une réplique acerbe à « Al Hakaek », Les Vérités, de tendance islamique. « Al Arouss » exprimait l'horizon restreint de la femme en Orient.

D'autres revues, d'autres livres, mais le sentiment lancinant d'être au bord d'un gouffre pesait. Pourtant, les intellectuels de Damas porteurs d'une double culture, la plupart étant francophones, usaient de la langue arabe dans leurs écrits, une liberté, une identité face à un empire moribond qui parlait le turc. Elias Codsi, Selim Anhoury, Farés Khoury, ainsi que d'autres chrétiens s'allièrent à de nombreux musulmans, sous la présidence de Mohammed Kurd Ali, pour fonder « l'Assemblée de la Langue Arabe ».

Tous ces lettrés, de religions différentes, se retrouvaient le soir au bord du Barada dans des cafés pittoresques. Fraicheur d'eau, notes de flûte, mots éternels pour une Renaissance, celle du monde des Arabes. Oubliant pour un temps les brimades des Ottomans, ils s'aimaient et aimaient l'avenir. Hélas, la peur les dispersa au Caire, à Paris, à Rome quand Damas s'asphyxia de plus en plus. Là, ultime violence d'un empire ottoman qui agonisait, nombreux intellectuels et nationalistes y furent pendus en 1916.

L'Empire ne finissait plus de mourir, ses soubresauts de violence écrivaient dans le sang ses déclins. « Al Nahda », entrait dans l'Histoire, renaissance culturelle mais aussi politique avec ses précurseurs chrétiens, ses lettrés musulmans. Posant les bases d'un nationalisme arabe laïc, plus fort que les différences religieuses, son identité puisait dans des coutumes, des traditions et une langue en commun, son espace géographique allant de l'Atlantique au golfe arabo-persique. Cette terre de haute spiritualité, berceau de toutes les religions monothéistes, devait émerger de sa nuit ottomane pour devenir un état arabe, laïc et uni. L'idée et l'idéal, inscrits dans une littérature colorée, souffraient d'une nostalgie, celle de la splendeur de l'empire des Omeyades. Ce rêve géopolitique porté par le génie de certains chrétiens dès une première liberté de l'Histoire se distinguait d'un Islam prônant sa vocation universelle portée par le califat ottoman. Al Nahda, dans une portée bien souvent romantique retarda d'un siècle l'émergence de l'Oumma Islamique.

Damas se réfugiait à l'ombre de ses jardins et le poète la nomma tournesol, une fleur portée vers la lumière, s'ouvrant aux rais du soleil. Elle avait appris du Caire l'orgueil du savoir, de Beyrouth la liberté de penser, gardant le sentiment intense d'exister quand la vie déclinait. Dans un patio de la Rue Droite, un étranger de passage la compara au ver à soie tissant ses fils pour devenir papillon et s'envoler. Demeurant la plus ancienne ville du monde, elle scrutait l'avenir sachant que le XXème siècle recomposait la terre et les mers et devinait que le ciel tombait sur l'empire. Ville d'intuition et d'espérance, elle défiait aux portes du désert par ses verdures, la beauté de ses arbres.

LES ARBRES DU PARADIS

Un poète avait écrit que les arbres de Damas ressemblaient à ceux du paradis. La splendeur du printemps étonnait au bord du désert, les jardins de la Ghouta éclatant de blancheur. La douceur des soirs attirait les promeneurs, des hommes, des femmes, des enfants qui cueillaient des branches fleuries. Une nonchalance de fin de jour comme si rien ne pouvait finir, rien ne laisserait tomber la nuit quand un homme âgé, livré à ses pensées erra entre les arbres, ces jardins boisés lui étant familiers. Ce passant n'observait pas les gens mais essayait de rester seul, son air studieux ou peut-être monacal le marquant de gravité. Le crâne chauve, la moustache épaisse ajoutait une austérité à son air sérieux. Il s'assit enfin à même le sol et pensa à sa vie.

Georges Bitar ne pouvait oublier le temps où il devint autre touchant de sa paume les troncs de ces mêmes arbres. On aurait dit un moment de suspens et lui, si jeune alors, qui cherchait une voie entre méditations et errances. Ce temps lointain s'était dissout mais il se souvenait toujours du sentiment de renaître dans un nouvel être quand sa peau, dans ces mêmes jardins, respira de chaque pore l'odeur des arbres. Dans le patio de son enfance, les cédratiers le fascinaient toujours et il avait saisi la vie de la nature dans la sève, la rugosité des troncs. Quand les garçons de son âge jouaient aux billes dans les ruelles du quartier, adolescent timide et introverti, il s'amusait à découper du bois en petits cubes pour les recoller en formes étranges. Ce sentiment de créer le rassurait, le comblait.

Georges se rappela ses parents, une famille de vétérinaire pieuse et morale. Il avait fréquenté l'école jusqu'à l'âge de seize ans puis travaillé chez un scribe pour apprendre plus. Elevé dans une générosité de cœur, le petit garçon qu'il était se privait souvent de sa galette au thym pour donner aux pauvres ses sous les disant frères de Jésus. Son premier travail correspondait à ses goûts, fier de scier le bois comme saint Joseph, le père nourricier de Christ, et son talent surprenait. Se plaisant dans la fréquentation des prêtres, la vocation religieuse l'attirait, se revoyant dans la Rue Droite pour rejoindre le couvent des Pères Franciscains, très lié avec le Père Cramello, le supérieur. Fier de la confiance qu'on mettait en lui, il restaurait pour lui la sacristie et taillait une porte de baptistère, ne sachant pas encore qu'un art nouveau allait naître sous ses doigts. Dans la réverbération du soleil dans les flaques d'eau du patio, il imaginait des couleurs, des formes géométriques et l'odeur du bois restait dans ses narines. Quand des enfants venaient autour de lui regarder son travail, il leur souriait leur prêtant ses outils.

C'était toujours à l'heure du soir qu'en rêveur, il quittait tôt son travail du bois pour se promener dans les jardins de la Ghouta allant d'un arbre à l'autre. Touchant les écorces du creux de sa main, le cerisier, l'abricotier, le noyer, l'olivier, ses narines humaient la sève des troncs, une respiration pour sa nuit. Son songe éveillé et ses vrais rêves se confondaient : des stries imaginaires de bois clair ou foncé, de planches lisses ou rugueuses se trouvaient des noms poétiques inventés par lui. Souvent, il s'attardait, les derniers rayons du soleil filtraient entre les arbres, les oiseaux allaient se cacher et lui aimait le parfum du paysage.

Le vieillard se plaisait à repenser à ses moments perdus où la vocation religieuse l'appelait avec insistance, ne sachant pas encore que deux femmes allaient changer son destin, dans des temps espacés. Tout allait les séparer, leur regard et leur corps, leur désir et leurs mots, leur pureté, leur attente, leur imaginaire, mais elles auraient probablement le même âge, l'âge des commencements, dix-sept ans. Surgissant de chemins épars, des années les séparant, l'une en météore, l'autre pour durer, elles allaient incarner un rêve et une réalité.

Toujours entre les arbres, le solitaire méditait, sa piété le portant à prier partout admirant les branches. Le passé revenait dans un grand calme, dans la lumière qui baissait et il se souvint d'une femme dansant entre les ombres. Tournant sur elle-même, les bras ouverts, allant d'un arbre à l'autre, ses pieds touchaient à peine le sol mais il y avait un abandon du corps, un élan vers le ciel, une jouissance, une douceur et le rêveur en lui eut le sentiment qu'elle avait quelque chose à dire même de loin, même évanouie dans le soir. La femme dansait toujours mais se rapprochait puis s'assit près de lui par terre, éblouissante, fragile, aérienne. Elle lui dit s'appeler Magdala, une fille de joie de la Rue Droite qui aimait les hommes et les arbres.

Magdala était une première vision du bonheur charnel mais la femme saisit sa pureté, devinant qu'il avait le même âge qu'elle mais était si préservé quand sa vie était gâchée. La nuit tombait, la fraîcheur avec, mais la fille de joie se remit à danser, à s'éloigner puis revint le frôler du bout de ses doigts lui disant qu'une couronne d'étoiles tombait sur son front. Elle disparut enfin dans les verdures, retrouvant le chemin de sa vie. Moment romanesque ou romantique mais il n'allait jamais plus la revoir gardant pour lui ses belles paroles.

Le vieillard sentit la fraicheur du soir mais le film de sa vie lui revenait sans vouloir l'interrompre. Après l'innocence des commencements, vint un moment de grâce quand son génie avait surgi en étincelle pour créer la mosaïque de Damas, une technique de placage, d'incrustation. Toujours du bout de ses doigts et du fond de ses rêves, il avait imaginé des dessins élaborés, des fragments de couleurs. Usant du noyer sombre pour la structure des meubles, il enjoliva ses créations d'un bois de couleurs aux veines différentes : citronnier doré, bois de rose, palissandre, érable clair, acajou d'Afrique. Sa palette luminescente suivait une rigueur de symétrie, la nacre ajoutant à l'œuvre la brillance. Eblouissant Damas, il était entré dans l'Histoire, reconnu malgré sa modestie comme le plus grand ébéniste d'une renaissance qui s'affirmait, ses chefs-d'œuvre marquant la renommée de la ville. Esthétique nouvelle, art élaboré pour fonder alors une école de mosaïque et transmettre son savoir.

La nuit tombait sur la ville, sur les arbres, une couleur de l'absence mais l'heure portait toujours aux souvenirs. L'homme se revit traversant la Rue Droite pour aller assister à la messe, quand le rire d'une passante l'avait fait se retourner. Comme lui, elle se dirigeait vers l'église pour prier. Une silhouette menue, un parfum qui trainait dans l'air tiède, un profil oriental, une timidité du regard comme si elle pouvait disparaitre. Il lui fallait la retenir, dévoré d'un sentiment nouveau, plus tourmenté qu'une piété religieuse, oublier ses quarante ans, sa notoriété, apprendre à attendre. Ayant renoncé à la vie monacale, il avait imaginé que cette jeune fille était sortie des coulisses de la ville pour le séduire et l'entourer de ses bras. Elle n'avait que dix-sept ans, l'âge de Magdala dansant pour lui, mais s'appelait Marie, le prénom de la pureté. Mariage heureux malgré l'écart d'âge, et dans une photo en noir et blanc, gardée toujours dans sa poche, il avait posé avec sa femme bien-aimée et ses dix enfants, les grands tenant les petits par la main.

Les yeux du vieillard brillèrent de nouveau en pensant à sa conquête du monde, ayant voyagé vers des pays inconnus. Ses doigts avaient vieilli mais son art s'était imposé. Il se revit découvrant des empires, le succès l'ayant suivi à chaque halte, sa couronne d'étoiles. À Vienne, il avait exposé ses premiers meubles, à Paris, l'iconostase de l'église de Saint Julien le Pauvre lui avait porté triomphe, le Caire avait apprécié ses créations. À Istanbul, ayant accosté sur la rive orientale, il devait atteindre le palais du Sultan Abdul Hamid, air humide du Bosphore, scintillement d'immensité entre l'Europe et l'Asie, chute du soleil sur l'eau et succès infini. L'ameublement des palais avait plu au dieu et aux grands et lui avait valu la médaille ottomane de « Perfection dans l'Art ». Enfin l'itinéraire pour le vrai chrétien ne pouvait que mener au Vatican pour offrir à Sa Sainteté le Pape Pie X une armoire en mosaïque et obtenir la Bénédiction Papale. Vertige de voyages, de rencontres, d'idées neuves mais retour à Damas pour humer encore les arbres de l'enfance, ces mêmes arbres qu'il caressait. La boucle se refermait, l'art bouleversait les autres, la piété marquait la vie en soi.

L'homme abandonna les jardins et rentra chez lui. Peut-être allait-il mourir à l'âge de cent ans ou plus tôt, ou plus tard, laissant son nom écrit en étoiles de nacre sur les mosaïques aux parfums de bois. Damas, la ville de son inspiration se souviendrait aussi d'un autre visage de lui, d'un Georges Bitar qui vécut surtout pour aider les démunis, le pauvre à nourrir, le malade à consoler, le prisonnier à secourir. Sa compassion lui avait valu dans la mémoire des chrétiens le surnom de « Saint Vincent de Paul de Damas ». Ses amis, sa famille, ses alliés ne purent jamais l'oublier et un dossier pour sa canonisation avait été déposé auprès du Vatican. Le temps qui passait ou revenait pouvait porter, peut-être, un saint de plus dans l'histoire d'une ville au moment où un art nouveau dotait la Renaissance de sa première splendeur.

Les arbres se refermaient sur les murs de Damas. La fille de joie ouvrait la porte de sa maison close, elle imitait toujours les gestes de l'émerveillement, abordait les hommes dans un décor de soie souvent fanée, les entrainait dans le plaisir. Parfois, elle doutait de tout et de rien sans jamais s'attarder dans un questionnement stérile. Magdala continuait à aimer les autres sans innocence mais avec précaution et douceur tout au long des saisons. Parfois, aux heures de l'hiver, elle ressentait une tristesse quand regardant le feu s'éteindre dans son brasero, une nostalgie de rien, incompréhensible, tant que tout était neuf et vieux dans sa vie.

Les arbres perdaient leurs feuilles, Georges Bitar

vieillissait. Damas entrait dans la nuit de sa torpeur sensuelle, la Renaissance portait ses élus, Magdala et les autres voyaient la fin du monde ou d'un monde. L'hiver dénudait les arbres, la nature évoquait la mort, une mort qui creusait la tombe de l'Empire.

LA TOMBE

À l'entrée de l'Asie, en ce mois de novembre, une rencontre entre deux monarques, l'un sédentaire, l'autre tenté par le Voyage en Orient, noua des alliances, l'impérialisme étant de mode, la politique mêlant l'intérêt à l'Humain. Guillaume II, roi de Prusse et empereur d'Allemagne quittait ses brumes natales pour rencontrer le sultan ottoman Abdülhamid II, calife et commandeur des croyants, gardien des lieux saints de La Mecque et Médine.

L'empereur chrétien Guillaume II avait pris la mer sur le yacht impérial Hohenzollern. Le périple, peu classique, évitait les lieux mythiques de l'Egypte mais, comme dans n'importe quel drame de l'époque, trois actes suffisaient pour nouer et dénouer l'intrigue d'un déplacement, trois villes marquèrent le parcours impérial, Constantinople, Jérusalem, Damas. Le décor de la première étant le plus beau, les murs de la seconde les plus sacrés, le cœur de la dernière, la plus modeste de toutes, fut seul l'heureux porteur de la symbolique du voyage : là, le Kaiser fit une déclaration d'amitié à l'Islam, un grandiose message inattendu et déconcertant.

À Constantinople ou Istanbul, le scintillement du Bosphore éclipsa la gloire des deux souverains se rencontrant aux portes de marbre blanc des palais des sultans. Silence d'une ville de vingt races, d'un million d'habitants, déception de ceux qui rêvaient de fastes pour la foule, le soleil brûlait l'eau, il fut le plus beau spectacle.

À Jérusalem, nulle entrée qui pouvait rappeler celle de Jésus sous des arcs de palmes, le discours sur les marches de l'autel sembla pénible, peut-être triste, le tombeau du Christ toujours vide. Il aurait fallu choisir entre la grandeur ou la modestie, l'éloquence ou le mutisme, essayer en tout cas l'extrême, mais le rôle dépassa le personnage. La population ne se pressa pas au passage de l'empereur et de sa jeune épouse, Jérusalem fut sans sacre ni triomphe. Seules les moustaches du Kaiser regardaient le ciel.

Enfin, Damas attendait l'impériale personnalité. Une foule bigarrée scandait des mots de bienvenue : les caravaniers kurdes et Tcherkesses, les juifs sortis de leur quartier, les bédouins élancés et bruns, les Turcs orgueilleux et dominateurs, les prélats d'église en habit noir, les ulémas enturbannés de blanc, les hommes au caftan de grands jours, les femmes musulmanes voilées, les chrétiennes au regard agrandi de kohol, une vraie foule acclamait Guillaume II. La ville avait doublé en nombre. Accueil gigantesque contrastant avec l'indifférence, la froideur d'autres lieux et la beauté de Damas renaissant la nuit dans l'illumination savante de tous ses monuments.

Ce triomphe, une anomalie dans l'itinéraire du couple allemand, n'eut rien de spontané. Ordonné par Nazim Pacha, le gouverneur ottoman de Damas, pour servir sa carrière d'ambitieux, les cris de joie avaient été enseignés à la prière du vendredi, la foule énorme, conciliante, hurlante maintenue à coups de fouets par la soldatesque turque. Les muezzins réputés pour leur voix psalmodiaient des prières, les pavillons des deux empires flottant partout. Toutes les devantures des souks, repeintes par leur propriétaire pour éviter l'amende reluisaient d'un vernis neuf. Pour séduire encore, Nazim Pacha trouvant le cours du Barada peu abondant, après un été de sècheresse, priva d'eau quelque quartier pour que le fleuve puisse couler généreusement près de l'important convoi. Les damascènes chrétiens se pressaient sur le passage du cortège, n'ayant jamais vu un empereur, et de plus, un protestant, porteur peut-être d'une promesse pour eux.

On ne sait si, dans la mémoire de Damas, le couple impérial put se mêler au paysage de l'Orient quand visitant la grande mosquée des Omeyades, les palais des notables, mais quel triomphe pour l'empereur qui gardait toujours son air guindé, variant ses effets comme ses uniformes. Le séjour débuta par le défilé des troupes, le kaiser arrivant au petit galop vêtu d'un burnous blanc rayé d'or, coiffé d'un casque à pointe d'or. Quelque quarante personnes formaient sa suite. Malgré son indifférence au charme de l'oasis, aux verdures rousses de l'automne, l'hôte se plaignit de la chaleur d'un mois de novembre frais pour les damascènes. Le seul moment qui humanisa un couple en éternelle représentation fut quand le burnous de l'époux s'ouvrit et que l'impératrice Augusta Victoria remit l'agrafe dans un geste protecteur et tendre. Furtive émotion pour les badauds non habitués au geste public des femmes. Les chrétiens de Damas en furent touchés.

Il restait à l'empereur à jouer le dernier acte de son voyage, proposer une idée ou un dénouement, ultime chance pour réussir après les échecs précédents. Guillaume II, arrivé à Jérusalem en monarque protestant, essaya son rôle de protecteur de la religion catholique. N'ayant pu être convaincant, il lui fallait un rebondissement musulman.

Le discours de Damas dessinait des entrelacs d'avenir. Le Kaiser voulait affermir son amitié avec le Turc. En flattant sa puissance politique, l'Allemand songeait aux sept cent mille soldats de l'empire qui seraient les alliés de son pays en temps de guerre. Mercantile de nature, il rêvait du marché offert par les trente millions de sujets du sultan. Hélas, son discours fit frémir les chrétiens quand il flatta la foi religieuse d'Abdülhamid II présentant ses hommages et ses vœux aux trois cents millions de musulmans qui peuplaient le monde, encourageant le panislamique qui, si mis en pratique, pouvait devenir un danger à la civilisation chrétienne. Ultime stupeur des chrétiens quand le protestant, toujours dans des gestes imposants, lourds parfois, un verbe magnifiant toute chose, fit déposer une couronne sur la tombe de Saladin, lui attribuant les plus belles qualités humaines, de héros magnanime, de guerrier téméraire qui put chasser les Croisés de Jérusalem.

Liesse des musulmans et hébétude des chrétiens. Dans la Rue Droite, l'on priait dans les églises croyant à un nouveau carnage qui n'arriva pas. Et pourtant, la tombe de Saladin portait sa couronne chrétienne mais demeurait silencieuse. La mort ne parle pas mais lit l'avenir dans les entrailles du monde. Dans la putréfaction et la boue elle déchiffra la fin de l'Empire.

Les bazars de Damas grouillèrent de mille hommes, le temps allait vers l'hiver, le Kaiser repartit et son voyage entra dans l'Histoire en peinture, en littérature, avant de mener à la catastrophe. Les Ottomans, ravis de leur nouvel allié, ne savaient pas encore que ce geste d'empereur si rassurant creusait leur tombe. Sa flatterie politique, son amitié offerte au sultan rassemblèrent deux monarques, deux caricatures de l'Histoire, le Turc appelé déjà le Sultan Rouge ou le Saigneur, ayant ordonné le massacre des Arméniens et l'autre, l'Européen, dont le nom allait être bientôt associé à la Première Guerre Mondiale. Dans cette rencontre, tout semblait faussement prémonitoire : le succès et la puissance agrandissant l'avenir ne cachaient que le malheur. Plus tard, sur la même lancée, l'empire des Ottomans s'engagea dans la Grande Guerre de 1914 auprès de l'Allemagne pour être écartelé, morcelé et enfin mourir. Guillaume II, vaincu, abdiqua et s'exila.

Les chrétiens de Damas parmi tant d'autres lettrés attendaient la fin de quatre siècles de servitude. Adorateurs de liberté, conscients de l'éveil du nationalisme arabe porté par la Renaissance Al Nahda, ils savaient que, dans les coulisses de l'Histoire, se tramait une géographie nouvelle encore indécise. Pour eux, l'avenir venait de l'Ouest, de l'Europe chrétienne même si la France prônait sa laïcité. Entre attente et espérance, les intellectuels se penchaient avec anxiété sur la carte de l'empire accrochée sur les murs de leur école ottomane ou missionnaire, dans leur bibliothèque aux manuscrits enluminés, ignorant encore que le partage du monde était déjà rêvé, tracé, établi, des accords secrets ayant changé la donne.

Durant ce que l'Histoire appela la Grande Guerre, un acharnement pour affaiblir l'empire ottoman mena à sa chute. L'Angleterre poussa les tribus d'Arabie à s'unir, redécouvrir une identité commune pour se soulever contre le joug des Turcs. Cette idée d'arabité trouvait un terreau fécond chez les chrétiens. Pour mener cette révolte, Mac-Mahon promit au

Chérif Fayçal de la Mecque un royaume, un état arabe unifié dont il serait roi. L'appel, au nom du Jihad, fut lancé en 1916. Un jeune Anglais, connu sous le nom mythique de Lawrence d'Arabie, aida ces tribus à déclencher cette révolte. A force d'or et de promesses, parvenant enfin à réunir ces nomades, les sortant de leur errance, il finit par être séduit par eux et les aima. Le désert devint une nouvelle patrie pour lui. Déçu par ses maîtres de Londres, traumatisé par leurs mensonges, il écrivit un brillant texte « les Sept Piliers de la sagesse ». Cette révolte politique, une épopée des sables, fut magnifiée quelque cinquante ans plus tard dans un film qui fit le tour du monde, Lawrence d'Arabie, avec Peter O' Toole.

Le Turc agonisait toujours quand les intellectuels créaient des partis secrets ignorant que les dés appartenaient aux autres. 1916 annonçait déjà les revers et l'amertume de la guerre quand, dans un ultime signe de violence, Jamal Pacha, surnommé le sanguinaire, envoyé par le sultan pour rétablir un ordre illusoire interpellait, torturait, exécutait, pendait. La prison damascène de Khan Bacha devint le lieu des plus affreux supplices, le sang des détenus écrivant en rouge la fin de l'empire. Le démembrement de « L'Homme malade » comme l'appelait Nicolas Ier, le tsar de toutes les Russies, se concrétisait en secret. Les Français et les Anglais l'avaient dépecé de son vivant, leurs négociateurs Sir Mark Sykes et François Georges Picot s'étant partagé les provinces arabes des Sultans depuis 1916. La guerre couvrait les jeux et les ambitions.

Tout en essayant de se libérer de l'étouffement ottoman, le monde arabe s'éveillait, ignorant qu'une nouvelle tombe s'ouvrait pour lui, dans la mêlée de sang et de chaos de cette même guerre. Le 2 novembre 1917, l'Angleterre par la déclaration de Lord Balfour avait promis aux sionistes la constitution d'un foyer national en Palestine. Processus d'espoir pour ceux qui croyaient à la « Terre Promise », pour les Arabes une guerre interminable s'ouvrait avec ses défaites et ses injustices. Plus tard, suite aux atrocités de l'holocauste durant la Seconde guerre mondiale, ils verraient impuissants la création de l'état d'Israël en 1948, la plaie devenant béante, une hémorragie, une tombe.

L'empire ottoman capitula le 30 octobre 1918. Le Turc, dépecé de son vivant gisait pour toujours. Sa mort engendrait des résurrections.

Cette nuit-là, Damas ne dormit pas. Le vent ne tomba pas soufflant dans les peupliers des arbres. Sur le Barada, des cafés juchés sur des ponts de bois réunissaient chrétiens et musulmans. Leurs bonnes relations éclataient dans une liesse générale, une illusion de bonheur, car tous croyaient en un même idéal, la liberté et l'unité arabe. Plus loin, des cris de joie de la foule, place Mergeh, signifiaient la chute d'un monde. L'avenir choisirait des qualificatifs à ce moment de l'Histoire, illusion, éveil, ou nouveau sommeil.

Dans la Rue Droite, ses alentours, les lettrés chrétiens traduisaient, écrivaient et certains appartenaient à « L'Assemblée de la Langue Arabe », se voulant actifs auprès de leurs confrères musulmans. Etonnement, la plupart portaient un prénom arabe et non celui d'un saint, Selim Anhoury, Murshed Khater, Farés Khoury, Elias Codsi étant l'exception. Ces habitants de la Rue Droite au quartier bien étendu en ce début du XXème siècle, parlaient un excellent français appris dans les écoles missionnaires, faisaient des études supérieures en France. Convaincus de leur arabité, leur double culture les portait vers l'altérité. Poser un pont entre l'Orient et l'Occident, apparaître dans le monde politique devenaient nécessité et aboutissement pour eux. Tous espéraient quand tomba l'empire.

L'Angleterre tint une brève promesse et le Chérif Fayçal de la Mecque ayant mené sa révolte arabe avec bravoure devint roi de Syrie. Héritier d'une dynastie régnante, une dignité souveraine émanait de lui. Excellent diplomate, bienveillant, calme, son physique frêle et distingué séduisait. Il incarnait surtout un drapeau et autour de lui croissait un embryon, la naissance d'un sens national. Son ministre de la justice Iskandar Ammoun étant chrétien, ainsi que Farès Khoury, le ministre des Finances, la joie éclata dans la Rue Droite pour une sensation neuve, un prétendu succès.

Le jeu sera très court, l'euphorie brève, car, dans le partage du Vieil Empire, la Syrie devait appartenir à la France. L'Angleterre oublia ses engagements. L'aventure chérifienne n'aurait duré que deux ans, le roi fut démis, ses troupes battues au Khan de Messaloun par les armées françaises. Le 25 juillet 1920, la Syrie tombait sous Mandat français :

Damas fut chantée par les poètes, oasis ou paradis, son eau froissée se distinguait de la couleur du ciel, l'onde du Barada coulait près de ses monuments, ses mosquées, ses églises, ses écoles, ses bibliothèques. La ville en croissance, sortie de ses anciens remparts, comptait quelque 300.000 habitants. Le jasmin enluminait ses patios, sa rose aux essences rares parfumait les orientales. Comme un échanson du désert, elle offrait sa source à ceux qui avaient soif.

La soif ! La soif tenaillait les troupes françaises dans l'attente d'entrer dans ses jardins. Venant de Baalbeck, sous le commandement de Goybet, elles se faufilaient à l'entrée d'un col escarpé et partout l'aridité de montagnes rocheuses, d'espaces grillés. Progression épuisante, chaleur torride de ce mois de juillet mais elles devaient atteindre Khan Messaloun. Là, les armées chérifiennes les attendaient commandées par le ministre de la guerre, Samy bey Youssef, un homme intelligent, ambitieux et d'un grand courage. Face à face étonnant, les uns privés d'eau s'ingéniant d'atteindre les autres, postés dans les sources et les verdures. Il fallait aussi attendre que l'armistice soit rompu, le chérif roi avouant refuser les conditions françaises pour que les troupes tenaillées de soif puissent ouvrir le feu et boire.

Impatience et nouvelles alarmantes, des ombres noires rodaient à Damas, l'anarchie régnant déjà, les prisonniers évadés de la Citadelle pillant la ville. Sur les ruines d'un empire, une nouvelle méprise de l'Histoire brouillait les évènements, des fanatiques associant les chrétiens aux envahisseurs prirent d'assaut leurs quartiers. Le carnage fut évité de justesse, grâce à l'intervention énergique du gouverneur musulman, Noury pacha, un acte de tolérance de l'Islam.

Enfin, la bataille eut lieu, entre Français et Syriens, à l'heure de l'aube. Nul ne put regarder les couleurs du jour sur les terres brunes, le combat faisant rage. Il dura huit heures. Samy Bey tué à son poste par un éclat d'obus fut enterré avec les honneurs, pour reconnaitre sa grandeur et sa bravoure. Etonnement des Français qui, à la tombée de la bataille, découvrirent que tout l'équipement syrien provenait de chez les Allemands. Qu'importait enfin ce détail après la victoire, la guerre avait fait ses choix. Les hommes purent enfin boire à la source, se laver le visage, écouter un cri d'oiseau.

Les troupes françaises firent une entrée solennelle à Damas, ville ouverte qui n'opposa aucune résistance. La musique ouvrait la marche, l'immense drapeau français déployé annonçait déjà les couleurs d'un autre. Le général Goybet, son état-major à cheval, s'avançait voulant impressionner ou séduire : rues presque vides, rares badauds, musulmans inquiets, chrétiens mieux rassurés mais nulle effusion en ce jour-là. Des équipements militaires détruits trainaient partout, symbole d'une armée perdue. La suite semblait à venir.

Elle vint quelques jours plus tard. Le 6 août, les cavaliers d'une tribu du désert, les Rouallah, sillonnèrent Damas, brandissant d'immenses drapeaux français. Parcourant la ville au galop, poussant des cris de reconnaissance, criés par eux dans la solitude des sables, pour fuir la soif et la mort, ils déployaient du haut de leur monture les couleurs de l'envahisseur, une danse des vents. Le silence précéda la nuit, l'attente dura la longue nuit.

Le lendemain, le haut-commissaire François Georges-Picot arriva par le train à la gare du Hedjaz. Sa tenue blanche le distinguait dans un monde toujours bariolé. Traversant la ville à cheval, suivi d'un imposant cortège, il se rendit au palais royal du chérif Fayçal, un lieu qui changeait de vocation pour accueillir désormais la France. Le Général Gouraud l'accompagnait, une grande figure, vainqueur de plusieurs guerres, ayant perdu un bras au combat, fier et sûr de faire et défaire l'Histoire. Les armées chérifiennes vaincues présentèrent les armes, un ordre parfait, un accueil se voulant correct. La foule, pas toujours silencieuse lançait des mots de bienvenue devinés à peine. Beaucoup de chrétiens grossissaient les rangs des badauds mais nulle effusion orientale, l'imprévisible contenant les attentes, les interrogations.

Le général Gouraud, sur la lancée de la victoire, suivi de ses spahis marocains traversa les souks pour se rendre à la mosquée des Omeyades, parcours obsessionnel de tous les conquérants. Arrivant sur la tombe de Saladin, légende ou réalité, il dégaina son sabre, parla au catafalque et, l'interpelant, dit : « Saladin nous revoici ». Relent de vindicte, insolence grotesque qui blessa les musulmans, stupeur des chrétiens, erreur nouvelle sur une tombe.

Toujours la tombe.

MAGDALA

Magdala traversa la ville longeant le Barada. Les matins sont vides quand les corps dorment. Chaque étreinte la vieillissait mais tellement belle, son rire montrait la blancheur de ses dents. Enduite d'huile d'amande, sa peau devenait nacre. Ses aisselles, ses seins, son nombril, son sexe, sentaient le nard, gardant leur sueur sensuelle. Elle passait et les hommes déchiffraient son corps, le pénétraient, fantasme qui hantait aussi leur nuit.

Magdala se promenait dans les souks à la recherche de ses fioles de parfums, le vent de ses voiles soulevait le désir. Dans cet autre décor que sa Rue Droite, ses yeux se posaient sur le désordre des devantures, leur imaginaire de bure et de soie. Ayant retenu quelques mots de Français par des soldats de passage, elle s'amusait à les répéter aux vieux barbus du négoce, essayant de grasseyer. Sa voix douce devenait chantante et son éclat de rire la libérait d'une fin de phrase impossible. Quand certains de ces marchands avaient paru dans sa maison, fuyant un réel souvent effrayant, elle les avait devinés dès une première perception. Leur apparaitre le jour l'amusait. De l'étreinte demeurait toujours une complicité, une intimité libérée et vite refluée. Magdala ne fixait jamais ses anciens amants mais devinait leur nostalgie d'elle, après avoir rejoint la couche de l'épouse. Le souvenir de ses reins les hantait, jamais altéré.

La guerre semblait ailleurs. Les étrangers trainaient partout dans Damas, voulant goûter aux mille et un plaisirs de la ville. Près de la gare du Hedjaz, entre l'hôtel Victoria et l'Orient Palace, des maisons closes ouvraient : des femmes semant le trouble, des gitons fardés. Les clients s'accouplaient dans l'innocence ou la perversion, préférant la douleur ou la douceur, persuadés toujours que hors du sommeil existe un rêve, une jubilation. Un vin de petite qualité circulait et grisait, des paroles insensées précédait le râle des corps. Derrière des rideaux souvent d'un rouge écarlate, les cordes d'un qanun vibraient comme le sexe des hommes. Damas se parait de sa promesse de jouissance.

Magdala marchait toujours, inquiète d'une ville si agrandie. Ayant quitté les souks, elle s'éloignait de la muraille tout en suivant le cours du fleuve, bleu et sombre. Les lieux nouveaux, si étrangers, lui semblèrent trahison et exil. La respiration d'espaces ouverts contrastait avec le frisson des rues anciennes et étroites, les façades souvent écorchées du vieux Damas, celui des origines. Il ne fallait pas qu'un décor soit l'oubli de l'autre. Déçue, elle retrouva sa maison close, le vertige du monde demeurant dans sa chair, sa chair sans enfance pour une enfant de l'amour.

Dans la Rue Droite, Magdala alluma sa chandelle et tomba la nuit. La vie s'ouvrait dans l'obscur, comme un creux. Entre solitude et blessure, elle guettait toujours les hommes, le rire étant sa victoire sur l'erreur et le vice. Souvent, elle voyageait dans sa tête, rêvant aux amants aimés mais que d'épaves dans son histoire. Ce soir, les filles assistaient à la noce d'une d'elles et Magdala aima retrouver sa maison vide, redevenant sienne. Le silence pesait sur l'heure grise mais la nuit l'aidait à devenir claire, à lire sa vie. Fillette piégée, prostituée de petite vertu, elle ne changeait jamais de visage. D'une fiction devenue réelle, la fille de joie de Damas émergeait toujours des commencements, du futur, pour gaver d'illusion et ravager le cœur.

Nuit de silence mais, dans un grincement de gonds, la porte laissée entrouverte claqua. Un soldat français se hasarda à l'intérieur comme un flâneur arrivant dans un lieu pour y attendre quelqu'un. Nullement pressé, trainant dans la cour, il éclaboussait l'eau du bassin, heureux de sa fraicheur. Beau dans son uniforme de guerre et de séduction, l'homme cueillit un cédrat, le huma puis le jeta enfin dans la plate-bande de fleurs tout en ignorant la femme assise dans l'ombre. Magdala lâcha ses cheveux, dévoila ses seins. Ne point faire de bruit, mieux lire l'autre, attendre l'heure du partage. Soudain, elle faillit éclater de rire quand l'inconnu chanta un air volatile, des notes aériennes si différentes des celles languides des chansons de Damas.

Assise sur le bord de la fenêtre intérieure, cachée par les arbres, Magdala observait l'intrus, sans pouvoir déchiffrer son visage. La lune avait un jour. De dos, de profil, le soldat ne bougeait pas assez pour être vu de face. Enfin, se sentant observé, le jeune Français se retourna pour découvrir une femme voilée à peine. Sur elle, la nuit tombait comme une flamme. N'ayant jamais vu de semblable, il se présenta timidement comme Robert, un prénom sans sens près d'un lit de caresses. La fille de joie lui sourit imaginant l'avoir rencontré dans une vie antécédente en croisé, pèlerin, voyageur ou poète. Magdala ne savait pas que ce lettré cherchait encore la première femme dans ses insomnies. Ouvrant ses voiles, dans son corps nu, elle le fit grandir.

Le soldat avait parcouru Damas, son regard de passion mêlant émerveillement et doute. Enfin, dans la Rue Droite, entre les églises aux noms divins de saints et la confusion sensuelle du secret des contours, il comprit l'imaginaire d'une ville ancienne. Durant la bataille pour vaincre Damas, les explosions, les cendres, la mort, avaient changé son destin. Ce jeune de vingt ans découvrit, alors, son âme véritable, pas celle du glorieux conquérant, mais une autre, plus fragile, perméable, aimant vivre et écrire les heures de l'Histoire. Depuis l'enfance, ses rêves solitaires se perdaient dans une fascination de l'Orient. Après l'amour chez la fille de joie, le visage de douce lumière de l'amante le libéra de la fatigue, du questionnement des choses. Robert prit soudain un calepin de sa poche, écrivit des signes que Magdala ne pouvait lire, un probable portrait littéraire d'elle, puis la quitta. Les mots sont inutiles quand il faut revenir. La femme alla dormir à l'heure claire du matin.

Le monde bougeait, la France arrivait en Syrie mais la rencontre, loin d'être nouvelle, n'était pas celle d'une croisade. L'Orient protège ses rêves, son art de vivre et le conteur du vieux Damas garda sa faconde pour relater une Histoire neuve au moment où de nouveaux dessins changeaient les frontières. Le soir, dans le même café embué d'arômes de narguilés, près de la mosquée des Omeyades, ce brillant orateur, juché haut pour être mieux écouté, relatait les violences, les échanges, les passions. Mémoriser le révolu, porter la nouvelle et, pour ne point fuir une vocation de moraliste, terminer par un proverbe approprié, celui d'une sagesse universelle, d'une humanité vulnérable. Dans la foule, un intrus, Robert, accueilli avec courtoisie, fut placé par les habitués au premier rang pour mieux entendre une langue ignorée ou comprise de lui, l'hospitalité étant le premier geste du damascène. Le Français, assis en tailleur, saluant les uns et les autres timidement, avait du rire dans les yeux.

Le conteur prit la parole et, à ses nouvelles, un cri s'éleva dans la salle. La veille, le 1er septembre 1920, le Grand Liban, proclamé à la Résidence des Pins à Beyrouth, détruisait l'unité de la Syrie. Ce pays nouveau, inventé par la France jouissait d'une belle façade maritime, de territoires fertiles et incarnait un état indépendant calqué sur les démocraties européennes. Dominé par les religions et non les partis, le président de la république devant être un chrétien maronite du Liban, il demeurait cependant sous l'autorité du mandat français.

La nouvelle tomba comme un couperet. Autour du conteur, un murmure de mécontentement s'éleva. L'assemblée, en majorité musulmane, réunie chaque soir autour du piédestal du même sacré orateur, se sentit soudain mutilée. Ce moment historique pour les uns, devenu gâchis pour les autres surprenait aussi les chrétiens de Damas. Tous voyaient leur vieille Syrie, si complexe à la confluence de trois continents perdre une part de montagne et de mer, sa frontière à l'est de la Méditerranée rétrécie, un grand azur perdu.

Dans la stupeur générale, seul Robert demeurait imperturbable, son visage souriant toujours. Si le moment portait à l'observation, un psychanalyste averti aurait qualifié ce sourire figé de rictus sur un masque de cire. Pourtant le regard de l'étranger parcourut soudain la salle, semblant traverser les têtes, les fumées, les bruits, les murs de chaux blanches. Sortant précipitamment, dans un geste de salut à l'orientale, balbutiant un merci en arabe, il s'arrêta sous le premier réverbère pour griffonner sur son calepin puis se mit à marcher, marcher toujours pour rejoindre Magdala, se sachant tantôt farouche sinon tendre. Cette femme obsédante rendait le bonheur naturel, le cœur sauvage. Il partirait, elle l'oublierait mais, chaque soir, son corps nu le rendait fou.

Quelques mots d'arabe à l'accent colonial amusaient toujours Magdala qui encourageait son soldat français à en apprendre plus, entre deux éclats de rire. Robert préférait en tous cas la Rue Droite aux autres lieux de plaisir, une rue devenue sainte, charnelle où, obsédé toujours par Dieu, l'on succombait à la tentation.

Les nouvelles se succédaient chez le conteur du soir. L'histoire devenant politique dénonçant les inégalités et les injustices, les hommes demeuraient au café pour discuter avec passion, indignés de la tournure des évènements. La Syrie abandonnée par un roi déchu, perdait dans cette nouvelle géographie, ses contours les plus anciens. Amputée du Liban mais aussi d'une Palestine placée sous le mandat britannique dans le partage du monde, réduite à une fédération d'états, son statut de morcellement la heurtait dans son unité, sa force, son authenticité. Les chrétiens, les musulmans se sentaient mutilés, les familles partageant une même histoire, entre Damas et Beyrouth et parfois Jérusalem. Possédant des commerces ici et là, ces changements portaient une rivalité entre les hommes, leurs villes, même si les nouveaux maitres recommandaient l'union économique. La présence française s'annonçait mal. Les indépendantistes, les nationalistes s'affairaient ayant leur idée mais les résidus de l'Histoire avaient déjà comblé le vide laissé par l'empire ottoman. Damas païenne, convertie au christianisme puis à l'islam se retrouvait française, une identité passagère, un avenir mitigé.

Robert revenait chez la femme après des absences, des disparitions. Son penchant pour la fille de joie ne pouvait en tous cas le retenir. Entrainé dans un noble engagement au moment de quitter son pays, le sentiment de construire le vide dispersait ses émotions amoureuses. Chez Magdala, personne n'osait l'aborder, l'agresser ou le séduire. Mystérieux mais souriant, sa courtoisie tenait les autres à l'écart dans un respect de lui. Se présentant une fois en djellaba, amusé d'une intégration la sachant fausse, l'étranger comprit que l'Orient n'était pas un habit. Longeant la mosquée, s'arrêtant près du tombeau de Saladin, la ferveur des passants l'importunait. Les morts dormaient, les hommes les prenaient pour des dieux mais il préférait créer la vie. Sa mission l'obsédait, pour la gloire de la France. Sous la lumière du réverbère, il écrivait toujours quand Damas, au long de sa nuit, sombrait entre ses vertus et ses vices.

Le jour, dans son patio, Magdala se tressait une couronne de chèvrefeuille. Enracinée comme un arbre dans son monde de luxure, l'intimité de sa maison redevenait sienne quand les clients rejoignaient la leur. Dans l'eau du bassin, se mirait la clarté du matin. À midi, le soleil tapait droit, le soir l'eau devenait sombre, l'heure de l'étoile demeurait la plus scintillante.

Magdala quitta sa maison attirée par la rumeur de la ville. Une ruée stupéfiante portait les uns et les autres vers le Parlement pour des raisons confuses d'attentat, l'imaginaire de la rue inventant énigmes et dénouements. Un évènement inattendu, encore confus à interpréter, allait pour un jour changeait la donne. Le général Gouraud, accompagné du commandant Catroux, du gouverneur syrien de l'état de Damas, d'un interprète, d'un chauffeur, se rendaient en voiture dans le sud auprès d'un chef druze. Surpris par un groupe de cavaliers qui tirèrent sur eux, ils eurent un réflexe de survie et firent semblant de s'effondrer. Les assassins fuirent, heureux d'avoir atteint leur cible. Un instant suffit pour vivre ou mourir et, comme dans une résurrection, les survivants se levèrent et revinrent à Damas, la voiture cahotante, criblée de toutes parts roulant avec peine. Moment de surprise pour une arrivée glorieuse et délire de la foule se bousculant dans les rues. Attitude si étonnante d'une ville hostile au mandat mais, les damascènes, peu cartésiens, croyaient en la baraka, ce signe du ciel. Cette protection de Dieu qui sauva Gouraud et ses hommes de la mort leur valait un grand hommage.

Magdala admirait ces conquérants qui imposaient par leur allure entrant dans la salle du parlement. La foule applaudissait à leur passage quand gravissant les marches avec superbe. Gouraud, Catroux n'étaient pas des Césars et nul Brutus ne guettait dans l'ombre car l'accueil à l'intérieur fut un triomphe. Autour du bâtiment, les uns et les autres croyaient détenir les secrets des dieux, les trames d'un assassinat difficile à interpréter, racontant l'évènement tout en l'inventant. Une certitude unique : de tous ces rescapés qui retrouvèrent leur chemin de Damas, un seul manquait à l'appel, projeté de la voiture au moment du tir, son nom ignoré de la foule, oublié de l'Histoire, l'interprète.

L'interprète, un faux Robert, parlait un arabe littéraire châtié et excellait dans le dialectal. Il s'amusait à répéter qu'il signalait le temps à venir en soumettant ses rapports à Paris. Espionnant les uns et les autres, tantôt chez les Druzes dans le sud, ou les Alaouites dans le nord, trainant au café ou dans une maison close, son écriture penchée ressemblait à celle d'un calligraphe s'amusant à enjoliver ses majuscules pour réfléchir pendant qu'il dessinait. Sur son calepin laissé par terre, récupéré par un bédouin, une phrase de Robert de Caix en entête pour mieux comprendre la Syrie : « Vingt- neuf races et religions, quel zoo à administrer » ! Pour ceux qui aimèrent le lire, un intense chant d'amour pour cette même Syrie les bouleversa

SIXIÈME PARTIE

UN CHANT D'AMOUR

ÉCRIRE UN CHANT D'AMOUR

La Rue Droite, celle de l'Ange, traverse toujours Damas d'Est en Ouest, subissant le tourment et le poids des pas. Des voix venues de sa nuit intérieure, de son intimité faisaient toujours l'histoire de ses chrétiens, une mémoire pour qu'ils ne soient jamais en exil. Le vingtième siècle posa sur elle ses années d'inquiétude mais, suivant son éternel parcours rectiligne, elle vit l'agonie et la mort ottomanes, subit les années du mandat français puis cria sa joie le jour de l'indépendance. Les chrétiens, de minorité marginalisée durant des siècles, décidèrent de véhiculer une dynamique pour que l'Islam ne s'installât pas dans le fixisme et devînt créatif. Il leur fallait que le Monde Arabe sortît de ses certitudes. Défi fraternel aux amis musulmans, mais volonté d'une égalité humaine quel qu'était la conviction religieuse. Pour les uns et les autres, seul un chant d'amour pouvait porter l'espoir à leur terre natale.

Le soleil était à peine levé, la lumière n'était ni du jour ni de la nuit. Une porte s'entrouvrit quand la Rue Droite dormait encore. Une femme avança, silhouette jeune et pourtant courbée, s'aidant d'une canne pour marcher. L'horizon s'éclaircissait, le ciel était très limpide ce jour-là, la passante ne se retournait jamais. De loin, on la croyait belle, de près le visage était ingrat mais le regard pétillant séduisait car la tête éclatait de mille idées. Amoureuse, ses pas la menaient vers la prison où le cruel ottoman Jamal Pacha avait enfermé son fiancé, son nom est Marie Ajami. C'était en 1916.

L'amoureuse attendit à la porte de la Citadelle voulant décider le geôlier de la laisser entrer. Ses paroles pesées, convaincantes furent sans succès. Rien ne se passa. Assise sur une pierre à attendre, les badauds la bousculaient parfois. Le jour tomba, la nuit tomba, elle rejoignit enfin sa maison de la Rue Droite pour refaire, au lendemain, le même chemin.

Marie Ajami était la pionnière de la presse syrienne. Sa revue, « La Mariée » la première dans le Monde Arabe, fondée de plus par une femme, portait un engagement politique et social mais la passion qui traversa sa vie imposa à sa forte personnalité un rythme allant jusqu'au vertige. Dans sa course vers l'idéal, la déchirure fit d'elle une femme de combat et de liberté.

Petro Paoli, l'homme de son cœur, correspondant à Beyrouth de sa revue fondée depuis 1910, l'aima dès le premier regard, mais son intuition lui imposa une patience toute orientale, vitale pour la séduire. Il avait su lui ouvrir un merveilleux territoire de rêve et de doute pour ancrer un sentiment. Auteur de nombreux articles sous le pseudonyme de Pater, choisi par Marie pour sa revue, ce brillant journaliste avait été arrêté, victime des vexations ottomanes s'abattant sur les intellectuels, les libres penseurs. Sa vie en prison demeurait une éternelle attente et Marie finit par entrer en contact avec lui inventant un morse amoureux sur les tuyaux d'eau potable. Ses missives, parvenues grâce à un geôlier complaisant, disaient les mots de l'étreinte mais aussi les signes du monde extérieur. Nul prénom ne les signait mais une phrase du mystère : le scribe, le message, le messager.

La jeune femme finit par revoir Pater dans sa captivité ainsi que nombreux patriotes et lettrés qui allaient prendre le chemin de la mort. Elle décrivit dans sa revue, suspendue pour un moment, les atrocités dans les prisons, l'humiliation des êtres, l'insanité des lieux, les dépouilles pourrissant entre les captifs. Dans un manuscrit, criblé de ratures, l'amoureuse reconnut la force de ses hommes simples devenus héros, malgré eux, à cause d'une Idée. Pour obtenir la grâce de ses amis, forçant toutes les portes, s'aidant toujours de sa canne ou du bruit de sa canne tapant sur les pavés, Marie alla plaider sa cause chez l'Ottoman Jamal Pacha, un courage inscrit dans les pages damascènes. Un homme beau à l'allure militaire l'écouta, ne semblant ni grossier ni cruel. La femme, désirant l'impressionner, comprit vite son échec. Quittant « Le Sanguinaire », elle serra son mouchoir et pleura.

Pater, comme tant d'autres, fut pendu en place publique, un mois de mai très lumineux de l'année 1916. Près du gibier, dans la vision des corps détachés puis jetés à terre, Marie comprit qu'elle suivrait son fiancé de son éternelle solitude jusqu'au bout de sa vie. Si l'aube de ce jour promena des ombres de la mort, la femme abandonnée écrivait sans cesse, des poèmes d'amour, des boules de brume.

Ecrire de nouvelles phrases la porta à vouloir défier l'ordre établi. Ecrivain, poète, journaliste, traductrice, son combat littéraire, politique et social scintilla de ses multiples facettes, un couronnement. Dans sa revue, souvent suspendue pour des raisons politiques et reprise toujours par sa seule volonté, elle exprima la patrie et la liberté. Son engagement pour la libération de la femme, prônant son droit à l'éducation, à l'individualisme fit de cette militante un exemple et une espérance.

Très jeune, Marie réalisa que son physique ingrat, son infirmité la rendraient forte, si elle avait une vérité à laquelle aspirer. Décidée de secouer le joug de l'ignorance voulu par l'empire ottoman, cette lettrée fonda « L'Alliance culturelle » à Damas, encouragea les clubs des femmes et institua avec des amies influentes, une école pour les enfants des martyrs. Quand vint la France, la femme turbulente, attirée par une civilisation de l'Occident, des Droits de l'Homme, crut pouvoir l'aimer. Hélas, vite déçue et trahie par les hommes du mandat, étouffant à leur tour toute respiration, la damascène devina vite que ce qu'elle avait bâti allait tomber en ruine. En fait, « L'Alliance culturelle » fut vite dissoute et plus tard, « La Mariée » suspendue

Le monde s'obscurcissait mais Marie devinait toujours des fentes de lumière. Traversant toujours sa rue de sa même démarche, les voisins la saluaient rarement. La passante, tapant de sa canne, leur semblait très lointaine, perdue dans ses pensées. Un soir, rentrant chez elle, s'éloignant de la rumeur de la ville, la paix de sa maison lui porta un message. Alors, cette femme orientale, qui aimait son patio aux roses odorantes l'ouvrit pour y accueillir tous ses amis, le mardi et le samedi. Ce salon littéraire, le premier du genre réunit des lettrés, des écrivains, des poètes mais aussi des politiques. Les discussions vives se heurtant souvent, l'hôtesse ramenait l'harmonie de son humour pétillant. Sa franchise dérangeait et rassurait à la fois.

Marie traduit de nombreux ouvrages de l'anglais à

l'arabe pour porter une idée nouvelle : la patrie incarnait la mère, une mère libre à aimer absolument. Ses articles, pour des jours meilleurs, inscrivaient des projets d'économie, d'industrie, des destins d'hommes et de femmes invaincus. Perspicace, elle eut la vision prémonitoire d'un Sionisme s'abattant sans merci sur le Monde Arabe.

Le temps passa. La journaliste s'appliquait sur des articles, et parfois des poèmes mais l'âge se referma sur sa solitude. Vieillie, les amis s'étaient éloignés, leurs passions jadis violentes se perdant dans une Syrie déjà indépendante. Dans son patio, la femme rêvait à sa vie, près des rosiers pourpres, les arbres posant la nuit. Les oiseaux se taisaient pour dormir et le silence la ramenait vers Pater, le seul homme qui avait su lui parler et ouvrir son cœur. Pater avait emporté son bonheur et depuis, en gestes et idées, Marie essayait d'inventer celui des autres.

Une dame âgée s'éveilla un matin et, s'aidant toujours de sa canne, ouvrit la porte de sa maison pour observer les passants de la Rue Droite. Ses yeux semblaient voir, pour la première fois, le creux des pavés, les murs des maisons, les fenêtres hautes et encore closes. Des voitures roulaient, des enfants allaient à l'école, l'hiver doux gardait son ciel bleu. Marie avançait difficilement, ses problèmes de jambes devenant très aigus. Debout à sa porte, son étonnant émerveillement près des choses quotidiennes, longtemps perçues, semblait un adieu. Retrouvant son patio, elle s'assit sur la chaise balançoire et mourut, sans savoir que Pater lui faisait signe.

Pour reposer dans le cimetière orthodoxe, hors les

murs, sa dépouille traversa la Rue Droite sortant de la ville par la Porte de l'Est, celle du soleil levant. Ces mêmes battants, avaient reçu Saint Paul, aveuglé, cherchant une nouvelle lumière. Mouvements inverses que vingt siècles séparaient. Pour l'Orient ancien et moderne, le chemin de Damas foulé par des générations en marche, attirait toujours des hommes du songe aux destins croisés.

DES DESTINS CROISÉS

Le soleil montait sur les murs de l'enceinte, de la pierre. Dans la Rue Droite, des hommes marchaient porteurs d'un songe, le même, aux schémas différenciés. Cernés entre deux pôles d'espérance, liberté et nationalisme, ils tissaient une nouvelle toile, celle du Damas du XXème siècle. Les chrétiens vivant entre Juifs et musulmans clamaient une laïcité salvatrice, leur amour de la patrie devenant une identité première, une affiliation plus ample qu'une religion. La lumière semblait parfois en suspens au-dessus de leur tête et eux la regardaient et marchaient vers l'infini.

Khalil Absi revenait chez lui après avoir visité ses mines de bitume dans le village de Hasbaya, là où avaient éclaté jadis les massacres de 1860. Etonnement pour lui, son lieu de travail et de richesse lié à l'histoire de sa famille se situait soudain dans un Liban nouveau-né mais n'altérait en rien son art de vivre. Francophone et francophile, ce voyage concrétisait, à ses yeux, l'importance que prenait le Mandat aux Pays du Levant dans divers espaces, les écoles, les hôpitaux, les banques, les chemins de fer, l'agriculture, le commerce. Pour lui, la douce France remplaçait la cruauté ottomane mais sa prétendue laïcité ne convainquait nullement certains de ses amis musulmans, sûrs de son rôle de défendre les chrétiens, un ancien privilège de l'Histoire.

Dans le train le ramenant vers Damas, le voyageur ferma les yeux à l'heure de la sieste mais ne dormit pas. Sous les paupières closes, il réfléchissait au pouvoir des peuples sortis des servitudes mais comment saisir les évènements contradictoires changeant le monde. La France, tentée de scinder la Syrie en quatre mini-états, Alep, Damas, les Druzes, les Alaouites, opta pour une politique humiliante, blessant l'amour propre syrien, une tentation de décomposer, une erreur de paysage. Enfin, une modification rompit cette Fédération et l'unité de l'Etat de Syrie fut réalisée. Khalil se souvenait avec émotion de ce 1er janvier de l'an 1925 où, sous des pluies diluviennes, près de Weygand, un haut-commissaire pacificateur, de Soubhi Barakat, un premier président de l'Etat Syrien conciliant, il entendit comme tant d'autres les vingt et un coups de canons sur le perron du palais du gouverneur. Moment d'émotion pour les Français et les Syriens regardant ensemble le nouveau drapeau monter, avec ses trois bandes horizontales verte, blanche, verte. Frappé d'un cartouche aux couleurs françaises, ce pavillon demeurait néanmoins un premier symbole d'une Syrie des temps modernes. Hymnes de joie, applaudissements des personnalités juives, chrétiennes et musulmanes, acclamations des foules de nomades et de sédentaires, sentiment confus mais apaisant d'un avenir meilleur pour certains, pire pour d'autres.

Le voyageur oubliait le cahotement du wagon sur les rails, perdu dans ses réflexions. Il ne pouvait que penser aux nationalistes refusant cet état et parmi eux son grand ami, Farès Khoury. Ce brillant avocat, aux arguments surprenants, le séduisait. Patriote, épris de liberté, excédé par le Mandat, il avait prétendu pouvoir devenir musulman si l'ingérence française se justifiait dans la défense des chrétiens. Leurs discussions les mettaient face à face, chacun défendant ses passions politiques. Khalil rentrant chez lui était impatient de le revoir.

Le roulement du train ralentit avant d'entrer en gare. Le voyageur vit surgir Damas dans ses verdures, paradis d'Allah, ou éden de tentation mais sentiment rassurant de retrouver la beauté d'un lieu natal. Khalil traversa le quartier chrétien pour rejoindre sa demeure. Des limonadiers sonnant leurs timbales de cuivre lui offrirent gracieusement leur breuvage. La rue, bondée de mille passants, gardait sa palette haute en couleurs : des marchands ambulants vantant leurs marchandises, des prêtres en bure ou en soutane, des religieuses avec leur cornette, des popes aux riches médailles, des femmes en caftan brodés, d'autres cachées sous des voiles noirs, des bédouins errant et aussi des intellectuels, des gens d'élite en costumes trois pièces n'ayant conservé d'oriental que le fez ottoman, appelé tarbouche en arabe.

Dans sa maison de Bab Touma, le voyageur retrouva toute sa famille l'attendant dans la cour avec impatience. Fatigué et ému, il embrassa sa femme si troublante et ses treize enfants, rangés comme pour une entrée de classe du plus jeune au plus âgé. Des kawas déménageaient les bagages, les domestiques préparaient le repas du soir, un repas tout blanc pour le bon augure du voyage. Damas parfumait d'une odeur de l'enfance. L'homme se retrouvant chez lui n'allait jamais chercher une patrie ailleurs.

Le lendemain, Khalil Absi recevait son grand ami, Farés Khoury, ancien ministre des Finances puis ministre de l'Enseignement, venu lui souhaiter bon retour. Depuis l'enfance, ils se retrouvaient parfois à Hasbaya pour dévaler les pentes sauvages de la montagne. Perdus une fois dans leurs vagabondages, surpris par la nuit et ses cris de fennecs, les deux adolescents s'étaient jurés de s'entraider toujours, au moment où les routes semblaient disparues ou invisibles. Plus tard, dans le club chrétien de Damas, sur les bords du Barada, ils sirotaient souvent un café turc parfumé à la cardamone, discutant leurs obsessions, leurs ambitions, la patrie, le partage du monde. Du même âge, tous deux de petite taille, Khalil menu et maigre, son air d'intellectuel distingué le rendant distant ou austère, Farès plus trapu, très beau, jouissant d'une bonhomie rassurante. Brillant avocat, lancé dans une carrière politique, son charisme subjuguait, quand Khalil parlait peu pesant chaque mot dans la balance du bien et du mal.

Pour leurs retrouvailles du matin, tous les marbres du patio scintillaient, lavés à grandes eaux créant la fraicheur. Quand surgit l'ami si attendu, il y eut accolade entre les deux hommes, une complicité surprenante les réunissait toujours.

La brise exhalait les parfums des fleurs, seul le cliquetis du bassin troublait l'intimité des lieux. De quoi allaient parler les deux amis après cette longue séparation, de la Syrie française insupportable pour l'invité, tolérée avec précaution par l'hôte. Jusque-là, leurs retrouvailles suivaient un même cycle épique. Premiers mots d'affection et de courtoisie, entretiens politiques entre souvenirs et avenir, et enfin, quand les passions tombaient, brève méditation et Farès récitait des poèmes de sa composition. Mais ce matin-là, le visiteur, obsédé de liberté, ne parla que du destin de la Syrie après le départ de la France, quand Khalil, en silence, se demandait si et quand elle partirait.

Farès, exprimait son patriotisme avec véhémence, rêvant de ressusciter la splendeur des Omeyades, dans une solidarité panarabe. Damas, oasis d'une géographie singulière avec sa destinée d'accueil, son identité sacrée, serait une capitale vers laquelle convergeraient les routes du monde. Hélas, l'amertume en cette année 1927 était bien grande, la rébellion syrienne contre le Mandat venant de s'effondrer. L'avocat, dans un plaidoyer solitaire, jamais interrompu, accusant ou disculpant, reprenait les évènements avec superbe et colère : le dépeçage du pays bafouant l'identité nationale, l'humiliation d'un peuple et, dans une trainée de poudre, la Syrie qui s'embrasa, Hanano à la tête de l'Insurrection à Alep, Cheikh Saleh Ali dans la Montagne des Alaouites, Sultan El Attrache dans le fief des Druzes et puis Damas enfin, embrasée pour brûler. Une magicienne pourtant lui avait prédit des nuits d'étoiles.

Le silence se referma sur les deux amis, Khalil ayant la vertu de garder l'équilibre au milieu des courants. Il saisissait les circonstances, tout en demeurant réservé, comprenait les autres sans vouloir faire impression sur eux. Quand les mots revinrent, Farès expliqua à son vieil ami la guerre de Damas, celle d'une merveilleuse capitale espérant regagner son prestige d'antan : une nuit sans étoiles, un silence équivoque quand un cri avait percé le ciel. Dans un ralliement des uns et des autres, de chacune des rues de prière ou de chair, les damascènes s'étaient rebellés contre la France. Des tireurs faisaient feu des terrasses, des volets entrouverts, de derrière les arbres, des jardins et l'insurrection avait embrasé la ville. Guerre de ruelles, tirs nourris, le palais Azem, résidence du haut-commissaire, encerclé de toute part, avait subi d'intenses assauts. Perdu dans les dédales des souks, sa splendeur cachée devenait symbole de soumission pour les rebelles. La fusillade pleuvait partout même autour de la citadelle. Hélas, les Français avait traité les patriotes de pillards et de salopards et le Haut-commissaire, Sarrail, optant pour la mitraille, avait ordonné de bombarder Damas.

Damas brûla comme Troie ou Rome, nul évadé ne l'inventa ailleurs, nul empereur ne la pleura jamais, mais l'incendie ravagea ses entrailles, ses souks, ses palais, ses jardins, ses cafés. Partout crépitaient les cendres et les encens de morts. La répression sanguinaire finit par anéantir cette guerre de l'idéal et de la liberté. L'Histoire se trompe parfois.

Khalil Absi écoutait, ayant suivi l'escalade de loin mais sûr que nombreux chrétiens, comme son ami, avaient pris part à la rébellion même si d'autres se considéraient favorisés par les Français. Le sort des minorités, dans des lois de survie, les portait vers des identités doubles, désirant des ancrages. Farés montra enfin à Khalil les photos des derniers évènements. Les deux amis tirèrent des conclusions différentes.

La politique répugnait à Khalil Absi qui lisait de longues heures préférant les philosophes grecques, les poètes arabes, les traités d'histoire. Pour demeurer dans le contemporain, il recevait la « Revue des deux Mondes » gardée précieusement dans sa bibliothèque. Sa couleur orange égaillait ses livres noirs ou gris, ses livres qu'il surnommait les pilleurs de richesse.

Evasion silencieuse de l'hôte dans ses lectures, bientôt rappelé au réel par Martha la vieille servante arrivant avec deux cafés turcs. Des verres d'eau parfumée à la fleur d'oranger complétaient un plateau au napperon bordé de fine dentelle bretonne. Des pâtes d'abricot, des loukoums aux pistaches accompagnaient la pause du matin. Farès, ignorant ce rituel de l'hospitalité, posa la main sur le genou de Khalil comme pour une confidence, avouant que rien n'était fini. La France, par son esprit colonial, contribuait malgré elle à l'éveil et à l'affirmation d'un sentiment national qui incarnait l'avenir et l'espérance. D'importantes personnalités, sous la présidence de Hachem Atassi venaient de fonder le Bloc National dans lequel il s'était engagé ainsi que d'autres chrétiens. Mouvement vers la vie, mots et actes pour un idéal unique, l'indépendance de la Syrie. Cette nation rêvée, forte d'une armée nationale, serait la patrie des druzes, des sunnites, des alaouites et des chrétiens, tous héritiers de traditions communes et d'une même langue.

Farès sirota enfin son café. Plus détendu, son optimiste ne se contenait pas. Ces amis patriotes, recrutés dans des élites occidentalisées, avaient opté pour la République, la laïcité et le suffrage universel. Parmi eux, nombreux francs-maçons jouissaient de brillants contacts à Paris. Amoureux de la vie et de la liberté, ils mèneraient la Syrie à l'indépendance.

Khalil Absi écoutait, séduit par son ami. La violence de la répression française avait porté ce passionné vers l'extrême quand lui, ayant perdu de nombreux oncles durant les massacres de 1860, hésitait entre un morcellement confessionnel ou une dynamique unioniste. Enfin, usant toujours d'une grande précaution devant la parole, l'hôte décida que l'Orient demeurait fondamentalement religieux. Après l'écroulement de l'empire ottoman, maître de terres immenses, il fallait donner un long siècle à l'Histoire pour justifier un idéal : réunir ou morceler, laïciser ou ancrer le sacré.

Moment de détente et Khalil s'amusa à nourrir les poissons rouges de son bassin, divertissement qui l'amusait, le jardinier lui présentant des miettes de pain. Touché par la valse des petits nageurs accourant vers lui de partout, il préservait ainsi ses bonheurs d'enfant. Quand il se lava enfin les mains dans l'eau, Farès s'approcha de lui pour lui redire sa vieille reconnaissance. Ce geste purificateur de son hôte lui rappelait un temps ancien, relaté la veille même dans ses « Papiers » qu'il passait des jours et des nuits à écrire, une mémoire véritable de Damas, espérant transmettre son combat et son idéal à la nation moderne qui devait naitre.

Cette histoire pour laquelle il devait reconnaissance à Khalil avait pourtant plus de dix ans déjà, à l'heure où l'empire ottoman agonisait dans la haine et la violence. En 1916, Farès détenu dans la prison de Khan Pacha, subissait comme tous les nationalistes la vindicte inhumaine du sanguinaire Jamal Pacha. Ce Turc vindicatif ordonnait toutes sortes d'atrocités sur des patriotes innocents, avides de liberté. Ceux qui ne mouraient pas sous la torture finissaient pendus en place publique. L'empire, refusant de mourir, tuait. Farès, prisonnier de ce lieu d'horreur, fut traité décemment comme député chrétien de Damas dans le Parlement ottoman. Enfin, le persécuteur Jamal Pacha, subissant de nombreuses pressions, accepta de relâcher son précieux captif contre caution.

Dans ce même patio, deux hommes s'étaient croisés, un moment bref et fugitif, pour rattraper un temps perdu. Khalil Absi se lavait les mains et le visage dans son bassin, ce même où il nourrissait ses poissons, quand il avait vu surgir Fayez, le frère de Farès venu lui demander deux mille livres or ottomanes afin de libérer le prisonnier. Khalil, sortant une de ses mains de l'eau, l'avait glissé dans sa poche pour remettre à l'intrus les clés de son coffre lui disant d'en prendre tout ce dont il en aurait besoin. Au cas où il en manquerait, il irait lui-même chez son banquier juif, pour compléter la somme.

Libéré grâce au geste de Khalil, Farés retrouva enfin la Rue Droite, à peine éclairée dans la nuit. Poussant la porte de son enfance, il savait déjà qu'il ne serait jamais un convalescent du malheur mais continuerait sa lutte. Sa mère qui pleurait et priait, l'attendait depuis longtemps. Sa femme Asma, son fils unique Souheil le croyaient disparu pour toujours. Seule la piété avait nourri sa famille dans l'attente, mais lui posait déjà ses pas sur des sentiers d'avenir, ignorant le danger ou la chute.

Dans le patio, Farés redit sa reconnaissance à Khalil mais leur vieille complicité les éloignait de tout moment pesant. Les deux amis se mettaient à rire, se souvenant de Hasbaya, quand adolescents sur des routes perdues dans la nuit, ils s'étaient jurés de s'entraider, une convenance de la vie contre la peur et la mort.

Farès quitta enfin son ami d'enfance. La vieille servante Martha, ramassant les tasses de café, s'amusa à les retourner pour lire dans le marc l'avenir, espérant alors mettre en doute son savoir. Si les couleurs symbolisaient les destins, le noir portant le deuil, le blanc l'espérance, la fidèle domestique comprit que son maitre entrait dans un long tunnel, quand son ami faisait une montée fulgurante.

De ce temps qui semblait infini pour les patriotes, nul devin ne se manifesta pour écrire avec le calame de l'Histoire le futur de Farès. Seule une voix perdue sur les pierres de la Rue Droite avait prédit l'instant qui suivait, la voix silencieuse de la mère qui savait son fils différent. Farès allait, avec ses amis du Bloc National, mener son pays à l'Indépendance. Président du Parlement Syrien à trois reprises, puis Premier Ministre, deux fois, il présidera enfin la délégation à la conférence de San Francisco pour y représenter la Syrie, l'un des cinquante-trois pays fondateurs de l'ONU. Au moment où l'homme mûr, au regard fascinant, dans sa tenue impeccable, son tarbouche feutré, quittait son ami Khalil, il incarnait déjà le plus brillant des chrétiens de Damas, dans l'histoire du vingtième siècle.

Khalil vieillissait et ses livres demeuraient ses meilleurs amis. Dans la bibliothèque aux boiseries damascènes, il se retirait l'après-midi pour lire s'aidant d'une loupe quand sa vue baissa. Son monde avait des parfums de papier tiède, de frôlement de pages, de silences de lectures, le silence qui tombait sur sa maison. Le temps passait dans le deuil, ayant perdu sa femme et nombreux de ses enfants. Les revers de fortune avaient précédé.

Alors que la tristesse posait ses voiles sur la maison de Khalil Absi, Farés Khoury avançait vers la vie en faiseur de la Syrie moderne, chercheur de liberté. Quand son vieil ami s'éteignit, enfin, un été de l'année 1958, Farés baisa le cercueil et pleura. Des cigales chantaient dans le patio. Les lampes allumées donnaient au jasmin blanc un éclat d'or.

La Syrie d'alors, indépendante depuis 1946, racontait à ses enfants les couleurs de son drapeau, l'histoire de ses hommes, leur destin solaire.

DES DESTINS SOLAIRES

Tout au long de la Rue Droite, l'école Assieh tenait son nom de « Ass » en arabe, le myrte, un arbre tendu vers le ciel, au milieu de son espace de récréation. Le myrte, symbole de gloire, d'une puissance des dieux, tressé avec le laurier pour ses senteurs dans les couronnes de triomphe, incarnait pour tous ces jeunes l'espoir de réussite et de succès. Les chrétiens orthodoxes recevaient là leur enseignement et d'eux émergèrent ceux qui créèrent les partis politiques progressistes : socialiste, communiste ou autres, prônant la laïcité et le nationalisme arabe et, plus tard, la libération de la Palestine. Si ces élèves de l'Assieh furent porteurs de l'Idée Nouvelle, les jeunes catholiques élevés à « L'Ecole du Patriarcat grec catholique », toujours dans la Rue Droite, près de la Porte de l'Est, allaient incarner l'altérité, le regard vers l'Occident essayant de jeter un pont entre deux rives. Les écoles missionnaires étrangères contribuèrent à cet éveil formant des générations bilingues. Il était de mode, alors, de parfaire ses études en Europe puis revenir chez soi pour entrer enfin dans le monde des élites. Députés, ministres, ambassadeurs, écrivains, journalistes ou autres, le nom de ces chrétiens se bousculèrent dans un siècle de fracas et d'incertitudes mais nombreux gardèrent l'idéal. L'histoire a retenu leur engagement, leur vérité, a révélé leur nom, Antoine Makdessi, l'érudit et le philosophe, Habib Kahale, le fondateur de la Presse humoristique, Constantin Zreik, créant le concept de Nation Arabe, libre de tout fanatique religieux et ethnique, Mahat Farah Khoury, luttant pour l'émancipation de la femme, le dialogue des religions, tant d'autres aussi, cités dans l'encre des pages. De cette multitude de militants qui s'engagèrent dans une course folle vers la modernité, le parcours de certains retient l'attention, par le courage, l'érudition ou la magie d'une poésie. Les uns, nés sous l'empire ottoman, les autres plus tard, émergèrent d'une obscure somnolence pour combler l'attente et suivre un destin solaire.

Toujours au bord du Barada, dans des cafés très pittoresques se retrouvaient ces jeunes Damascènes rentrant de Paris, de Lyon ou d'Aix en Provence pour raconter leurs études et leurs aventures. D'autres venaient de Berlin ou de Londres, les années trente incarnant une supériorité de l'Europe, un rayonnement. Ces nombreux étudiants revenus chez eux porteurs d'idées et d'illusions allaient découvrir un autre visage de l'Occident, celui d'un mandat oppresseur. Parmi eux, deux amis rencontrés à Paris, un chrétien et un musulman allaient bouleverser la donne de leurs idées politiques. Eux aussi longeaient le fleuve quand la nuit tombait. Quand les rives devenaient désertes, ils aimaient se parler.

Michel Aflak, un damascène chrétien, avait profité d'une bourse pour parfaire son éducation à Paris. Son physique de nerveux exprimait une sensibilité, une turbulence par lesquelles ce passionné essayait de saisir un monde encore indicible pour lui. Solitaire, intelligent, bouillonnant de l'intérieur, il aimait les filles pour un soir même si certaines essayaient de le retenir, fascinées par ses conversations vives et compliquées. Quand il quittait ses cours d'Histoire à la Sorbonne, Michel trainait dans les jardins du Luxembourg pour lire des heures durant Proudhon, Marx, Lénine,

Nietzsche, Bergson, Gide ou Maurras. Parti de Damas avec des idées de controverse, il comprit l'esprit cartésien français décidant que le lyrisme affectif des orientaux ne menait nulle part. Poser des bases concrètes au nationalisme arabe devint sa fascination et son idéal.

Arrivé à Paris à l'âge de dix-huit ans, il jouissait d'une curiosité envers toute chose, s'intéressant aussi à la littérature, aux religions comparées. Pour se détendre, il aimait marcher sur les berges dans la brume, s'appropriant d'autres climats, humant l'humidité pour penser ses idées. Dans une de ses errances surgit une silhouette sortie du brouillard, une voix inconnue qui lui parla français, en phrases parfaites, puis s'adressa à lui en arabe, une reconnaissance. L'histoire humaine a ses éblouissements et cette rencontre inattendue, réunit deux étudiants partis de Damas, à la quête du monde. Leur complicité, d'un premier regard changeait déjà leur rêve natal.

Michel Aflaq, avait rencontré sur les bords de la Seine, un étudiant musulman, Salah Bitar. Ces deux fervents nationalistes, fréquentaient le Quartier Latin et retrouvaient dans les cafés d'autres jeunes du monde entier. Certains, des Arabes séduits par l'Occident savaient leur patrie meurtrie, usurpée par les puissances étrangères. Ils essayaient d'imaginer un avenir pour leur pays, puisant en France des idées à transmettre et incarner chez eux. Dans ce même jeu, les deux damascènes, ne se quittant plus depuis s'être retrouvés dans la brume, allumèrent ensemble un premier feu. Ils lancèrent « L'Union des étudiants arabes en France », pour une force de rencontres. Tous ces jeunes, en quête d'une idée émergeante, d'un concept lié à la richesse du Levant, de sa culture et de ses héritages, se retrouvaient chaque soir et, dans leur imaginaire germait déjà un idéal aux contours encore flous, la Nation Arabe.

À Damas, revenus ensemble, ils retrouvèrent leurs ruelles de l'enfance, dans des quartiers différents. Ce retour renforça leurs racines du pays natal, complexe de ses mélanges. Michel se lança alors dans l'enseignement de l'Histoire, impressionna outre mesure ses élèves et mérita le surnom de « oustaz », le Professeur, qui l'accompagna jusqu'à la fin de sa vie. La roue du destin le surprit quand cet introverti, toujours en réflexion et méditation, décida d'abandonner sa première voie pour se consacrer à la politique. Attiré toujours par les fleuves, mouvance et continuité, il longeait le Barada, son idéal le poursuivant. Dans sa tête, le promeneur posait les bases de sa doctrine panarabe, une vision nouvelle du monde.

Les deux amis, toujours inséparables, se réunissaient chaque soir, attirant nombreux étudiants séduits par leurs propos. Michel avait à peine trente ans quand, avec Salah, il fonda un nouveau parti « La Résurrection Arabe » devenu deux ans plus tard le « Baath Arabe ». Dans les milieux académiques l'accueil fut délirant.

Le « Baath Arabe » prônait une nation arabe allant du Golfe arabo-persique à l'Atlantique, dépassant les frontières fictives instaurées par les régimes colonisateurs. Ses habitants, toutes communautés réunies, jouissant d'une culture, d'une histoire communes, parlaient une même langue, l'arabe. Fiers de leur glorieux passé, leurs us et coutumes les rassemblaient. Ainsi, ils pouvaient former un peuple à l'identité propre ayant le droit de vivre libre. Le rêve pouvait se concrétiser avec les nationalistes qui appelaient à l'indépendance. Le temps naviguait entre les hommes du mandat ne respectant pas les traités signés et le parlement syrien réclamant le départ des Français. En ultime ingérence, la France céda à la Turquie une terre qui ne lui appartenait pas : la ville d'Antioche, le Sandjak d'Alexandrette furent offerts à Ankara, dans l'espoir d'obtenir sa neutralité dans les évènements à venir. Une date clé s'inscrivait en une encre de sang, 1939.

Michel, Salah, Farés, leurs amis, tous les nationalistes s'engagèrent alors dans une lutte pour l'indépendance. Quand les années 1945 virent la fin de la Seconde Guerre Mondiale, un nouveau soulèvement embrasa la Syrie. Les armées mandataires bombardèrent le Parlement, la citadelle de Damas, des blessés jonchaient les rues des souks, la canonnade retentissait, mais le front intérieur, demeuré soudé, résistait. Michel haranguait les combattants. Persuasif, son charisme subjuguait. Des jours d'angoisse, l'eau trouble du fleuve, les cris de morts, la terreur et l'espoir, mais nul silence pour entendre les pas de l'Ange dans la Rue Droite. Ses paroles muettes, inventées par les hommes, se devinaient dans l'intuition ou la foi. En ce soir-là, elles disaient la fin d'un monde ou la respiration d'un autre, à peine né, avec toujours son infini et ses victoires, ses blessures et ses châtiments. Enfin, le 17 avril 1946, les troupes françaises abandonnèrent la Syrie pour toujours. Une aube nouvelle salua le printemps et la liberté. Damas, en belle capitale, palpitait de vie. N'oubliant jamais la splendeur de ses printemps, ses jardins blancs de floraison embaumaient.

Dans la Rue Droite, le soleil dessinait l'ombre des

arbres, des hommes marchaient, d'autres rêvaient, certains écrivaient au bord du chemin. Des insoumis se félicitaient, des femmes montraient leur visage, des enfants poussaient des cris de joie. Tous se dispersaient à l'heure chaude, un moment lent et dérisoire, la rue se détruisait, passait au silence, à la solitude, se refaisait dans la lenteur du soir, dans la confusion des bruits. La fille de joie attendait dans sa maison close, nonchalante, offerte, sa chevelure touchait la terre, des reflets roux, du feu, celui du corps aussi, quand passaient ces étudiants damascènes revenant d'autres villes, ayant connu des femmes étrangères et qu'elle déshabillait dans le sentiment provocateur d'être la plus belle. Ne sachant toujours pas lire, elle adorait la culture de tous ces jeunes, imaginant que le sort de l'humanité dépendait de leur savoir, de leur voyage, de leur désir d'aimer. Magdala, se dénudait pour eux dans des gestes lascifs, sa main glissait dans ses cheveux, elle gardait ses bracelets d'or, aux chevilles, aux poignets, une chaine entourait les courbes de ses hanches. Elle pouvait être une reine orientale, Zénobie ou Sémiramis, une pécheresse comme Salomé mais son pouvoir valait l'empire, l'emprise sur le corps des hommes, leur rêve, leur désir de lui parler après l'amour, sentiment de l'inassouvi et revenir encore chez elle.

Allongée sur ses divans de soie, Magdala rêvait parfois d'une autre vie, aimant traverser des espaces sans fin, naviguer entre les astres avec un sentiment d'aller du petit, d'un monde rétréci vers l'immense. Dans la solitude de sa chambre, à l'heure du repos, elle imaginait un temps affranchi, une liberté comme la sienne, une métamorphose de sa ville, repoussant les frontières des servitudes, sa ville Damas, la seule qu'elle ait connue, la seule qu'elle ait aimée, la seule qu'elle ait respirée. Le soir changeait de couleurs et dans une sensualité de gestes, elle se préparait et ouvrait la porte de sa maison close.

Plus loin que la maison de Magdala coulait le Barada. Sur sa rive, Michel demeurait le promeneur solitaire. À trente-six ans, il retrouvait un ami venant de Beyrouth, Antoine Saadé, son ainé de peu. Chrétien comme lui, ce journaliste et philosophe avait fondé le Parti Social National Syrien. D'idées divergentes parfois, les discussions, omettant toute colère, gardaient les interlocuteurs sur leur position. Antoine croyait en un « Croissant fertile » se limitant aux anciennes frontières de la Syrie naturelle, une nation aux racines mésopotamienne, marquée par la modernité, la laïcité du Levant. Pour Michel, le mot « Baas» voulant dire résurrection devait donner vie à une entité arabe plus vaste, se réalisant dans l'unité, la liberté, le socialisme, un socialisme d'Etat devant la sortir du sous-développement. Michel avait fondé ce parti laïc officiellement, mais reconnaissait le rôle historique et culturel de l'Islam pour les musulmans comme pour les chrétiens. Antoine prônant la laïcité, rejetait tout concept religieux de l'état. Le monde bougeait, les Arabes s'éveillaient d'un long sommeil, l'indépendance concrétisant l'espérance. Les deux amis se quittèrent ne sachant pas encore qu'une plaie déchirait leur nouveau monde. Plus tard, sans le savoir, ils allaient piétiner leur idéal sur des chemins de boue et de sang.

Toujours au bord du Barada, dans le café Rachid, l'avenir tracé par le rêve solitaire d'un homme combla l'attente et l'absence, quand se tint alors le premier congrès du parti

« Baath Arabe ». Michel, usant d'un charisme convaincant, fut élu secrétaire général, un premier triomphe, dans un débordement de jeunes passionnés. Ce jour pluvieux du mois d'avril rendait le fleuve sombre. Rien de prémonitoire tel un ciel d'azur ou une nature pacifiée mais une nuit qui tombait tôt sur une idée neuve.

En cette même année 1947, Michel, toujours tourmenté, envisageait déjà un départ. Le Sionisme voulant instaurer une patrie pour les Juifs après les tragédies des camps de la mort, s'incrustait en Palestine, une terre de promesses pour toute religion monothéiste. Mais, c'est au nom du nationalisme naissant que les politiques, les intellectuels, les états arabes se rassemblèrent dans une cause mal gérée et vite perdue. Entre le réel et l'illusion, Michel retrouva Antoine, engagé comme lui dans un combat inégal. L'humiliation et l'amertume attendaient les uns et les autres, impuissants tous devant la création de l'état d'Israël. Quand, déçus, les deux militants se quittèrent, ils ignoraient qu'ils ne se reverraient jamais plus. Antoine allait être fusillé à Beyrouth après un jugement sommaire quand Michel sur une courbe encore montante devenait ministre de l'Education dans la Syrie de l'Indépendance. Cette Syrie nouvelle, vite déstabilisée, car vivant mal la défaite palestinienne, finit par subir une suite de coups d'états militaires où Michel se retrouva en prison. Moment bref, d'un parcours devenu compliqué, peut-être vulnérable, quand libéré, ce passionné espérait changer l'ordre du monde. Il le ferait peut-être, mais rien ne se passait vraiment, rien qui ressemblât à ses rêves. Dans cette croissance des Arabes vers l'avenir, d'autres amertumes l'attendaient.

Un autre chrétien surgit, alors, pour changer la donne croyant l'améliorer. Georges Habache, un Palestinien créa un parti nouveau, le « Front de la libération de la Palestine » préconisant toujours un état laïc réunissant Juifs et Arabes, Chrétiens et Musulmans. Michel espérait toujours une issue à la tragédie palestinienne mais les milliers de réfugiés sur les routes incertaines rendaient l'espoir étriqué. Le Monde Arabe, parla de la Nakba, la catastrophe, le temps montra son impuissance à l'affronter.

Pour Michel, il n'y avait pas d'impuissance, la vie étant labour. Ce travailleur assidu essayait de semer, récolter, produire. En 1953, l'étudiant du bord de la Seine, devenu un homme mûr, réfléchi, gardait sa maigreur, cette même nervosité impossible à contenir. Ayant l'intuition des transitions, il crut triompher lors de la fusion de son « Baath Arabe » avec le « Parti Socialiste Arabe » d'Akram Hourani. De cette rencontre, naquit une entité politique nouvelle, le parti « Baath Arabe Socialiste » qui rayonnera plus tard, en Syrie, en Irak, les deux pays voisins s'aimant puis se persécutant dans un divorce féroce. Enfin, plusieurs décades affirmèrent une doctrine qui, gardant son même nom de « Résurrection », sombrait dans des structures divergentes. Le feu et la guerre y mirent fin, en Irak, au début du troisième millénaire et, après quelques années, un grand chaos commença à incendier les terres et les hommes en Syrie.

Pourtant, à l'heure des débuts, tout au long des années cinquante, nombreux voyaient le temps s'écouler dans la stimulation et l'enthousiasme. Michel crut alors aux héros et fut pris dans le piège des légendes ou du mythe. Il eut une idole, Jamal Abdel Nasser qui unit la Syrie à l'Egypte, un désastre. Hélas, de ce premier élargissement de l'unité des Arabes, Michel Aflak retint l'échec, le sentiment identitaire bafoué et se vit debout face à un squelette.

Les militaires prirent le pouvoir en Syrie et le « Baas Arabe Socialiste » triompha, le 8 mars 1963. Les hommes d'alors oublièrent le fondateur. Toute l'histoire de Michel semblait écrite en ces moments-là, la réalisation, la jubilation, la rupture, l'exil, le silence. La disgrâce tomba sur lui, accusé de sympathie pour le parti de son ami Antoine et Michel dut quitter Damas pour toujours. Quel cri avait-il poussé dans cette brusquerie du départ, sentiment de souffrance ou de mort quand l'errance s'ouvrait pour lui. Il allait longer les fleuves du monde, déchiffrant dans les couleurs de l'eau, la fécondité. Jamais, l'idéal ne lui sembla impossible.

L'Irak opta alors pour son parti et ses idées. Bagdad l'appela sortant de son chaos et de ses foudres. L'on vit alors au bord du Tigre, le plus ancien fleuve du monde, un promeneur seul qui n'entendait même pas les bruits des voitures. Beaucoup de ses amis décédés lui parlaient en silence. Eux savaient que son pays l'avait condamné à mort. Salah, en exil à Paris, revint alors dans sa mémoire, leur jeunesse dans le Quartier Latin, le cri des marchands qui vendaient des livres. Soudain, la vie d'avant rôda autour de lui, mais tout était tard au cœur de son hiver. Il faisait pénitence pour des crimes qu'il n'avait peut-être pas commis, vivant en ascète. Ses adeptes l'appelaient toujours « Oustaz » le professeur, mais il entendait surtout les mots des morts. Une voix souterraine lui souffla que son ami de toujours, Salah, allait mourir assassiné. Ce dernier venait de lui écrire que l'idéal rêvé par eux s'était détruit.

Michel approchait de ses quatre-vingts ans quand, hospitalisé à Paris, la ville de ses études lui parut étrangère. À bout de forces, incapable de construire le vide qui semblait l'engloutir, le malade se sentait sans attache. Son souffle devenait court et les calmants l'emportaient dans une léthargie. Alors, Damas surgit, le Barada et ses bleus familiers lui parurent et la sérénité lui revint, comme un règne de chaos qui s'achève. Ses semblables, aimés puis disparus, se cachaient peut-être dans les feuilles des arbres. Il se pencha sur l'eau et vit un inconnu qui lui ressemblait sans être lui, un visage durci de rides. Ce vieillard titubant essayait de faire des pas tout en regardant derrière lui. En fait, en ce soir de juin, Michel marchait vers la mort. La nuit tomba pour engloutir son dernier rêve.

Michel mourut et fut inhumé à Bagdad mais son monde continuait d'exister sans plus être le sien. L'abandon des autres l'avait rendu encore plus solitaire, errant en soi, pouvant ressembler à un sceptre en quête d'un lieu de bonheur. Certains prétendirent qu'il s'était converti à l'Islam et un jeune chrétien de la Rue Droite, écrivant sa thèse sur lui, voulut s'en assurer. En fait, arrivé bien tard sur la terre de l'Irak, l'étudiant ne trouva nulle sépulture, les chars américains, en quête d'armes chimiques inexistantes, avaient labouré son tombeau.

LE SOLEIL EN HIVER

L'hiver estompait la lumière de Damas. Dans un quartier chrétien, hors les murs, Soufanieh, les ruelles pauvres se cachaient derrière les saules longeant le Barada. De simples gens y vivaient essayant d'oublier le risque de jours lents même quand un pollen de jasmin s'échappait de derrière leurs murs. La nuit tombait tôt en plein cœur de l'hiver, à croire aux reflux des ténèbres dans une longue gestation. Certains voisins se retrouvaient autour d'une télévision aux feuilletons langoureux ou aux slogans révolutionnaires. Ce monde semblait sans matière suffisante, sans hasard, sans avenir, un sillage linéaire et mélancolique dans la mémoire d'une ville. Pourtant, une mutation profonde l'attendait, une sorte d'avalanche.

Mirna et Nicolas Zaccour y revenaient, rentrant de leur voyage de noces. Leur maison se perdait dans l'alignement d'autres, avec les mêmes petites fenêtres, un patio étriqué et une terrasse basse. Uniformité banale et rassurante pour un chez soi quand une vie à deux commençait. La mariée, vingt-trois ans, grande et mince, promenait un regard noir et luisant. Son mari, plus âgé, trapu, frappait par sa bonhomie. Ces deux chrétiens, très pieux, s'aimaient tendrement, leur modeste quotidien ignorait toute grande exigence.

Le samedi 27 novembre de l'an 1982, quelques instants avant minuit, une furtive lumière passa sur leur maison. Il suffisait d'un premier signe et, dans la chambre de la mariée, une petite icône de la Vierge, une Vierge de tendresse penchée vers Jésus, suinta de l'huile, une goutte reluisante qui déborda du cadre pour couler sur le mur. La jeune femme aimait sa jeunesse, sa beauté, son époux, mais quand le ciel noircit la terre en cette veille de l'Avant, ses mains se remplirent d'huile puis le liquide perla sur son corps. Entre piété et effroi, Mirna s'agenouilla pour prier avec la candeur de l'émerveillement, la peur du châtiment. La promesse mystique ne s'était pas vraiment accomplie car la femme attendait une parole du ciel pour un partage. Le moment de grâce vint plus tard dans l'extase, la modestie d'un recueillement. Entre l'azur et le nuage, la Vierge Marie porta son message, répété maintes fois : « Atloubou al mahaba », je demande l'amour.

Soufanieh ne garda pas longtemps son divin secret. Cette ruelle impitoyablement comprimée sortait enfin de sa fixité. Très vite, un journal télévisé porta la nouvelle au monde entier, Jean-Claude Darrigaud, un prêtre grand reporter d'Antenne 2 témoignait du « miracle à Damas », celui d'une chrétienne de vie modeste dans un monde majoritairement musulman.

La maison de Mirna et de Nicolas devint celle de la prière, une prière pour une urgence de l'amour. Leur patio s'ouvrant vers le ciel offrait un lieu de confiance, de rencontre. Là, des chrétiens, des musulmans s'agenouillaient côte à côte, le jour et la nuit. Les pèlerins venaient recueillir l'huile dans un coton imbibé, gardé précieusement. Les époux accueillaient le monde sans jamais accepter un don ou une offrande. Près de l'Icône, les choristes de père Elias Zehlaoui chantaient des hymnes à la Vierge, leur voix courant en gamme rapide dans l'éblouissement, en chute lente dans le recueillement. Pour ces jeunes, pour d'autres, quelque chose dans le monde changeait, leurs pas vers Soufanieh devenaient une sortie du désert. Avec leur cœur soudain sensible à Dieu, à sa mère du ciel, ils voulaient se donner tout entier.

Mirna souriante et paisible, Nicolas attentif et effacé, demeuraient très liés. La femme priait longtemps, agenouillée, répétant le message de la Vierge pour la prière, le pardon, l'unité des chrétiens. Face à sa petite Icône, ses yeux brillaient, ses paumes humides s'ouvraient dans un geste d'attente. Nombreux crurent au miracle, certains aperçurent l'Ange du Seigneur en pleurs et prédirent le malheur. Le temps passa lentement sur la rue, les saisons, la lumière, la longue nuit.

À Damas, le Jeudi Saint, les chrétiens se bousculaient dans les rues pour visiter, comme leur tradition l'exige, sept églises. Sur les autels, des évêques, à genoux par humilité, lavaient les pieds des croyants. Dans la Rue Droite, près des cathédrales, des monastères, les fidèles affluaient pour réciter le rosaire après s'être signé trois fois à l'eau bénite. Temps de ferveur mais aussi de tristesse car tous attendaient le Vendredi de la Passion, le Chemin de Croix et la Mise au Tombeau. Plus loin, étonnement, la foule se pressait à l'entrée d'une maison quand le soleil de l'après-midi brilla soudain chassant la grisaille de la Semaine Sainte. Beaucoup d'yeux regardèrent alors le ciel. Très vite, ce Jeudi Saint, un 16 avril 1987, la rue de Soufanieh déborda de monde, des musulmans priaient, des femmes serrant leur enfant malade espéraient un miracle, des hommes brisés pleuraient, des curieux se bousculaient pour mieux voir. Mirna, dans sa seule grande chambre, était étendue, les yeux fermés. Des projecteurs de photographes rendaient la salle suffocante : Nabil Choukair filmait la scène. La jeune femme souffrait terriblement. Stigmatisée, le sang jaillissait de son front en couronne d'épines, ses mains transpercées, ses pieds aussi saignaient, une blessure s'ouvrait sous son sein gauche. Comme une suppliciée, elle vivait la passion du Christ, les bras en croix. Tout semblait hallucinant, incroyable mais vrai.

Quand Mirna sortit enfin de l'extase, elle psalmodia de sa voix épuisée le cantique que les fidèles autour d'elle chantaient. Le lendemain, ses plaies cicatrisées, la jeune femme semblait sereine. Ses cheveux foncés encadraient son visage pâle, sa robe d'un blanc immaculé, celui d'un linceul ou d'une néophyte, semblait l'ensevelir ou la ressusciter. Inondée de lumière intérieure, elle souriait et priait.

Mirna et Nicolas gardèrent leur porte ouverte et les pèlerins affluèrent de plus en plus, suivant le chemin étroit de Soufanieh, le chemin de la foi. La piété des deux époux les aida à supporter les enquêtes importunes, les ecclésiastiques perplexes, les services de renseignements implacables, les psychanalystes déçus de ne découvrir chez la jeune femme aucune anomalie. L'émotion demeura longtemps, le Christ s'était manifesté dans sa souffrance et son apaisement. Le saisissement, la ferveur devenaient une mémoire et une espérance. Le monde priait encore.

Le temps tomba de nouveau sur Damas, sur ses rues. Les années passèrent, l'arbre du patio perdait ses feuilles, les retrouvait, les saisons semblaient une floraison intermittente, l'odeur de la pluie, la chaleur de l'été, le blanc des nuages, l'or des étoiles, des hommes mouraient, d'autres avaient des enfants et Mirna, dans une paix profonde, continuait sa prière.

Plus de trente ans avaient passé depuis le soir où Mirna avait vu l'huile couler de l'Icône et d'elle, en ce mois de novembre 2013. La femme, dans la même posture priait sans pouvoir retenir ses larmes. Des rainures grises traversaient sa chevelure mais sa douceur demeurait intacte malgré ses premières rides, malgré la tristesse de sa prière. Son pays était à feu et à sang. Damas, détruite de bombes et d'obus flambait. Les gens souffraient du froid et de la faim. Une fin de monde dans des charniers, des enfants torturés, des femmes violées, des maisons abandonnées au pillage et au feu. Le jeune président Bachar Assad, qui menait la Syrie vers la modernité, affrontait une rébellion quelque peu indéfinie, où se confondaient des prétentions de démocratie et une intrusion de groupuscules très fanatisés. Les chrétiens, déchirés entre la crainte d'une montée d'un Islam extrême ou l'humiliation de l'exil, restaient proches d'un pouvoir revendiquant la laïcité. Hélas, le sang coulait partout, la souffrance et la mort hantaient les prisons, les décombres, les chemins froids de l'exil. Les bombes éclataient partout, les hommes tremblaient. Sans électricité, la nuit tombait tôt en hiver.

La cruauté des uns, l'indifférence des autres rendaient le monde oppressant. La femme de Soufanieh priait pour les chrétiens, les musulmans, sa ville de Damas et la Syrie toute entière mais elle pleurait. Agenouillée depuis trente ans, face à L'Invisible, ses mains se tournaient vers le ciel pour se laisser conduire, recevoir une manne. Nicolas veillait sur elle comme le jour où il l'avait prise en voyage de noces, ne sachant pas alors que leur histoire deviendrait si invraisemblable.

En ce mois de novembre 2013, Magdala fêtait ses vingt-trois ans, l'âge où Mirna avait reçu la révélation. Fine et mince, ses yeux noirs scintillaient de sensualité. Sa chevelure brune ondulait et dansait autour de son visage lacté, ses lèvres charnues dévoraient la vie. Les hommes rêvaient toujours de sa peau de nacre et son image passait la lumière et creusait leur insomnie. Hélas, le temps ne portait plus à l'étreinte, à l'obsession du corps, la tourmente noircissait le monde.

Pour son anniversaire, la fille de joie n'attendait rien. Sa maison était close en ces années de guerre et de désolation. La mort sifflait sur les têtes, la mort tombait des avions, la mort errait sur la terre, la mort la plus atroce, la plus lente était dans les yeux des bourreaux. La cruauté et la haine devenaient la langue du cœur. Certains se battaient et tuaient, d'autres hantés de survivre, de se nourrir, gardaient leur femme et leurs enfants. Les hommes avaient faim, les denrées rares étant exorbitantes. L'électricité inexistante rendait la nuit plus longue que le jour.

En ce même jour de l'hiver, Magdala ne revint pas chez elle. La solitude de sa maison lui pesait, des ombres aux voix murmurantes se dessinaient sur les murs. Elle marcha encore tout en mangeant un bout de ce pain rare. Un silence suspendit soudain la violence du ciel, un moment furtif pour aider les blessés et enterrer les morts. La femme errait toujours, scrutant à travers les vitres le scintillement des bougies diurnes, à cause de l'épaisse grisaille. Deviner l'intimité des autres lui rappelait les confidences que lui faisaient les hommes. Les rues se vidaient de plus en plus, une balle siffla sur sa tête. Sans réfléchir, la fille de joie se réfugia dans une maison à la porte entrouverte et découvrit une femme agenouillée.

Mirna priait sans jamais se retourner. Ses yeux pleins de larmes brouillaient son regard et Magdala, avançant vers elle, se l'imagina aveugle ou sourde. L'orante se leva alors lentement pour venir l'enlacer, une étreinte, un sourire. Les deux femmes se regardèrent sans se parler, la première devant continuer sa prière. L'autre ne sachant rien s'agenouilla pour faire pareil. Une lampe à huile scintillait, une pointe d'or, un instant passa et l'Ange du Seigneur vint les protéger de ses ailes. La fille de joie posa enfin ses mains sur son visage et attendit. Une voix imperceptible lui murmura « atloubou Al Mahaba », je demande l'amour.

Magdala sortit dans le gris de novembre pour rejoindre sa maison close. La peur rôdait partout, le froid ouvrait le corps. Heureuse d'un cadeau d'anniversaire inattendu, elle redisait les mots écoutés que nul ne sut jamais lui dire. La jeune femme marchait regardant Damas sous la brume. Les formes de la ville prenaient du volume comme si dans la destruction et la mort, l'intensité et la force demeuraient. Elle longea le Barada, l'énergie de l'eau flottait en vapeur froide, en visions. Une procession d'ombres défila, des conquérants, des pèlerins, des poètes, des anonymes, des mères, des vierges. Leurs voix discordantes devenaient prière, un culte du saint ou de la chair. Le jour avançait, la ville dans sa beauté brûlée gardait peut-être une braise dans ses cendres.

Magadala voulait rejoindre la Rue Droite. Au bord du fleuve, sa solitude donnait à sa vie une ampleur même si son rêve sortait d'une souillure ou d'une blessure. Son cœur, enfin bercé de paroles, pouvait devenir pur comme celui de l'Ange mais Damas resterait son plus bel amour. La fille de joie entendit au loin le carillon d'une église mais se dirigea vers sa maison close. Le charnel tissait toujours sa vêture et ses voiles. Soudain, le ciel s'éclaircit pour ouvrir les nuages. Elle leva les yeux et vit un rai de soleil en hiver.

SIRÈNE

Colette Khoury regardait par sa fenêtre. Damas s'illumina quand un obus éclata dans la nuit. De partout, sifflaient des sirènes. Le cœur battant, elle recula et son regard parcourut la pièce. Quelques braises brûlaient dans la cheminée créant chaleur et lumière mais impossible de pouvoir s'endormir. Le chaos déchirait la ville depuis trois ans déjà.

La femme, déjà âgée, gardait ses mêmes yeux ardents peints de Kohl. D'une démarche altière mais lasse, elle alla s'asseoir près du feu. Les jours tristes avaient épuisé sa patience mais d'autres encore étaient à venir. Colette pensait à la guerre, à son langage souterrain, sa force impérieuse mais il ne fallait pas que Damas soit détruite. Damas était un de ses amours, appelé dans un de ses romans « Ma grande maison ».

Les flammes de l'âtre dansaient, les flammes qui ouvrent mille vies. Colette oublia le cri des morts, ses souvenirs défilant dans sa mémoire. Elle se revoyait jeune dans le quartier chrétien de Damas, celui de son enfance avec son grand-père, Farés Khoury. Dans les moments difficiles, ses racines se retournaient vers les siennes et elle essayait de lui rendre son regard ou dire une phrase pour réduire l'espace, la séparation. Cette affiliation l'ancrait dans l'histoire de son pays. Sa rêverie de cette nuit sanglante la ramena vers un jour ancien où, Farés revenait d'Amérique. Les ruelles de Bâb Touma retrouvaient soudain leurs couleurs et abondaient d'une foule qui l'acclamait. Les voisins accueillaient leur héros, jadis Président du Parlement, de surcroit Premier Ministre alors. Ce chrétien des leurs, émergeant dans un monde arabe, était leur grande fierté. Nombreux musulmans venaient aussi applaudir son retour. Le patriote saluait posant la main sur son tarbouche mais rien n'altérait son sourire plein de bonté. Ayant présidé la délégation syrienne à la conférence de San Francisco pour représenter son pays, l'un des 53 pays fondateurs de l'ONU, il rentrait des Etats-Unis ayant séduit par son intelligence dominée de modestie. Cet été de l'année 1945 ouvrait un dialogue, une espérance. Pour ce lutteur, l'amour de la patrie épargnait de la dissolution.

Colette l'attendait quand il poussa la porte de sa maison pour revoir sa femme et son fils unique, espérant aussi que sa petite fille serait là. Elle se souvint de ce moment merveilleux et se revit à cet âge de l'adolescence dans sa robe rouge en corolle, sa démarche légère bougeant le vent, une vision complice et vite effacée. À peine treize ans alors, sa taille élancée comme une liane, ses yeux intenses, sa peau mate, sa chevelure ample et noire, la dotaient d'une stature de tragédienne grecque. Un air de noblesse émanait d'elle, un éclat sensuel troublait déjà les hommes, tous les hommes. Ce souvenir de beauté lui revint dans le noir de la nuit mais nulle amertume n'accompagna l'image du passé, la femme âgée ayant gardé sa superbe, sa vie repue de mille tentations, de mille épreuves.

En son souvenir lointain, son grand-père était entré et l'avait serrée contre lui. Le parfum des floraisons damascènes, celle du jasmin, du chèvrefeuille les sécurisaient. Dans cette maison où elle se rendait souvent, seule la végétation des plates-bandes croissait, la simplicité demeurant l'âme du foyer. Farés Khoury appréciait les moments d'intimité avec elle, sa petite fille préférée, et lui avait raconté le jour de sa naissance, surpris par un nourrisson qui clignait des yeux pour deviner la lumière. Plus tard, dans al dar, il l'avait prise par la main pour ses premiers pas de princesse, assurant qu'elle ne pleurait jamais en tombant sur la pierre froide. Enfin, ce lettré affectueux avait déchiffré les premières lettres avec elle, lui prédisant une destinée de création, d'écriture.

La femme, observait toujours le feu, portant le poids de sa vie et de ses rêves. Une profusion de scènes se succédait mais elle voulait terminer les choses, ne point les garder imprécises, ne pas les enfouir. Colette pouvait encore réciter ses premiers poèmes, des vers d'amour, d'étoiles, de pétales, aériens comme une danse de papillons. Son grand-père, fasciné alors par son intelligence, sa perspicacité lui avait appris, dès son plus jeune âge, à opter pour la vie libre. La complicité entre eux semblait une continuité secrète. Quand elle put saisir le sens du monde, ce patriote engagé lui expliqua l'amour du pays, racontant ses départs, ses retours pour servir sa terre. Un soir, ce poète méconnu lui confia que, loin de Damas, il imaginait toujours une absence de lumière. Seul son pays semblait un terreau pour bâtir. Son idéal, toujours inaccompli, devrait être le sien.

Le feu crépitait quand surgit le souvenir rayonnant de grand-père et des nationalistes portant la Syrie à l'indépendance, en 1946. Colette écoutait du fond d'elle son poème sur la liberté en cette occasion. Dans l'ombre, elle glissait sur des sentiers imaginaires et se revit le jour où elle suivit les cours de Littérature française à la Faculté de Lettres de Damas puis composa un recueil de poèmes en français, intitulé « Vingt ans ». Ce souvenir de jeunesse marquait déjà ses choix hors des sentiers battus, son exaltation de jeune fille, son imagination en explosion. Tous ses désirs l'éloignaient d'un parcours traditionnel. Détestant les paroles fausses, il lui fallait écrire pour vivre et dire. Sa carrière littéraire s'affirma lentement, porteuse d'un engagement social. Son grand-père l'encourageait à mener une vie d'écrivain et d'artiste.

Le feu vacillait, risque de tomber dans l'obscur, seul le tic-tac de la pendule marquait le temps perdu. La ville toute entière s'était tue pour vivre ou mourir. Colette, loin du présent, se vit en pleine lumière, des roses rouges dans son corsage attendant l'amour. Elle n'avait pas trente ans, un homme beau et brillant vint ouvrir son rêve. Poète et diplomate il la porta au-delà d'elle-même, en suspens. L'auteure traça son nom de légende, dans son écriture et son cœur, Nizar Qabbani. Amour irrationnel, dévastateur, né et s'exprimant dans l'interdit, sentiments de brûlure. C'était en 1959. Ecrire cette passion, écrire l'amant, l'instinct, l'haleine, le corps, dans un livre intitulé « Ayyam Maahou », « Des jours avec lui », écrire le cœur et la peau, la parole et le silence, puis affronter le tumulte du monde.

À ce souvenir, Colette sourit seule à la nuit. Une douceur mêlée de force la prit en pensant à ce séisme littéraire et social, engendré par son amour. Entre défi et scandale, cette libération bouleversa la famille traditionnelle, l'ordre d'une société conservatrice où les femmes étaient souvent meurtries et soumises. Dans le désarroi d'une passion, elle revit son grand-père vieilli l'aidant alors à surmonter les cris des conservateurs, respectant son sentiment, son aspiration d'être une pionnière de l'écriture au féminin. Hélas, il s'éloignait déjà d'elle. Bientôt, Farés Khoury la quitta pour toujours.

Colette seule continua son envol, il ne fallait pas qu'elle replie ses ailes, le vent frôlant toujours les hauteurs. Pour exprimer une libération ou dénoncer les comportements sociaux, le roman demeurait sa forme littéraire préférée, s'incarnant dans ses personnages ou s'identifiant à eux, dans une profondeur infinie. La cendre de l'âtre rappelait la fin des choses, l'usure du temps, les années passées avec leurs creux et leurs cimes d'écriture, les vingt romans qui inspirèrent sa vie, de véritables enfantements. A travers eux, ses racines damascènes creusaient une éternité plaintive, celle de la femme brimée ou celle des mots de la liberté. Le sang de son grand-père coulait dans ses veines pour aimer la patrie. Colette se souvint d'une idée furtive qui la porta pourtant vers sa vocation politique, ses nombreux articles publiés dans la presse syrienne.

Les obus déchirèrent de nouveau la nuit. La chambre s'illumina mais la femme prenait conscience de son présent, de son engagement avec le parti Baas syrien qui contrôlait la Syrie, un parti arabe, socialiste, laïc. La courbe de sa vie était montée, membre du parlement puis premier ambassadeur de Syrie au Liban, elle avait volé toujours plus haut pour entrer dans l'antre du pouvoir et devenir la Conseillère Littéraire du président Bashar Assad. Son moi assouvi, altéré par celui d'un autre, celui de son grand-père lui permettait de refermer la boucle.

La femme damascène avait soudain peur dans sa maison au bord de la nuit. Les sirènes sifflaient mais, à son âge, l'heure du souvenir demeurait un bonheur. Elle ne regrettait aucun engagement, sa lutte pour l'émancipation de la femme, sa vocation politique dans le nationalisme, l'arabité. Chrétienne, intégrée dans un pays musulman, son langage demeurait le même, celui de la laïcité pour une cohabitation religieuse, de tolérance dans un creuset spirituel telle la Syrie. La foi des uns et des autres, nourrie de sagesse et d'amour, méritait le respect et la reconnaissance.

Ce mois de mars 2014 respirait le printemps et le souffre. La nature s'ouvrait à peine quand des brasiers incendiaient l'horizon. Nuit blanche et Colette qui repensait à Farés Khoury, sure de sa fidélité envers lui, n'ayant jamais négligé cette filiation, la trame réelle de son identité. La romancière avait rassemblé les papiers, les mémoires de son grand-père, une histoire de Syrie, de Damas. Dans le chaos du monde, elle se demanda qu'aurait-il fait pour aider sa terre noyée de sang. Mort depuis cinquante ans, pouvait-il devenir l'Ange de la Rue Droite, celui qui veillait sur la ville au moment du malheur ? Tout autour, des obus éclataient comme des signaux d'enfer, la nuit devenait jour, des lumières filantes traversaient l'air, d'autres jaillissaient de la terre, danse macabre en brulures incandescentes. Colette entendait des voix, celles qui allaient mourir, celles qui portaient la mort ou d'autres qui psalmodiaient une complainte de deuil avant de refermer des cercueils. Le chaos était tombé sur la terre de Damas, de Syrie, des groupuscules étrangers portaient le fanatisme et la haine, des hommes crucifiés, d'autres décapités, des évêques enlevés, des religieuses arrachées à leur couvent, des prêtres martyrisés, une guerre comme toutes puant son haleine de haine, de putréfaction. Des charniers exprimaient l'horreur et ce sentiment obscur qui planait sur les êtres et les lieux, voilant le mystère des déchéances. Le feu prenait la couleur du sang. Dans l'âtre qui s'éteignait, Colette imaginait des yeux qui la regardaient, ceux des enfants tristes qui voulaient vivre, des mères qui donnaient la vie et qu'on leur arrachait d'entre les bras, des hommes brulant de haine, tristesse ou violence dans ces mêmes regards déjà vidés qui allaient tous s'éteindre avec le feu. Pour elle, la guerre se perdait toujours et ne revenait qu'en remords.

L'aube rosit, Colette voulait tout oublier, ses paupières se refermaient mais revenait toujours le même cauchemar, des ombres marchant vers le jour qui ne naissait pas. Elle se leva vers la fenêtre. La femme regarda sa ville et pleura. Sur les chemins de Damas, ouverts vers la terre entière, tombaient des nuages gris, des rideaux de feu. Les jardins envahis d'urbanisme avaient de moindres senteurs, la Rue Droite se dessinait au loin, apparition fugitive, la mosquée des Omeyyades imposait de sa masse sombre, le fleuve coulait irisé d'une pâle lumière. Un silence hypnotique se posa un instant, une évanescence sur une pierre natale, pétrie de chair et de prières. La plus ancienne ville du monde, la sienne, celle des premiers sortilèges, des illuminations, de la révélation, de la connaissance, s'illuminait d'obus, d'une violence artificielle. Animée, bruyante, sensuelle, tout au long de ses siècles, elle gardait toujours son mystère, celui d'écrire d'une encre invisible l'histoire de sa souffrance, de sa renaissance, de son éternité.

Colette regarda Damas et sourit, Damas ne pouvait mourir tant qu'elle l'aimait.

BIBLIOGRAPHIE

Ce roman s'inspire de toutes les histoires racontées durant mon enfance. Pour garder la fiction dans le réel, je me suis aussi servie d'un grand nombre de sources historiques dont je signale les plus importantes. Celles que j'ai omises ont été semées par l'exil.

Mansour ibn Sargon le Taghlibite, Joseph Nasrallah, traduit en arabe par Antoine Hebbi. Edition Syrienne du Ministère de la culture. Damas 2008.

Terre et Dieux de Syrie. Albert Champdor. Editions Victor Attinger. 1936.

L'Orient au temps des croisades. Textes arabes présentés et traduits par Anne-Marie Eddé et Françoise Micheau. Flammarion, Paris 2002.

Les croisades vues par les Arabes. Amin Maalouf. Edition Jean Claude Lattès, 1983.

Le christianisme en Syrie. Histoire et Rayonnement. Le moyen âge de la conquête musulmane à la conquête ottomane. Archimandrite Ignace Dick. Alep 2008.

Le christianisme en Syrie. Histoire et Rayonnement. Temps modernes de la conquête ottomane jusqu'au début du troisième millénaire. Archimandrite Ignace Dick. Alep 2009.

Constantinople. De Byzance à Istanbul. Stéphane Yerasimos. Editions Place des Victoires. Paris. 2000.

Damascus. Hidden Treasures of the Old City. Brigid Keenan. Thames and Hudson. London 2000.

Histoire des chrétiens d'Orient. Jean-Michel Billioud. Editions l'Harmattan. 1995.

Voyage en Orient. Alphonse de Lamartine. Texte établi, présenté et annoté par Hussein I. El Mudarris et Olivier Salmon. Ray Publishing. Alep 2009.

Voyage en Orient de Guillaume II en 1898. Texte établi par Hussein El Mudarris et Olivier Salmon. Dar El Mudarris and Ray Publishing. Alep 2010.

Voyage en Syrie et en Egypte pendant les années 1783, 1784, 1785, par M.C-F Volney. Desenne, librairie au Palais Royal N0 216. Volland, librairie quai des Augustins No 25. Paris 1787. Tome II

Vie et mort des chrétiens d'Orient. Des origines à nos jours. Jean-Pierre Valognes. Editions Fayard, 1994 France.

Une saga égyptienne. (1805-2010). Caroline Ali Kurhan. Editions Riveneuve, 2010 Paris.

The Damascus crisis of 1860 in lights of « Kitab al Ahzan » an Unpublished Eye-Witness Account » American University of Beirut 1974.

Vie de Georges Gabriel Bitar. Père Maximos Chataoui. Imprimerie du Saint-Sauveur. Saida, Liban. 1937.

Une tutelle coloniale. Le mandat français en Syrie et au Liban. Ecrits politiques de Robert de Caix. Gérard Khoury. 2006. Editions Bélin.

Liban, Syrie. Le Mandat 1919-1940. Henri de Wailly. Perrin 2010.

Les Mémoires de Farès Khoury. Tome I. 1877-1918. Texte présenté par Colette Khoury. Dar Al Baas. 2007.

Quand la Syrie s'éveillera…Richard Labévière, Talal El Atrache. Editions Perrin 2011.

Itinéraire d'un chrétien d'Orient. Jean-Claude Antakli.

Editions François-Xavier de Guibert, Paris. 2010.

Un roman nommé Syrie. Cent personnalités ayant contribué à l'éveil des Syriens durant le XXème siècle. Textes rassemblés par Nabil Saleh. Hamcha International. 2007.

Moisson. Charles Juliet. Editions P.O.L. 2012.

L'Amour sauvera le monde. Michael Londsale. Editions Philippe Rey, 2012.

TABLE DES MATIERES

Cet ouvrage a été achevé d'imprimer par
SoBook
45, rue Rollin
59100 - Roubaix

Dépôt légal :

Imprimé en
mars 2015

Éditions Érick Bonnier
4, rue Saint-Louis-en-l'Isle
75 004 Paris

N° d'impression :

N° d'impression : 273645